LOS PERROS DE LA NOCHE

JOSÉ LUIS
GÓMEZ

ALEJANDRO
HERNÁNDEZ

Los Perros de la Noche

Diseño de portada: Lizbeth Batta
Imágenes de portada: @Shutterstock

© 2013, José Luis Gómez
© 2013, Alejandro Hernández

Derechos reservados

© 2013, Editorial Planeta Mexicana, S.A. de C.V.
Bajo el sello editorial JOAQUÍN MORTIZ M.R.
Avenida Presidente Masarik núm. 111, 2o. piso
Colonia Chapultepec Morales
C.P. 11570, México, D.F.
www.editorialplaneta.com.mx

Primera edición: noviembre de 2013
ISBN: 978-607-07-1927-1

Impreso en los talleres de Litográfica Ingramex, S.A. de C.V.
Centeno núm. 162, colonia Granjas Esmeralda, México, D.F.
Impreso y hecho en México – *Printed and made in Mexico*

I

VEINTIOCHO CALLEJONES
Y UNA LUNA

Como todos los días, Urbano Terán había terminado sus oraciones vespertinas cinco minutos antes de las ocho, había cenado pacientemente mientras oía las interminables quejas de su sacristán y había dado las instrucciones de siempre para la primera misa de la mañana. A las once, convencido de que no podría dormir mientras la noche continuara agitando presentimientos, fue a la Capilla del Perdón dispuesto a rezar hasta que el agotamiento lo doblara sobre el reclinatorio.

Allí encontró a Fidencio Arteaga, temblando de frío junto al altar y envuelto en una oleada de insomnio.

—Es noche de espanto, padre —dijo el sacristán.

—De oración —corrigió el sacerdote.

Fidencio esperó a que el párroco se arrodillara para hacerlo él después, fiel a su conciencia de la jerarquía.

Los ojos cerrados, las manos juntas, Urbano Terán percibió el galope de un caballo que parecía llegar desde la Cruz del Silencio. Bajo sus rodillas, la tierra se sacudía suavemente al ritmo de una ansiedad distante.

Estaban por comenzar la letanía cuando la suavidad del temblor se transformó en un estrépito de angustia que hizo vibrar los candelabros de la iglesia.

—¡Qué será de nosotros cuando llegue, padre!

—La paz de todos los santos.

—Y el rencor del diablo.

—La paz de todos los santos —subió la voz el sacerdote.

—Y el rencor del diablo —bajó la voz el sacristán, y mientras miraba la sombría curvatura de la bóveda, murmuró—: la noche se acaba de romper a la mitad.

Fracturada ya la oscuridad por los cascos del caballo, el viento estremeció árboles y campanas como si fueran pétalos marchitos. Entonces el jinete apareció en el fondo de la calle, más enlutado que la noche.

El párroco, luces de sobresalto en las pupilas, y el sacristán, lágrimas de miedo en las mejillas, se miraron en silencio. Sin duda las tinieblas habían perdido el rumbo, y aprovechando ese descuido alguien estaba por imponerles un destino.

—¡Vengo en busca de misericordia! —gritó el jinete.

Urbano Terán y Fidencio Arteaga se levantaron y caminaron por la nave de la iglesia como decididos a abrirle la puerta al recién llegado, pero, viejos conocedores de las artimañas de que se vale el mal para engañar incautos, esperaron a que se les diera un motivo más convincente para recorrer la aldaba.

El párroco quiso respirar confianza o darle un poco de tranquilidad al sacristán:

—Puede que sea un alma que necesita ayuda.

Pero Fidencio solo escuchaba a su propio miedo.

—¡Ni qué alma ni qué misericordia! Ese que está afuera puede ser el mismo demonio.

—Cállate, Fidencio —gritó el sacerdote, apretando la voz.

Y los dos se quedaron en silencio, tratando de adivinar lo que podría estar pasando del otro lado del portón.

El viento seguía siendo el dueño de la noche. Allí estuvieron ambos, los ojos en el suelo, los oídos alertas, percibiendo la violencia del aire, las pisadas inquietas del caballo.

—¡Es urgente que contraiga matrimonio! —gritó de pronto el jinete.

El sacerdote se aclaró la garganta y lanzó un argumento vacío:

—¡Nadie llega a Testamento a esta hora!

Fidencio levantó la cara, desconcertado, y en el rostro de Urbano Terán advirtió que no se trataba de un recurso legítimo sino de un intento desesperado del sacerdote para evitar que la voz del jinete se apoderara de su voluntad.

—Mañana me fusilan en Maratines —contestó el hombre—. Es mi última voluntad contraer matrimonio.

Aquel motivo, proclamado con desesperación justo un minuto antes de las doce, pareció conmover al párroco. Los santos sacramentos, que pueden regatearse un poco y hasta atorarse en el laberinto de un trámite, no deben negarse a nadie que esté a punto de ser acribillado.

—Es una treta para despertar piedad —murmuró Fidencio.

Pero Urbano Terán, antes de que su ayudante volviera a entremeterse, exigió:

—¡En el nombre de la Santa Madre Iglesia, haga el favor de manifestar públicamente sus particulares!

—¡Joaquín Baluarte es mi nombre de pila! ¡Vi la luz primera en Vírgenes de Pamoranes! ¡Creo que no existe derecho más laico que el de la muerte y que el sepulcro es la única pertenencia de los mortales!

Eran los antecedentes más apócrifos que Urbano Terán había oído en toda su carrera eclesiástica, pero los aceptó como católicos y fidedignos tomando en cuenta que se trataba de los particulares de un hombre que en unas cuantas horas tendría el cuerpo lleno de muerte, la sangre brotándole por todas partes y los ojos cubiertos por el pañuelo de una misericordia insuficiente.

De todas formas se sintió obligado a darle una explicación a su sacristán:

—Se trata de un cristiano, de un hombre desdichado. Ni es un alma errante ni es el demonio. Vamos a abrirle la puerta.

—Usted manda, pero a mí me sigue dando desconfianza. Hasta los cascos del caballo suenan a mentira.

—Te falta piedad, Fidencio.

—Y me sobra miedo.

Los dos recorrieron el grueso aldabón de acero que clausuraba el recinto y abrieron lentamente el portón. Entonces vieron al jinete: la luna lo envolvía con su blancura fría y transparente.

Vestido de negro, su poderosa tristeza le otorgaba un origen incierto, pero lo inexpresivo de sus rasgos permitía advertir que se trataba de un huracanado, una raza perdida que habitó siglos atrás el Desierto del Santuario. Imponente sobre su montura negra, su aire trágico lo delataba: si acaso su nombre fuera recordado alguna vez, no sería con la solemnidad de la historia sino con la bruma de la leyenda. Un sombrero negro colgaba sobre su espalda y dos pistoletes brillaban desde sus cartucheras. El cabello hasta los hombros terminaba por enaltecer su semblante de desventura.

Sacerdote y sacristán contemplaron aquella figura como si estuviera estampada en el cielo. Algo había en el jinete que lo hacía parecer, a un mismo tiempo, el pecador más siniestro y el santo más intachable. Urbano Terán hubiera querido someterlo a un interrogatorio cristiano para saber si aquel visitante al menos recordaba quiénes formaban la Santísima Trinidad y cuáles eran los Siete Pecados Capitales, pero aquella inmensa sombra y aquel porte de angustia inhibieron su vocación catequista.

—Deje su montura y pase —dijo al fin.

—No puedo dejar el caballo, su ilustrísima. Los caballos se mueren en el sereno cuando han sudado más de cincuenta kilómetros.

Resignado, Urbano Terán le ordenó al sacristán que separara más las puertas para que pudiera pasar el jinete. La iglesia se estremeció cuando en su suelo sonaron por primera vez los cascos de un caballo. El silencio nocturno agrandó el sonido, pero también lo limpió: las pisadas se oían cristalinas, nítidas, como si fueran de oro pulido y no de hierro forjado.

El sacerdote iba delante, después el desconocido, y atrás el sacristán, en una insólita parodia de la entrada solemne que precede a una boda. El párroco se detuvo a unos pasos del altar y volteó.

—Siquiera persígnese. Está frente al Altísimo.

El recién llegado hizo un vago ademán, parecido al que trazan los que desde hace tiempo han olvidado la señal de la cruz.

—Y ahora sí bájese del caballo.

El jinete puso los pies en el suelo y se convirtió en hombre. Pero seguía conservando su porte huracanado. Sintiendo que cometía un sacrilegio difícil de negociar con las autoridades del cielo, el sacristán condujo al caballo a la capilla del Santo Misterio.

—No sé de ningún hombre que en la víspera de su fusilamiento haya andado proclamándolo libremente por las calles —dijo Urbano Terán.

—El comodoro Plácido me concedió el honor de salir de la prisión para ir a Pamoranes a colocar un ramo de flores sobre la tumba de mi madre, y le di mi palabra de que volvería para ser fusilado.

La explicación, además de insuficiente, no parecía merecer crédito, pero el párroco no estaba para involucrarse en dislates ajenos. A él sólo le correspondía la legalidad de los sacramentos, no las razones de los pretendientes y menos las fantasías de los condenados a muerte.

—Son cuatro pesos del matrimonio —dijo, y alargó la mano hacia el novio, intentando cobrar por adelantado unos honorarios que corrían el riesgo de no ser cubiertos si no se actuaba con prudencia.

—Padezco de gran pobreza, su santidad.

—Un hombre que tiene un caballo como ese no puede ser pobre.

—Yo no tengo a ese caballo, padre; nada más andamos juntos.

El sacerdote buscó los ojos del sacristán. Si por él fuera, pergeñaría aquel servicio de manera gratuita, pero temía que Fidencio hiciera de aquella concesión una letanía de quejas que podría prolongarse durante meses. Finalmente era el sacristán el que administraba el dinero y el que tenía que batallar con los acreedores. Así es que llevó aparte a su ayudante para hacer una consulta secreta.

—¿Qué piensas, Fidencio?

—Por una parte, este hombre se ve muy apurado, lo que quiere decir que está dispuesto a pagar lo que sea, pero por otra, se ve que la Iglesia no lo intimida.

—¿Y entonces?

—Entonces le insistimos un poquito, y si sigue con el cuento de que es muy pobre, lo casamos y lo dejamos ir... y nos damos de santos de que no nos meta un tiro antes de irse.

Alterado por las adversas condiciones financieras que aquel matrimonio estaba presentando, Urbano Terán regresó hasta el contrayente. Sus sentidos estaban tan alertas que escuchó el discreto aliento del hielo, y hasta el crepitar del sereno congelándose sobre los tejados. Los contrafuertes estaban forrados de escarcha.

—Son cuatro pesos —repitió.

El hombre lo escrutó desde su distante mirada, y el párroco consideró que ya había insistido bastante.

—Está bien. Tenga la amabilidad de presentarnos a su novia para proceder de inmediato.

—No tengo novia —dijo el enamorado.

Aquel inconveniente civil estaba incluso por encima del obstáculo económico, de manera que Urbano Terán tuvo que controlar los impulsos de su temperamento. Con un aplomo hasta para él desconocido, detuvo serenamente la mirada en el vitral del vía crucis, buscando una salida que le permitiera prescindir de la novia para oficiar un enlace religioso. El hombre explicó su carencia sin ánimo de solucionarla:

—Ninguna mujer amaría a un hombre que morirá en unas horas.

—Sin novia no lo podemos casar —terció el sacristán—. Como cristiano, usted debería saber que sin mujer no hay matrimonio.

Contrayente, sacerdote y sacristán se sintieron atrapados por la fuerza de una ausencia insuperable. Cada uno por motivos diferentes: el primero por la intransigencia de su próxima muerte, el segundo por un súbito apego a su responsabilidad eclesiástica, y el tercero por un miedo que le helaba la espalda, pero los tres necesitaban que aquella ceremonia se celebrara de inmediato.

—¿Que en el precio de la ceremonia no está incluida la novia? —preguntó el contrayente, sorprendido de que en casi dos mil años de existencia, la Iglesia católica no hubiera sido capaz de enmendar aquella merma.

—Si usted pagara ocho pesos y no cuatro, tal vez podríamos hacer algo —dijo el sacristán, que estaba acostumbrado a cubrir con cuotas complementarias la falta de un documento.

—Ni cuatro ni ocho —respondió el hombre.

—Ni novia —agregó el sacristán—. Usted quiere que todos nos condenemos.

Urbano Terán, que en toda su trayectoria profesional no había conocido caso semejante, sintió que el instinto de supervivencia lo empujaba a satisfacer la demanda de aquel extraño.

—Tenga la bondad de esperar un momento —le pidió—. Vamos a realizar los preparativos para la ceremonia.

Fidencio Arteaga lo siguió, todavía incrédulo de que el párroco fuera capaz de desafiar los designios celestiales celebrando una boda individual. Una vez en la sacristía, Urbano Terán reprendió a Fidencio por haber intervenido en negociaciones que solo podían atenderse con su investidura. El que sabía lo que se podía y lo que no, era él; era él quien había recibido de don Miguel Hidalgo y Costilla la delegación divina para enfrentar las obligaciones de su apostolado. Después le preguntó con todo el peso de su autoridad:

—¿Alguna vez has oído acerca de los pecados teologales?

—No, pero tampoco quiero oírlo. Suena a condenación eterna.

Los ojos de Urbano Terán tenían una luz rara, como si después de toda una vida de votos sacerdotales apenas estuviera comprendiendo las infinitas posibilidades de la teología.

—Pues vamos a cometer uno.

El sacerdote empezó a sacar lentamente del santo baúl los arreos necesarios y se los fue poniendo con una solemnidad que hacía mucho tiempo había sido sustituida por la costumbre. Dudaba de si al hacerlo se estaba colocando en la fila de los que tienen que rendir cuentas difíciles, pero sentía la seguridad de que se estaba metiendo en la historia, más allá de los veintiocho callejones de Testamento.

—¿Y cómo se pagan los pecados teologales? —preguntó el sacristán.

—Con el infierno —contestó el sacerdote.

Fidencio Arteaga, que sentía un miedo descomunal por el infierno y que se había hecho sacristán justamente para asegurarse el cielo, creyó que el intestino se le hacía agua y que sería incapaz de contenerla. Antes de precipitarse al baño, alcanzó a consolarse con el paliativo que suelen usar los que ya no pueden evitar la tragedia:

—O sea que yo tenía razón: a fin de cuentas el hombre que está en la iglesia es el demonio.

—Como si lo fuera. Pero también puede ser un santo. Ya te he dicho doscientas veces que nadie conoce los caminos de Dios.

El fuego de la chimenea estaba por extinguirse y la sacristía se había convertido en una insoportable heladera. Enormes estalactitas de hielo empezaban a colgar de los bordes de los tragaluces. Mientras se colocaba la estola sobre los hombros, Urbano Terán dio una orden sin retorno:

—¡Muévete! Busca la lista oficial de las muchachas solteras del pueblo y trae agua bendita, toda la que puedas. Si vamos a cometer un pecado hay que cometerlo bien.

En tanto, Joaquín Baluarte aguardaba con feliz impaciencia el momento de unirse en matrimonio y experimentar por fin el gozo de la vida conyugal. Tantos años de deambular sin afecto en medio de la guerra estaban por terminar. Era el punto final a una soledad que lo había vuelto arrogante, pero que al acercarse la muerte le resultaba intolerable. Por eso vio con ojos de gratitud al sacerdote cuando, ataviado con su más elevada indumentaria, regresó al altar dispuesto a celebrar las nupcias más desoladas que habrían de oficiarse en Testamento.

El párroco se acercó al contrayente y le preguntó su nombre completo.

—Joaquín Baluarte de los Reyes —contestó el hombre, que a pesar de no estar sobre su caballo seguía conservando su fisonomía de jinete.

El sacerdote sintió que aquel nombre lo golpeaba en el estómago, pero hizo a un lado el malestar atribuyéndolo al cólico diario que le causaban las quejas del sacristán durante la cena.

—Haga el favor de despojarse de sus armas.

—No puedo. Un hombre debe casarse y morirse con las armas puestas. Nunca se sabe cuándo le tenderán una emboscada.

Urbano Terán pensó que estaba cediendo más de la cuenta y para disimularlo roció de agua bendita los pistoletes de Joaquín Baluarte, como si aquellos instrumentos de la muerte, una vez bendecidos, se convirtieran en ornamentos nupciales.

Luego, aunque había pensado oficiar la ceremonia con la voz de secreto que se utiliza cuando es medianoche y se quiere pasar inadvertido a los oídos divinos, al momento en que se colocó frente al contrayente sus pulmones se llenaron del aire helado de la noche y gritó:

—¡Joaquín Baluarte de los Reyes!, ¿estás dispuesto a contraer matrimonio bajo el mandato de la ley divina?

Su voz retumbó en la nave, y dos pájaros adormecidos, que por distracción habían quedado atrapados en sus muros, revolotearon de un lado a otro para no ser testigos de aquella trasgresión evangélica. Sus alas quebraron el silencio estrepitosamente, hasta que convencidos de la inutilidad de su vuelo buscaron un sitio en el púlpito para presenciar la boda.

—Sí —contestó el novio.

—En virtud de la autoridad de la que estoy investido para interpretar el derecho canónico, procedamos. Ruego al señor sacristán entregarle esta hoja.

Joaquín Baluarte tomó la hoja que le entregó Fidencio Arteaga y escudriñó la lista con solemne atención, tratando de hacer una elección afortunada, intentando indagar por medio de la separación silábica cuál de todos los nombres correspondería a la joven más bella, tierna y amorosa de Testamento.

—Me gusta esta —dijo por fin y señaló el nombre de Altares Moncada.

El viento golpeó por última vez el campanario y la luna volvió a tomar posesión de la noche.

Hija de madre mexicana y padre español, Altares Moncada era la mujer más disputada del altiplano. Culta y distinguida, contaba con todos los atributos para ser la protagonista de una solitaria historia de amor y desencuentro. Marcada por su belleza, vivía una vida de soledad y encierro en casa de sus padres. A sus veintiún años, su encantadora piel de lirio, sus ojos brumosos y su dulce y atormentado cuerpo habían desarrollado tal sensualidad, que su hermosura se había convertido en una especie de ofensa pública. Pero su inteligencia y altivez la habían puesto muy lejos de cualquier pretensión. Ni siquiera por curiosidad abrió jamás las tímidas cartas que sus enamorados tuvieron el atrevimiento de escribirle.

Por eso cuando Fidencio Arteaga le llevó la lista y le señaló el nombre de la elegida, Urbano Terán presintió que Altares Moncada podía resultar muy difícil de convencer al momento de comunicarle que era ya una mujer casada.

—Elija bien —dijo—. Un matrimonio es para toda la vida.

Fidencio Arteaga, alarmado también por la soberbia de la mujer escogida y queriendo evitar un previsible colapso matrimonial, se aventuró a dar su consejo:

—Hay otras más hermosas. Estoy apto para recomendarle algunas.

En cualquier otra circunstancia, Urbano Terán habría callado de inmediato a su asistente, pero en ese momento le pareció que podría pasar por alto su injerencia con tal de que Joaquín Baluarte cambiara su elección.

—Está, por ejemplo… —empezó a decir Fidencio.

Pero el contrayente ya deletreaba en el corazón los sonidos de un amor innegociable.

—Mi novia se llama Altares Moncada —dijo, y su voz retumbó en la bóveda con el arrojo de una declaración amorosa y con la frialdad de una amenaza de muerte.

—Altares Moncada es… —volvió a hablar el sacristán.

—Cualquier comentario será tomado como agravio —sentenció Joaquín Baluarte.

—Siendo así —dijo el sacerdote. Y abrió los brazos para iniciar la ceremonia.

Altares Moncada dormía profundamente, sumergida en el abismo de sus horas nocturnas, siempre plácidas a causa de nunca haber conocido los desvelos que el amor provoca. Su blanco camisón y su oscura cabellera rivalizaban por el orgullo de enmarcar en primer plano aquella inaprensible belleza. El frío era tan intenso, que los recuadros de las ventanas estaban tapizados por múltiples figurillas de hielo.

Cerca de ella, en una cama más pequeña, dormía Carolina Durán, su nana sirvienta. La enorme habitación estaba alumbrada por una lámpara blanca que desde niña la hermosa muchacha acostumbraba dejar encendida de día y de noche.

Altares había estado soñando en el convento de su niñez, pero su sueño se interrumpió y la llevó hasta una gran catedral cuya nave mayor estaba coronada por estrellas y cuyas paredes y vitrales eran los descomunales desfiladeros de México. Y en el altar estaba ella, envuelta en una blancura deslumbrante, arrodillada frente a una luna llena tan cercana que le bastaría ponerse de pie para besarla. A su lado estaba un hombre, arrodillado como ella y como ella a punto de contraer matrimonio. Urbano Terán oficiaba aquella pesadilla pronunciando palabras sin sentido y escondiendo la mirada, tal vez avergonzado de ser cómplice de aquella conjura de amor. Desesperada, Altares se incorporó en la cama para romper el compromiso.

En la iglesia, el silencio registraba la desgastada voz de Urbano Terán, que impartía los oficios nupciales con un profesionalismo admirable, como si los matrimonios individuales estuvieran contemplados en el Evangelio desde la primera redacción de las Sagradas Escrituras. En el momento cumbre, el sacerdote se dirigió al romántico sentenciado a muerte:

—Joaquín Baluarte de los Reyes, ¿aceptas por esposa a Altares Moncada y Berriosábal y juras amarla, protegerla y respetarla hasta que la muerte los separe?

Altares cerró los ojos para ahuyentar al destino.

—Sí —dijo Joaquín Baluarte, sintiendo que la muerte estaba sentada en una de las bancas esperando el término de la ceremonia para ir a besarle la frente.

—En nombre de Altares Moncada y Berriosábal —declaró el sacerdote— testifico que ella acepta por esposo a Joaquín Baluarte de los Reyes y que jura amarlo, respetarlo y serle fiel hasta que la muerte los separe.

—¡No! —gritó Altares.

—¿Qué tienes, mi niña? —preguntó Carolina Durán.

—Estaba soñando que me casaba.

—No existe hombre a tu medida. Voltea la almohada al revés para que alejes esa pesadilla.

Tardíamente el párroco cayó en la cuenta de que no había verificado si aquella unión presentaba escollos para realizarse.

—Si alguien se opone a esta boda… —empezó a decir.

—No pregunte eso, padre. Tengo muchos enemigos que podrían oponerse a mi matrimonio sin razón alguna.

—Tengo que preguntarlo: Si hay alguien que se oponga…

—La ceremonia ha terminado —ordenó Joaquín Baluarte.

Joaquín Baluarte durmió menos de dos horas después de su retorno apresurado a Maratines. A las cuatro de la mañana la guardia de la cárcel se cuadró a su paso y él mismo abrió su celda y se encerró. Quería permanecer despierto viendo el cielo a través de la única ventana de su prisión, pero se quedó dormido sentado sobre su camastro, la espalda apoyada en la fría pared de su último sueño.

El cabo Esteban Cifuentes despertó al comodoro Plácido Lucero a las cuatro quince.

—Con la novedad de que ya regresó el comandante Joaquín Baluarte —le dijo.

—¡Novedad sería que no hubiera regresado, pendejo! —le contestó Plácido, y se giró a su izquierda para seguir durmiendo, o para seguir lamentando aquel fusilamiento de mierda que tendría que dirigir a las seis en punto.

Joaquín Baluarte se lavó la cara cuando faltaba media hora para su ejecución. Sin saber por qué, lamentó no tener un espejo para verse por última vez. La madrugada olía a ceniza húmeda y en algún lugar una parvada de pájaros estaba reventando el silencio.

El alcalde de la prisión, Eligio Sotero, llevó su mensaje de muerte a las cinco cincuenta.

—Es la hora, comandante.

Joaquín Baluarte lo miró con afecto y le devolvió el saludo.

—Es la hora, Eligio.

Los dos caminaron por el pasillo oscuro y salieron a la luz del alba. En el patio estaba el caballo negro. Joaquín Baluarte caminó hasta él y lo miró a los ojos; el caballo le entregó una mirada redonda y sorda. Joaquín agradeció la indiferencia y lo acarició sin drama.

—No le trajimos al capellán porque usted dijo que no, pero todavía es tiempo.

—Así está bien, Eligio. Un hombre no debe arrepentirse cerca de la muerte.

El pelotón de fusilamiento estaba ya en el patio. Desde una hora antes se habían encendido cirios blancos y se habían quemado trozos de copal para aromatizar la ejecución.

A una orden del comodoro Plácido, la compañía militar se colocó sus insignias luctuosas y entonó a media voz el himno de los condenados a muerte. *La sangre valiente escurre en el pecho/ y el ave que canta se esconde en el cielo...*

El cabo Esteban Cifuentes acompañó a Joaquín Baluarte hasta el paredón, y fue entonces cuando el comodoro Plácido se acercó:

—Comandante... —dijo, y le extendió un pañuelo.

—No, Plácido —lo rechazó Joaquín—. Concédame la gracia de morir con los ojos abiertos. Quiero ver hasta el último instante el mundo en el que caminan los delicados pies de mi dulce Altares.

Colocado ya frente a los once hombres que le quitarían la vida, le fue leída el acta de muerte, firmada por el general Agustín Santa Cruz.

Indiferente a la lectura de su sentencia, Joaquín Baluarte miró fascinado las invernales florecillas que le adornaban sus últimas horas. Recordó a su madre, que le había enseñado cuando niño a maravillarse con la belleza de la estepa. «La montaña tiene mala fama, hijo. Pero no es cierto: sólo en la soledad se mide la fuerza de la vida».

Señalado desde siempre por criollos, indios y mexicanos por ser huracanado, había aprendido a deletrear en el viento las advertencias del abandono.

—Apuremos, Plácido.

El comodoro retrocedió diez pasos y gritó:

—¿Está completamente consciente de la razón de su fusilamiento?

—Por desobediencia.

—¿Muere sin resentimiento alguno en contra de las armas nacionales?

—Nunca tendré resentimiento en contra de mis compañeros de armas.

Al fondo del patio, la tercera compañía de la División de Oriente destacada en Maratines guardó un solemne silencio en honor de quien por tantos años fue su comandante.

—El más leal y efectivo soldado del desierto está a punto de morir —murmuró su natural sustituto, el teniente Ángel Trinidad.

Mucho más bajo, solo para sí mismo, el sargento Sebastián Toledo apretó entre los dientes su oración:

—Morir fusilado es mucho honor para un desertor.

El comodoro Plácido, que había visto a Joaquín Baluarte convertirse en hombre en medio de la guerra y que creía haberle enseñado a pelear en la turbulenta confusión civil que estremeció durante tantos años esa tierra, lo amaba con la aprehensión con que se ama a un hijo que siempre está tirando hacia el camino de la insolencia. Por eso, desde que supo de la orden de fusilamiento y que él sería el encargado de dirigir la ejecución, sintió que la guerra era la mierda más ingrata de las lealtades que exigía la patria.

Doce años atrás, en la batalla del Río Nueces, librada contra el ejército de Estados Unidos, Joaquín Baluarte se había negado a cumplir la orden del teniente Inés Zambrano. No, Joaquín no pudo disparar a quemarropa al prisionero que parecía no saber de planes ni de secretos y que lo único que hacía era lloriquear en un idioma incomprensible.

El comodoro levantó la espada y los soldados apuntaron. El aliento invernal invadió el patio y las florecillas se mecieron displicentes. Entonces Plácido se acercó a Joaquín y le puso temblorosamente la punta de la espada frente a los ojos:

—Usted continuará condenado a muerte, pero pospondremos la ejecución para cuando termine la guerra.

—Es mejor que cumpla sus órdenes.

—Yo sé lo que es mejor.

—La desobediencia se castiga con la muerte, señor.

—Si eso fuera cierto, usted hubiera sido fusilado una docena de veces.

En cualquier otra ocasión, Altares Moncada habría desechado el mensaje de Urbano Terán, que cada año le enviaba un recado para que acudiera a la actualización necesaria del catecismo, recado que siempre era precedido por notas personales que aludían a su transformación de niña a mujer y apuntaban que, dada su condición femenina, resultaba imprescindible que mantuviera en su corazón las santas disposiciones de la Iglesia para el buen comportamiento de las almas y la purificación del pensamiento.

Pero aquel 17 de diciembre, Altares se sobresaltó por la coincidencia de su repugnante sueño y la llegada del sacristán.

—¿Para qué? —le preguntó a Fidencio.

—Para no sé —respondió el sacristán, que sabía parecer atolondrado cuando había que eludir los riesgos de un encargo difícil.

Tanto para evitar las murmuraciones de las mujeres como las miradas de los hombres, Altares salía tan poco a la calle que su reclusión había terminado por convertirse en algo parecido a la paz. Leía poesía, jugaba con acuarelas y se miraba al espejo. Al paso de los días, los versos, los colores y su propia imagen se hicieron la única forma de recorrer el calendario. Habían pasado años de aquella costumbre tripartita, desde que se dio cuenta del imán que llevaba en su presencia.

Hombres insistentes y adolescentes apresurados la seguían por la calle. Su paso de viento iba recogiendo halagos estériles y suspiros asfixiantes. Esposas inseguras y novias retadoras también la seguían, los ojos condenándola al destierro. Por eso había optado por las paredes azul claro de su habitación y había abandonado la compañía de sus amistades de la infancia. Estaba sentenciada a vivir con una hermosura que la rebasaba y que parecía ser el octavo pecado en la lista de los grandes pecados de la historia.

Urbano Terán la recibió en la sacristía, los ojos artificialmente bondadosos.

—Eres bienvenida, hija.

—Vengo por el mensaje. Nada más.

—Lo sé, lo sé. Y te lo agradezco. Era urgente.

—¿Qué puede ser tan urgente?

—Todos los asuntos del cielo son urgentes.

Fidencio Arteaga estaba allí, simulando arreglar lo que estaba impecablemente en orden. Altares volteó a verlo.

—¿Es secreto o solamente urgente?

—Nada más urgente —contestó Fidencio.

—De todos modos, yo solo vine a hablar con usted —le dijo Altares al sacerdote, subrayando su rechazo a la intromisión del sacristán.

—Tengo que estar, señorita, por si al padre se le va la voz —aclaró Fidencio.

El sacerdote asumió el desafío y procuró darle a sus palabras la naturalidad de lo que sucede a mitad de la calle.

—Debo informarle, señora, que a partir de los treinta minutos de este día, es usted una mujer casada.

—Soy soltera. Y lo seguiré siendo mientras este pueblo siga sin hombres.

—Casada. La casé esta medianoche.

—La casamos —murmuró el sacristán.

Altares recordó la iglesia enorme de su sueño, y vio otra vez aquella oscura sombra arrodillada a su lado, Urbano

Terán extraviado en sus oraciones en latín, desfiladeros y estrellas atestiguando una boda que ella no había buscado. Y recordó algo que no había percibido en el sueño: dos pájaros inmensos, parados en el púlpito, observando la ceremonia con ojos nerviosos.

—Pues si tuvo el poder para casarme, lo tendrá también para disolver el compromiso.

—Tengo límites, señora. Lo que Dios ata en el cielo nadie puede desatarlo en la tierra.

La almohada volteada al revés no había hecho nada por ella. Un desconocido había comprado la complicidad del párroco de Testamento y había pasado por encima de su voluntad para desposarla. Era una traición a su belleza inalcanzable, un abuso de autoridad religiosa que nadie había podido evitar en medio de la noche.

—¿Está por escrito?

—Con tres copias al carbón.

—Quiero verlo.

—Fidencio...

El sacristán le entregó a Altares el acta de matrimonio. Sobre el nombre del novio, un trazo desatento suscribía el convenio; sobre el de la novia, la firma del párroco respondía por ella.

Sin siquiera darse tiempo a leer el nombre de su marido, Altares rompió en ocho partes el contrato religioso y arrojó los papeles a los pies del sacerdote.

—Cada quien hace lo que quiere con su copia —dijo Urbano Terán, inconmovible—, en nuestros expedientes obra el original.

Altares Moncada lo miró con desdén. «Es hermosa —pensó el sacristán—, incluso enojada es hermosa, más bella quizá». Y recordó al jinete, que no había dudado ni un instante de su elección a ciegas. «Tal vez ya la conocía, y en lugar de perder el tiempo con cartas y conquistas vino y nos sacó la boda con su presencia de miedo. Eso solo puede hacerlo un hombre a punto de morir». Altares lo arrancó de sus especulaciones:

—Ningún miserable me deshonrará —dijo con arrogancia—, mucho menos ese andrajoso que tuvo la insolencia de pretender emparentar conmigo.

Luego les recordó las costumbres civiles del estado, y cuando aludió al derecho moral se dio cuenta de que estaba recurriendo a argumentos sin validez en Testamento, de manera que se interrumpió a sí misma y advirtió:

—Si no encuentran la solución en las leyes del cielo, búsquenla en las del infierno, pero regrésenme a mi condición —y luego sentenció—: Rece por su tranquilidad perdida, padre. Usted no volverá a ser el mismo.

El sacristán salió de su regocijo interior y sintió el escalofrío de la culpa. Urbano Terán solo levantó la mano y esbozó la cruz, como exorcizando la sentencia. Altares Moncada salió de la iglesia y perturbó las calles con el movimiento retador de sus caderas. Una mujer se santiguó a su paso y dos hombres se paralizaron sobre la banqueta. Un empleado de correos la siguió, embelesado, y once ancianas que descansaban del sol debajo de la teja de la alcaldía murmuraron su condena a la indecencia. Altares siguió su paso y buscó la oficina del alcalde Domingo Domínguez. Una vez que la recién casada expuso su queja, el viejo funcionario permaneció en silencio, ponderando el marco legal de la situación. Luego, lentamente, se acodó en el escritorio para mirar a Altares. Nunca la había visto tan de cerca: era verdad, si de lejos lucía hermosa, a un par de cuartas resultaba deslumbrante.

—¿Qué hará? —le preguntó Altares.

Domingo Domínguez seguía viéndola, abrevando en sus años la distancia fría de la juventud.

—Usted es la autoridad, ¿qué va a hacer? —insistió Altares.

—Nada. El párroco Urbano Terán no ha transgredido ley alguna.

—¿Y entonces?

—Habrá pasos para el divorcio. La Iglesia tiene trampas para todo...

Un violento golpe de la puerta lo interrumpió. El solo perfume de Altares daba cuenta de que allí había estado una mujer sin hombre que la mereciera.

Solterías Romero y Catalina Domínguez, esposa e hija del alcalde Domingo Domínguez, quisieron saber de inmediato por qué Altares Moncada había ido a la oficina de su señor esposo y padre, pero el munícipe las empujó sin consideración, y se fue directo a la cantina El Buen Ciudadano, donde con alegres murmullos fue contándole a los parroquianos su secreto de oro: Altares Moncada se había casado a medianoche. Lo sabía de manantial seguro: la misma Altares se lo había dicho. Los ojos se agrandaban y las preguntas se amontonaban, de manera que Domingo no tuvo más remedio que ir agregando a lo que sabía lo que no sabía: Después de casarse, Altares y su esposo se habían aprovechado de la bendición celestial y habían mordido la manzana de Adán en la mismísima reja de la parroquia. Las preguntas se multiplicaban, y la sensación de importancia de Domingo también, así que no tuvo empacho en relatar que quién sabe por qué razones allí mismo el marido había decidido abandonarla. Y ahora Altares quería que se anulara el matrimonio.

—¿Así, sin más?

—Así —contestó Domingo.

—Quiere que yo la descase, pero ni aunque quisiera podría: se casó por la Iglesia; que la Iglesia la separe.

Antes de una hora, Solterías y Catalina tenían su curiosidad satisfecha porque las palabras de Domingo habían salido de la cantina como viento de otoño y se habían ido a recorrer Testamento con la velocidad de los relatos desmedidos.

—¿Entonces qué, hija? ¿Se casó o no se casó? —le preguntó Rafael Moncada a Altares.

—No haga caso, papá.

—Pero es que ya es mucho murmullo.

—De murmullos está hecho Testamento.

—Pero este murmullo alcanza a la familia.

—Mire papá, a ver si usted entiende este enredo: estoy casada, pero no me casé.

Como Rafael y su esposa, Noelia Berriosábal, no entendieron aquello al primer golpe, Altares les contó rápidamente la imposición de Urbano Terán.

Mientras Noelia se untaba de alcohol el cuello, la nunca y la frente para sobrevivir a aquel relato, Rafael se acicaló el bigote y con una seria expresión de meditación y duda, preguntó:

—¿Y eso se puede?

—Dice el párroco que sí.

—Mire nada más. Yo no sabía. ¿Y dónde está su esposo?

Noelia estaba recostada en el sillón, las manos sobre el rostro, el ánimo en el suelo, suspirando estrepitosamente como suspiraba en los velorios.

—¡No tengo esposo! ¿Que no entiende, papá? Es una mentira.

—Una mentira bendecida por la Iglesia. Eso es muy serio. Cuando menos dígame cómo se llama su marido.

—No lo conozco.

—Dice Carolina —apuntó Noelia entre lágrimas— que en la noche oyó un caballo y que cuando se asomó a la ventana vio a un hombre de negro cabalgando. Dice que lo vio bien porque había luna.

—Pues ese ha de ser —concluyó Rafael, y salió al patio a ver si los naranjos ya tenían nuevos brotes.

Hacia las tres de la tarde todos hablaban de que esos eran los riesgos de las mujeres demasiado hermosas, que se casan a medianoche con un desconocido solo para verse abandonadas después, ya sin nada qué guardar para el siguiente marido.

—Se lo advertí —le dijo Fidencio al párroco—. Ahora el escándalo no lo para ni Dios padre.

—Dios padre, sí —contestó Urbano Terán—. Puede más un pelotón de fusilamiento que una dispensa papal.

En lugar de que el misterioso enlace disminuyera el prestigio del párroco, en unas cuantas horas recuperó su mermada popularidad, y a eso de las seis de la tarde, cuando salió a dirigir el rosario, lo que normalmente hacía con media docena de ancianas, se encontró con la iglesia casi llena.

—Ave María Purísima —dijo.

—Sin pecado concebida —respondieron ciento treinta y siete regocijados feligreses.

Poco antes del anochecer, Carolina Durán consiguió que por fin Altares le abriera la puerta de su recámara, y en cuanto pudo la amparó en sus brazos.

—No necesito consuelos, nana.

—¿Qué necesitas?

—Nada más un poco de tiempo para salir de esto.

—Has de haber movido la almohada nada más. No la volteaste.

—Eso ya está. Ahora voy a ver cómo me divorcio.

—Ese matrimonio es de aire, niña. Lo que hace falta es ver cómo te regresamos tu virginidad perdida.

—Son habladas.

—Pero si las cree la gente, y todo el mundo lo trae en la boca, son verdades.

Altares, cuya sensualidad de todos modos se encontraba al borde del escándalo, decidió volver a la iglesia para arreglar el asunto.

Las habituales consumidoras de café y buñuelos en las banquetas la vieron pasar, y se dijeron que era muy justo que pagara la osadía de ser tan agraciada hasta convertirse en un atentado en contra de la moral. La recién casada, consciente de que estaba experimentando las consecuencias de su aplastante belleza, pudo corroborar en las triunfales miradas del pueblo que por fin se contaba con un sólido argumento para restarle mérito a su atractivo. Un imborrable antecedente sexual acababa de ser registrado en su historial amoroso.

A las puertas de El Buen Ciudadano, Gabriel Santoscoy iluminó a los siete buenos ciudadanos que siempre andaban con él:

—Es tan hermosa, que puede soportar todo tipo de agresiones sin resultar dañada.

Los siete buenos ciudadanos coincidieron, como siempre lo hacían, con la afirmación de Gabriel, y guardaron respetuoso silencio al paso de Altares y solo la siguieron con la mirada. Cuando al fin dobló la esquina, Gabriel abrió las puertas de El Buen Ciudadano, y en cuanto se sentaron a la mesa dictó la línea a seguir por sus siete incondicionales:

—Yo por mí seguiré amándola sin ruido en el corazón.

Y los siete buenos ciudadanos estuvieron de acuerdo.

Altares Moncada entró en la sacristía cuando el sacerdote y su asistente trataban de explicarse el repentino aumento en el fervor de la feligresía.

—Son cosas de Dios —dijo Urbano Terán, y volteó a la puerta para ver quién entraba sin permiso.

—Señora… —dijo, a manera de saludo.

—Vengo a solicitarles… —empezó a decir Altares.

—Ya ha sido cumplido su deseo —la interrumpió el párroco—. Puede usted disponer de su amor para casarlo con quien la merezca.

—¿Así, casada?

—Ya no es usted casada, sino viuda.

—Primero me casan sin preguntarme, y luego sin preguntarme me matan al marido.

—Tengo el honor de comunicarle que su primer esposo llevó en vida el nombre de Joaquín Baluarte de los Reyes.

Altares miró al sacerdote con cautela. Quería creerle y que, aunque fuera tardíamente, la almohada volteada al revés hubiera exorcizado aquella pesadilla.

—Es verdad —dijo el sacristán—. Su esposo murió fusilado hoy en Maratines.

—No es verdad —corrigió el sacerdote, temiendo que Altares fuera a soltarse en llanto—. Dios lo bendijo con una muerte indolora.

—Tan cierto lo uno como lo otro —se defendió el sacristán—. Dicen que los fusilados no alcanzan a sentir dolor.

—Pues les queda otro pendiente —dijo Altares—: me devuelven mi reputación y entonces sí se acaba el cuento.

De pie frente al despeñadero, mientras contemplaba el atardecer y esperaba la llamada del comodoro Plácido, Joaquín Baluarte recordaba las estampas de las seis de la mañana. Cuando oyó la posposición de su fusilamiento, el penetrante olor a copal había invadido el patio de la cárcel y los cuervos tenían ya media hora trazando círculos de hambre.

Todo cambió en un instante: los soldados mudaron el himno de los fusilados por las canciones de la guerra, los cirios funerarios fueron apagados de un solo soplo y las insignias mortuorias arrancadas de las camisolas, mientras los cuervos, desilusionados, desaparecían. Algunos abrazaron a Joaquín y otros lo saludaron marcialmente.

El sargento Sebastián Toledo le estrechó la mano y le dijo:

—Solo los valientes mueren en el paredón.

—Entonces usted morirá en su cama —contestó Joaquín.

El cabo Esteban Cifuentes lo sacó de sus cavilaciones cuando fue a avisarle que el comodoro Plácido Lucero lo esperaba.

—Seguramente sabe por qué pospuse la ejecución —lo saludó el comodoro en cuanto vio a Joaquín.

—Porque hay guerra. Y los soldados son para morir en ella.

—Usted está hecho para la guerra, Joaquín, todos lo saben, por eso le perdonamos sus frecuentes desapariciones.

Va y viene muy a gusto. A ningún oficial se le perdonan tantos caprichos. Pero está bien. Yo mismo lo he consentido. ¿Y sabe por qué? Porque sabe pelear y está dispuesto a morir.

El comodoro levantó su botella de aguardiente y la observó como si en su interior se agitara el mar que siempre había anhelado conocer. Sus compañeros de armas habían terminado por cambiarle su rango oficial por el de comodoro, quizá para consolar su frustración de no haber visto nunca el mar.

—El paredón es la única forma de acabar con usted, pero antes tiene que ayudarnos a repeler la invasión.

El huracanado permaneció de pie, incluso después de que el comodoro lo invitara a sentarse. Plácido bebió un gran trago de aguardiente y fingió celebrar lo que decía:

—Vienen los gringos.

—¿Qué tan cerca?

—Nuestros hombres fueron derrotados ya en tres ocasiones cerca de la frontera. Así como nos quitaron Texas, el plan de los invasores es arrebatarnos más territorio y fundar una nueva república que se llamará el Nuevo Texas. Primero tomarán Monterrey, después marcharán sobre Saltillo, cruzarán la Sierra Madre y de allí a la Ciudad de México. Todo al grito de ¡*Yes!* —dijo el comodoro, y se llenó la boca con aguardiente, con el que se enjuagó las encías.

—El aguardiente es para la garganta, mi comodoro, no para la lengua.

—No nos engañemos, comandante: el aguardiente es para el miedo.

Al fondo del patio, se escuchaba el canto triste de los soldados, que saludaban el comienzo de la noche. Empezaban a encenderse los quinqués.

—¿Y cuáles son las órdenes?

—Permanecer aquí y cruzarnos en su camino para detenerlos, según dicen en México. Pero usted y yo sabemos que se trata de cruzarnos nada más para retrasarlos unos días, mientras nos mandan al infierno. Zacarías Taylor, el general del ejército invasor, viene al mando de diez mil hombres bien armados; trae una guarnición de artillería capaz de convertir en ruinas una ciudad entera, cuantimás a un montón de soldados mal pertrechados.

El comodoro subió los pies al escritorio. Sus botas no habían conocido el brillo de los desfiles, solo el lodo de la incertidumbre. Se recargó en el respaldo de su sillón de campaña y cerró los ojos como para disfrutar de los escasos instantes que le quedaban de paz. Pero ya no tenía paz. El olor de la guerra empezaba a extenderse por todo el desierto.

—Hemos combatido juntos muchas veces —le dijo a Joaquín—. Yo sé que usted sabrá qué hacer. Por lo que a mí corresponde, estoy muy a gusto con mi aguardiente y mis nostalgias. Quiero que se haga cargo del destacamento.

—Quiere que los entrene.

—¡Que se haga cargo, carajo! No se les puede enseñar nada en unos días. Nada más hábleles. Póngales el corazón dispuesto, levánteles el ánimo, alégueles que la patria es primero y hágales creer que vamos a ganar. Prepárelos para la muerte, pues.

Joaquín asintió. Sabía que las palabras, que son inútiles en medio de la batalla, pueden ser determinantes en la víspera.

—Comodoro, antier puse flores en la tumba de mi madre.

—Y yo aquí, sin saber qué decirle a la gente.

—Y también fui a Testamento. Fui a casarme.

El comodoro Plácido dejó escapar una risita festiva. Como pudo bajó las botas y manoteó en el escritorio.

—Usted sí que me salió cabrón.

Cuando terminó de reírse tuvo que limpiarse las lágrimas con el antebrazo. Lágrimas y polvo le dejaron el rostro enlodado.

—Si he sabido, no lo dejo ir. Su esposa se quedará viuda antes de quitarse el vestido de novia.

—Se llama Altares Moncada y es la mujer más hermosa de Testamento.

—¡Uyuyuy! Los invasores pasarán justo por ahí. Seguramente Testamento será cañoneado y destruido por completo para aleccionar a todos los pueblos del desierto.

—¿Cuándo pasarán por Testamento?

—Pregúnteselo a ellos. A usted nomás le queda una opción: o la deja viuda a ella o se queda viudo usted… o se ven en el cielo, pues, como angelitos. Unidos y separados por la muerte.

El 30 de diciembre, en la misa de las once de la mañana, la más concurrida de cualquier domingo, catorce días después de la boda de Joaquín Baluarte, Urbano Terán anunció desde el púlpito el enlace matrimonial de la distinguida señorita Altares Moncada y Berriosábal con el noble señor Nicandro Muñoz de la Riva, honorabilísimo terrateniente, distinguido delegado político del gobierno central y digno representante personal del presidente Antonio López de Santa Anna.

Amante de las formas y receloso de los estatutos de la Iglesia, el comisionado había dispuesto la realización de una ceremonia civil, que se verificaría a las nueve de la mañana del 12 de enero en la casa de la contrayente y la ceremonia religiosa inmediatamente después en la parroquia. Luego habría una gran fiesta en la residencia particular del novio a la que, debido a la generosidad sin límite de don Nicandro Muñoz de la Riva, que Dios se lo tenga en cuenta, todo el pueblo podría asistir.

Como en Testamento las noticias más importantes corrían de El Buen Ciudadano a la iglesia o de la iglesia a El Buen Ciudadano, el anuncio sacudió la mesa de Gabriel Santoscoy y de los siete buenos ciudadanos a las once cuarenta y cinco.

Catorce ojos interrogaron a Gabriel, quien solo dijo:

—No permitiremos una segunda boda de Altares Moncada.

Y los siete buenos ciudadanos pidieron la primera copa del día para sellar el compromiso.

El profesor Tomás San Agustín, que también gustaba de ir a la cantina temprano los domingos y que desde otra mesa había oído la sentencia, quiso disculpar a Altares, así es que se sentó sin invitación a la mesa de Gabriel Santoscoy y dijo, como impartiendo una clase de civismo:

—A esa muchacha no le queda más remedio que, o liberar su instinto y acabar de matar de amor a toda una generación, o amordazar sus entrañas y convertirse en lo que socialmente se conoce como una señora de respeto.

Debido a que ni Gabriel ni ninguno de los siete buenos ciudadanos pareció escucharlo, Tomás subió la voz y concluyó su reflexión:

—Como ya hizo llorar a todos los hombres de aquí, lo único que le faltaba era matar de incertidumbre a un marido celoso.

A una señal de Gabriel Santoscoy, uno de los siete buenos ciudadanos levantó por las axilas al profesor y lo arrojó fuera de la cantina.

Por su parte, Altares Moncada, que de todas formas continuaba sin amar a nadie, sabía lo que los demás ignoraban: ella era la que había tomado la iniciativa de desposarse con el principal y más poderoso de los hombres que la pretendían. Sus irregulares nupcias con Joaquín Baluarte quedarían registradas como una molesta broma de Urbano Terán, su controvertida virginidad dejaría de andar siendo divulgada y su inalcanzable belleza, inmune a todo rumor posible, dejaría de ser difamada.

Lo que no había dicho Urbano Terán al anunciar la boda, era que días antes de que se hiciera oficial aquel intempestivo matrimonio y a solo setenta y seis horas de que él mismo casara a Altares con un desconocido, la muchacha se había hecho presente en la oficina particular del comisionado político.

Nicandro Muñoz de la Riva no esperaba ese regalo de la suerte. Viudo, de treinta y nueve años y sin hijos, dividía su tiempo entre la administración de sus incontables bienes y su ascendente carrera política. Era al mismo tiempo el principal comerciante de bienes raíces del norte de México y la autoridad civil más importante del alto centro. Traficaba todo tipo de propiedades a través del desierto y de la Sierra Madre y controlaba todo el altiplano de acuerdo con los deseos del gobierno central. Pero su poder no había logrado que Altares se dignara a recibirlo.

Diecisiete veces se había presentado en la casa de la familia Moncada con regalos, flores y presunciones, y diecisiete veces había recibido el desaire de los recados de Altares: estaba indispuesta, no podía salir de su habitación, estaba leyendo, se acababa de acostar, todavía no se levantaba. «Más bien no me quiere ver», se atrevió a decirle alguna vez a Carolina Durán. «Ella me dice eso siempre», contestó la nana, «pero yo le compongo un poco».

Primero por atracción, después por efervescencia y finalmente por orgullo, Nicandro había terminado por contratar
a media docena de escribientes, que por turnos redactaban
apasionadas cartas y bucólicos poemas que a los dos días
estaban de retorno en su buzón.

Pero por fin la paloma había caído. Y él sin moverse
de su escritorio, sin levantarse siquiera: lo había logrado
solo por la fuerza de su personalidad. «Altares Moncada es
leyenda viva —pensó— pero es solo una mujer». Y se rego-
cijó de tenerla en un puño.

—¿Todavía pretende casarse conmigo? —le preguntó
Altares.

—¿Es cierto lo que dicen por ahí? —preguntó a su vez
Nicandro.

—Nada más vengo a preguntarle si todavía quiere casarse conmigo —replicó Altares—. Así podrá comprobar si es
cierto lo que dicen.

—Señorita —dijo Nicandro con la voz engolada, y levantó del escritorio una carta firmada por el general en jefe
del ejército de la Unión Americana—, tenemos la guerra encima. La situación política va a cambiar radicalmente.

—Quiero una respuesta.

—Se la estoy dando, Altares. Con mis poderosos contactos diplomáticos, políticos y comerciales, soy el único

hombre capaz de protegerla. Casada conmigo no correrá ningún peligro.

—¿Eso es un sí?

Acostumbrado a mandar en las conversaciones, y especialmente en las discusiones, Nicandro probó el amargo sabor de la obediencia. Altares lo perturbaba sin duda, pero jamás había sospechado que ese desasosiego lo llevaría a someterse a los caprichos de la muchacha. Aunque estaba obsesionado con esa conquista, le hubiera gustado mantener el mando. Por eso se ruborizó frente a sí mismo al oírse pronunciar la sílaba que se le exigía:

—Sí.

—Entonces ya está. El 12 de enero.

El 12 de enero, después de una noche de insomnio, Altares Moncada se levantó a las cuatro de la mañana. Entre sueños, Carolina Durán la vio caminar hacia el cuarto de baño y entre sueños oyó correr el agua. Debía de ser un agua helada porque el viento había azotado las calles de Testamento toda la noche, y era previsible que al alumbrar el día el hielo apareciera por todas partes con su aliento quebradizo y sus ganas de acabar con lo poco que quedara de verde en aquel invierno de sobresaltos nupciales. Fiel a sus obligaciones, Carolina se despabiló rápidamente, y cuando Altares salió, húmeda y desnuda, su nana ya estaba esperándola con el vestido de novia.

—Estás ansiosa —le dijo.

—No, nada más tengo prisa.

Altares empezó a cubrirse con las delicadas prendas que había comprado para la ocasión y que realzaban su íntima belleza hasta el extremo. Su nana la auxilió a ponerse el vestido color hueso que Noelia Berriosábal había confeccionado en unos cuantos días, feliz de que su hija hubiera sorteado tan milagrosamente la boda nocturna que le había provocado tanta desdicha, y de que por fin hubiera decidido casarse. Y nada menos que con Nicandro Muñoz de la Riva, cuyo parentesco sería poder, dinero, envidia, los tres valores que Noelia más apreciaba y que, estaba segura, le habían sido entregados en escasas porciones que no correspondían a lo que ella merecía.

—No sé por qué no quisiste que fuera blanco.

—Es mi segundo matrimonio, nana, no te olvides de eso.

Altares volteó al espejo y se sintió satisfecha. Aunque sabía que poco podía agregar a su natural hermosura, quería que esa mañana la admiración de Testamento se arrodillara ante ella. Solo despertando la envidia colectiva podría disfrutar a plenitud de sus arreos nupciales. Después de todo, presentía que los murmullos a su paso terminarían al día siguiente y que los extrañaría por más que siempre le habían parecido insoportables. De manera que tal vez aquella sería su última oportunidad para humillar a sus pretendientes y a sus detractoras. Desde su adolescencia llegó a la conclusión de que el matrimonio tenía la rara propiedad de hacer de las solteras más codiciadas mujeres comunes y sin brillo. Altares estaba pensando en un toque adicional para su cuello, cuando escuchó que un caballo se detenía muy cerca de su ventana.

—Es él —dijo Carolina Durán, que discretamente había hecho la cortina a un lado para poder ver sin ser vista.

—¿Quién? —preguntó la novia.

—El hombre del caballo negro.

Altares fue hasta la ventana y se asomó también. Eran ya las seis y el alba había tomado una coloración rosada, pero aquella luz del cielo no había bajado todavía a la tierra. Por eso solo pudo ver al jinete en la penumbra. De pronto, una sensación venida de su bajo vientre provocó que una oleada de deseo la estremeciera y que por primera vez quedara desecha la indiferencia que siempre había sentido hacia su propio cuerpo. Entonces se supo vulnerable: había perdido la dichosa tranquilidad que solo tienen los que nunca han amado.

La deslumbrante novia, que durante tantos años y con tanta insidia castigó a la desafortunada generación que tuvo la desgracia de alternar con ella, de pronto se hizo consciente del destructivo poder de su belleza, y por un instante recordó las cartas de desesperada idolatría que desfilaron por sus manos, las bocas anhelantes que suplicaron por uno de sus besos, los miserables adoradores que rogaron por una mirada, aunque fuera por misericordia. Y entonces empujada por una voluntad que no era la suya, Altares Moncada salió al jardín.

El aire del invierno le rozó la cara, y ella se dio cuenta de que las desnudas ramas estaban cristalizadas por el hielo. El jinete se había alejado hasta el fondo del rosedal y permanecía inmóvil, sin tener conciencia siquiera de la fuerza que lo fijaba allí, frente a una casa sin nombre ni apellido. Sus ojos trágicos le daban la apariencia de un poeta levantado en armas.

Altares tuvo por un momento la certeza de conocerlo, quizá porque tantos años de enfrentar a la muerte le habían conferido al huracanado el poder de parecerse a todos los hombres que son recordados con nostalgia.

Lentamente, Joaquín Baluarte avanzó hacia Altares y le ofreció un ramo de florecillas. Ella recibió el obsequio y por primera vez sintió el deseo de ser acariciada. Se llevó las flores al rostro y una nueva ola de excitación volvió a estremecerla. Sus pezones sintieron el inédito vértigo de una sensación desconocida.

El jinete permaneció un momento más cerca de ella, contemplándola sin expresión. Altares hubiera querido retenerlo con una palabra, una pregunta, pero no encontró nada qué decir: hablar habría convertido aquel instante en realidad sombría.

Noelia Berriosábal estaba esperando a su hija con un gesto de reprobación y alarma.

—¿Qué hacías allí, eh? ¿Qué hacías?

Altares fue directo al espejo, se arregló el cabello, se quitó algo de la mejilla, se miró las manos.

—Te estoy hablando.

—¿Te gusto, mamá? Esta boda es para ti.

—Una mujer casada no debe platicar con extraños, y menos en el jardín, a las seis de la mañana.

—Yo soy viuda.

—No te burles. Eres una mujer casada. Y con quién. Nada menos.

—Todavía no.

—¡Cómo si lo fueras! Pasa por aquí uno de los ayudantes de Nicandro y la boda se nos hace humo. ¿Que no entiendes?

Altares entendía, claro. El plural era claro. La boda se iría al infierno para la familia, que estaba encantada de emparentar con el representante personal del presidente de la República. La boda era de todos, menos de ella, aunque fuera de ella, aunque ella misma la hubiera decidido sin consultar con nadie, aunque ella le hubiera arrancado el sí a Nicandro a fuerza de preguntas sin escapatoria. Pero la boda era de la familia, porque así se acabarían los apuros financieros y la ansiosa necesidad de renovar el apellido.

—Claro que entiendo.

—El hombre con el que hablabas debe de ser un malviviente, un pobre desheredado.

—Ese es un hombre, lo sabes.

Noelia lo sabía. Lo había visto bien a través de la ventana. Se había quedado sorprendida del misterio, de ese aire de poder inocente. Pero no lo iba a reconocer nunca. Incapaz de seguir aquella conversación por la vía de argumentos y contraargumentos, optó por los hábitos de la tradición familiar:

—Altares —le dijo solemnemente, la voz grave y el gesto severo—, estás a dos horas de casarte. Olvídate de todos los hombres de la tierra.

—Hasta donde me alcance la voluntad.

Algo dijo Noelia Berriosábal, pero Altares ya no la escuchó. Se fue a su habitación a sentarse frente al espejo de su peinador y a recapacitar sobre el nuevo giro que estaba por tomar su destino. Ya no volvería a ser la displicente infanta de sus padres, ni la perturbadora y recatada mujer que Testamento condenaba y presumía con enfadado orgullo.

En unos días había dejado de ser soltera, se había convertido en viuda y estaba por contraer nuevamente matrimonio. Y aunque no amaba al que sería su esposo, tampoco podía permitirse amar a nadie, mucho menos a un desconocido que lo único que le había dado era un ramo de flores sin olor.

Afuera, las trágicas guitarras del desierto afinaban sus cuerdas y, más allá, donde no alcanzaba la vista, los caballos intervencionistas avanzaban pisoteando cabezas inocentes.

Uno de sus incondicionales le contó a Gabriel Santoscoy lo que había visto: Altares se había reunido con un silencioso jinete a las seis de la mañana y le había entregado las más feroces miradas de amor que él hubiera visto. Gabriel, que había reunido a sus siete buenos ciudadanos desde temprano para cumplir con su palabra de no permitir un segundo matrimonio de Altares Moncada y con las trazas de conocer perfectamente al hombre de negro, sentenció:

—La gran ventaja que deja la guerra es que las mujeres caen rendidas ante la poderosa desolación que irradian los derrotados.

Y luego ordenó que sus incondicionales se prepararan para ir a la iglesia a sabotear aquella boda inaceptable.

Uno de los siete buenos ciudadanos preguntó:

—¿Por qué no mejor vamos a la casa de Altares a impedir el matrimonio civil?

Gabriel lo vio con cierto enfado, como si aquella pregunta partiera de la ignorancia:

—Porque la única unión que es para siempre es la de Dios. La otra se deshace sola.

Nicandro Muñoz llegó acompañado por catorce guardaespaldas a la casa de la familia Moncada; después arribaron las catorce madrinas que se habían contratado ante la ausencia de amistades de la novia; llegaron también el juez, el alcalde, el cabildo, los notarios y los ocho comisarios que actuarían como testigos. Para las nueve y media de la mañana Altares Moncada y Berriosábal era ante la ley una mujer casada.

La media hora que duró la ceremonia fue la misma media hora que les bastó a Urbano Terán y a Fidencio Arteaga para comunicarle a Joaquín Baluarte que él era oficialmente un hombre muerto, que en tales casos las viudas correspondientes quedan libres para volver a casarse, y que Altares, habituada ya a la vida en pareja, había encontrado aspirante idóneo en veintisiete días y sin pasar por los sabores y sinsabores del noviazgo estaba por convertirse en esposa ante Dios.

—¿Y a Dios quién le explica el enredo? —preguntó Joaquín.

—Él lo sabe todo —respondió el sacristán.

—¿Conoce también el futuro?

—También —volvió a contestar el sacristán, a quien le gustaba adelantarse al párroco cuando sentía que se trataba de un asunto que él podría contestar sin dudas.

—Entonces está bien —concluyó Joaquín—. Dios sabe que en unos días estaré muerto, y que mi Altares no quedará desamparada.

Quince minutos antes de las diez, el cortejo nupcial salió de la casa de la novia. La comitiva tomó el callejón de

Santa Rita de Padua y dio vuelta en el callejón del Santo Oficio. Al frente del séquito iba Altares Moncada del brazo de su padre; después iban Nicandro Muñoz de la Riva y Noelia Berriosábal, radiante como una novia. Más atrás marchaban los catorce guardaespaldas y las catorce madrinas.

El pueblo formaba valla en las banquetas, curioso y feliz, como si con ver aquello algo le quedara del esplendor ajeno.

—Al pueblo le bastan las sobras de la opulencia —dijo Gabriel Santoscoy.

Y los siete buenos ciudadanos estuvieron de acuerdo.

Al pasar por la Plazoleta de los Parsimonios, Altares detuvo la mirada. Allí estaba el jinete de negro, fundido en la desolación de sus ojos.

—Apúrate, niña —le susurró, imperiosa, Noelia Berriosábal.

Altares se había detenido y había retenido la mirada en los ojos de Joaquín Baluarte. Noelia se acercó a su hija y la empujó:

—Si titubeas, te pierdes —le dijo al oído.

La novia recuperó el paso, y siguió avanzando entre la lluvia de flores que el pueblo, que tanto la odiaba, le ofrecía.

Ya en la iglesia, los contrayentes observaron impávidos los movimientos litúrgicos del sacerdote y escucharon sus oraciones inalcanzables sin revelar nada en sus gestos. Noelia Berriosábal lloraba la emoción de su sueño cumplido, mientras Rafael Moncada parecía aburrirse.

Urbano Terán dijo con voz grave, creyendo que repetía una rutina sin consecuencia:

—Si alguien tiene un impedimento para la realización de esta boda...

—Nosotros —dijo Gabriel Santoscoy, al frente de los siete buenos ciudadanos. Estaban ubicados al fondo de la nave, en la oscuridad. Decenas de ojos se volvieron a mirarlos y la iglesia se llenó de murmullos.

El sacerdote se sobresaltó, pero mantuvo la formalidad apostólica de su oficio.

—¿Y cuál es el motivo?

Gabriel Santoscoy se incomodó por aquella pregunta, en cuya respuesta no había pensado, pero se rehízo rápidamente:

—No tenemos motivo, nada más impedimento.

—Tiene que haber un motivo.

—¿Acaso hay un motivo para que ellos se casen?

Los catorce guardaespaldas se desprendieron del brazo de las catorce madrinas e intentaron ponerse de pie, pero Nicandro les ordenó que no se movieran: eran solo travesuras de borrachos tempraneros.

—Procedamos —dijo Urbano Terán, sintiendo que ese era el único momento que tal vez tendría para culminar la boda y convencido de que casar a Altares Moncada estaba convirtiéndose en una de las tareas más arduas de su apostolado.

Entonces, haciendo a un lado el protocolo, precipitadamente conminó a los novios al irreversible sí de la ceremonia. Nicandro asintió, y Altares dijo sí mientras recordaba la última parte de aquella pesadilla en la que se casaba. Entonces logró distinguir el rostro del hombre que en sueños la estaba desposando y que ella no deseaba como marido. En el preciso instante en que le colocaban el lazo nupcial, flotando altiva en la perfumada nube de aromáticos sándalos, volvió la cara y reconoció a Nicandro. En ese momento tomó conciencia de que el hombre que había visto en su sueño y que tanta repugnancia le había causado, era justo con el que se acababa de casar. Sin que nadie se lo confirmara, se sintió segura de que su original marido, el que la naturaleza le había construido solo para ella y con el que Urbano Terán le había hecho el favor de desposarla, seguía esperándola en la Plazoleta de los Parsimonios. Sin paciencia para esperar la conclusión de la misa, se deshizo del lazo nupcial y ante el azoro de cientos de testigos salió corriendo de la iglesia. Inesperadas nubes habían oscurecido el cielo de Testamento.

Antes de salir tras ella, Nincandro les ordenó a sus custodios que lo siguieran. El pueblo entero abandonó el templo.

Urbano Terán y Fidencio Arteaga miraban absortos cómo se alargaba aquella historia que había empezado con una boda y que pensaron que terminaría con otra.

—Usted no me dijo todas las consecuencias de los pecados teologales —murmuró el sacristán.

—Nunca había cometido uno —contestó el sacerdote.

Altares Moncada corrió por el callejón de los Limoneros y llegó hasta la Plazoleta de los Parsimonios, donde todavía estaba Joaquín Baluarte. En cuanto la vio, el huracanado descendió del caballo.

—¿Por qué no me llevaste contigo la noche que nos casamos?

—No creí justo contaminarte con mi destino.

—Me acabo de casar con otro, creyendo que estabas muerto.

—Lo estoy. Unas horas de más o de menos no cuentan para la muerte.

—Llévame contigo ahora.

—Cuando tus juramentos sucumban, no importa cuándo, vendré por ti para que seas eternamente mía.

Nicandro se detuvo a escasos tres metros del jinete y extendió la mano para que se le entregara una pistola. Los catorce guardaespaldas estaban ya con él y uno de ellos se adelantó para dársela. El pueblo se congregó alrededor de la disputa. Los balcones se llenaron de curiosos.

—Si le alcanza el valor, defiéndase —sentenció Nicandro—: lo voy a matar.

Aunque estaba armado, Joaquín permaneció inmóvil. Sus años de amistad con las armas le hicieron saber que Nicandro tenía pulso para matarlo. El cañón de la pistola que le apuntaba no temblaba ni siquiera por la ira que sacudía al hombre que la portaba. El viento comenzó a soplar. Un poderoso trueno rasgó el cielo de la mañana y un aguacero hizo más dramática aquella reyerta. Nicandro, a punto de disparar, ordenó a sus escoltas que llevaran a Altares a la rejilla de prácticas y que allí la retuvieran hasta que no diera una explicación satisfactoria de aquella burla.

—Tiene unos segundos para intentar defenderse —le dijo después a Joaquín.

—Nadie es culpable de esta confusión —dijo el huracanado—. Pero si acaso lo hay, soy yo.

Nicandro titubeó. Aquel hombre no tenía la apariencia de un cobarde ni de un oportunista; tampoco parecía estar buscando compasión ni preparando una trampa para sorprenderlo. Era el tipo de temperamentos que Nicandro había buscado siempre para su protección. Pero todo Testamento estaba allí, viendo cómo aquel desconocido había avergonzado al representante del general Santa Anna: había que hacerle pagar con la vida aquella afrenta. No solo había un honor personal que salvar; también estaba de por medio un cuantioso capital político.

—Nadie podrá decir que lo maté cobardemente —gritó Nicandro, y se acercó un poco más a Joaquín—. Le di oportunidad de defenderse.

En cuanto accionó el arma, Nicandro se derrumbó como si él mismo se hubiera disparado. Los catorce escoltas, que se habían preparado para rodear de inmediato el cadáver del desconocido, apenas tuvieron tiempo de reaccionar para ir a auxiliar al terrateniente. Muy pocos se habían percatado de la relampagueante forma en que el huracanado se había adelantado al ataque. Altares se refugió en los brazos de su madre.

—Es suficiente con eso —dijo Noelia Berriosábal, que había alcanzado a darse cuenta de cómo Joaquín había hecho un movimiento rapidísimo y había rasguñado con una daguilla de acero el cuello de Nicandro—. Váyase y deje en paz a mi hija.

La muchedumbre, empapada y sorprendida, atestiguaba silenciosa.

Diez de los catorce escoltas se giraron para encarar a Joaquín, ya con las armas desenfundadas. Pero entre ellos y el jinete se encontraron con Gabriel Santoscoy y los siete buenos ciudadanos. La vista de tantas armas a punto de dispararse ahuyentó a la multitud, que se resguardó de la lluvia bajo los tejados, temerosa de salir lastimada, pero sin ganas de perderse lo que estaba por suceder.

Lucrecio Tinajero, que solo hacía valer su condición de jefe de la escolta en momentos difíciles, se adelantó hasta quedar a un par de pasos de Gabriel Santoscoy.

—No vamos a matar a tantos, si no es necesario. Solo nos importa el jinete.

—A nosotros solo nos importa la señorita Altares.

—¡Lárguense todos de aquí —gritó Noelia— y usted olvídese de mi niña! —le advirtió a Joaquín.

La voz de Noelia paralizó a la escolta.

Joaquín subió a su caballo, y antes de emprender el galope miró a las autoridades del pueblo y sentenció:

—¡Si por alguna causa la señora Altares Moncada recibiera alguna ofensa, conocerán los estragos del desagravio!

Al abrir los ojos, Nicandro se encontró con una realidad borrosa, como cuando se ve a través de una ventana empañada. Un molesto adormecimiento le recorría el cuello.

Su último recuerdo era el cañón de su propia arma y el rostro de su enemigo. «Disparé —pensó— sin duda disparé». Rolando Santiesteban, su médico de confianza, se alegró cuando vio que Nicandro despertaba.

La blancura de la habitación deslumbró al comisionado político cuando por fin pudo ver con claridad. Con claridad recordó la imagen del jinete alargando la mano hacia él. «Pero yo disparé —volvió a pensar—, sin duda disparé». Lucrecio Tinajero se había acercado a la cama y esperaba en silencio que su jefe volviera de la cueva oscura de la que parecía estar saliendo.

—Lucrecio, ¿disparé?

—Sí, patrón.

—¿Y dónde está el cadáver de ese hombre?

—Ese hombre todavía no es cadáver.

—Déjenlo morir, entonces. Mis balas pueden tardarse a veces, pero siempre son mortales.

—No se esfuerce —terció el médico—. Va a recuperarse pronto, procure estar tranquilo.

Nicandro cerró los ojos y vio pasar una parvada de pájaros oscuros. Vio la casona de Rancho Santo y la extensión de sus propiedades, como si él mismo fuera un ave que pudiera recorrer kilómetros en el aire, y vio las hectáreas de Santa Rosa, que seguían sin escrituras, y pensó que había que remediar aquello antes de que las familias Ramírez Oropeza y Garza Luna fueran a cometer la imprudencia de volver a reclamarlas, y se vio frente al general Antonio López de Santa Anna diciendo: «Sí, señor presidente, como usted lo ordenó», y el presidente serio, tocándose la barbilla con la punta de los dedos: «Lo felicito, Nicandro, si no fuera por los norteamericanos, esta sería una república dichosa». «Lo es, señor, con la protección de su entereza», el presidente sonriendo y él a punto de decirle: «Quisiera, Su Alteza Serenísima, quisiera pedirle, no sé, usted lo sabe mejor que yo». «¿Y bien?», preguntaba Santa Anna, aquello de Alteza Serenísima le había gustado, ese era el título que mejor le quedaba a su grandeza, algún día se haría llamar así. «Oh, no quisiera yo molestarlo con estas pequeñeces, pero usted sabe, las cosas se han puesto tan difíciles, si pudiera yo usufructuar la reserva territorial de San Mateo, solo si se pudiera». «¿Qué más?», preguntaba el presidente sin hablar, solo con la mirada. «Pues solo eso, señor, la madera que se obtiene de esa zona es inmejorable, si usted tuviera la bondad de autorizarme.» «Las reservas son de la nación», apuntaba el presidente, las manos siempre en la barbilla, se acariciaba, acariciaba su propio poder, que ese hombre sufriera un poco, aunque, desde luego, sus servicios, siempre puntuales, intachables, cuidadosos, eficaces, crueles si fuera necesario, lo hacían destinatario útil de privilegios, pero que sufriera un poco, ahora Santa Anna estaba sonriendo. «Gracias, su Alteza Serenísima, gracias», pero de pronto el rostro, que sigue sonriendo, ya no es el de Santa Anna sino el de Altares... Nicandro se despertó de golpe.

—Altares... ¿dónde está Altares?

—En casa de sus padres —Lucrecio seguía allí, pendiente—. Se espantó, patrón. Se puso muy nerviosa. Era imposible que no lo permitiéramos. Está allí segura. Usted ordenará.

—¿Y dónde está el cadáver de ese hombre?

Lucrecio ya no contestó. Hubiera querido tener una historia que dejara satisfecho al delegado político. Por ejemplo: «La gente del pueblo quemó su cadáver. Tenía una herida mortal en la frente». Pero el jefe de la escolta no tenía nada bueno que contestar.

—¿Está muerto o no está muerto, carajo?

—No, señor.

—Sáquenlo entonces de la bartolina y tráiganlo.

—Huyó, don Nicandro.

Nicandro se incorporó incrédulo y esta vez no hizo caso de la preocupación del médico. Una expresión de ira y burla se mezcló en sus ojos.

—¿Huyó? ¿Me estás diciendo que mis catorce escoltas, tú incluido, no tuvieron cojones para matarlo?

—Tiene alas en las espuelas, patrón.

—¡Tiene lo que a ustedes les falta, pendejo!

Nicandro dejó caer su cabeza sobre la almohada, obligado por un agudo dolor en el cuello. Respiraba agitadamente.

—Se llama Joaquín Baluarte de los Reyes —dijo Lucrecio, queriendo atenuar con aquella información la rabia de su jefe.

—Ni en una tumba quiero leer ese nombre. Encuéntralo y mátalo. Quiero ver su cadáver antes de dárselo a los perros.

Cuando Lucrecio salió, Nicandro volteó hacia Rolando Santiesteban.

—¿Es muy delicado esto?

—Poco. En unos días estará bien.

—¿Le suena ese nombre?

—No sé, no recuerdo. Un oficial del ejército, tal vez. Lo he oído.

—Es un ladrón.

—Sí, eso es. Quizá me confunda.

—Un desarrapado, un bandolero, un guerrillero, no un oficial del ejército, ¿entiende, doctor?

—Entiendo. Puede ser un guerrillero. O un cirujano. Hacerle esa herida sin matarlo, digo yo, es casi un arte.

Nicandro le hizo un gesto al doctor de «váyase», de «no me chingue», de «lárguese con sus pendejadas a otra parte», y cuando quiso hacer el gesto adecuado para mandarlo a la chingada sintió que se le volvía a empañar la vista y que otra vez la parvada de pájaros oscuros se le estaba metiendo en el cuello...

II

LOS PERROS DE LA NOCHE

La primera aparición pública de los Perros Negros fue en La Ingrata, México, cuando en una relampagueante batalla destrozaron a la legión Mediterráneo y frustraron de tajo la avanzada francesa del 39. Aunque el gobierno de la República quiso atribuirse el mérito de la victoria, el rumor popular rechazó aquel embuste.

De manera que cuando por fin las autoridades federales reconocieron la existencia de los Perros Negros y los llamaron «chusma indisciplinada», lo que expresaba doblemente su desprecio, la opinión pública no se dejó llevar por los dictados oficiales y cubrió a aquellos legionarios con el misterio que hace inolvidable lo desconocido.

La segunda aparición de los Perros Negros tuvo lugar en enero del 42 en Laredo con motivo de las constantes incursiones militares estadounidenses que buscaban forzar a México a una guerra suicida. En esa ocasión, también en una sola noche, acabaron con la guardia de Texas.

El hecho provocó que el gobierno se interesara vivamente en aquella independiente legión de asalto. El general Antonio López de Santa Anna, motivado por conseguir una alianza militar de alta eficacia y al mismo tiempo ansioso de recoger el prestigio de sus victorias, trató de incorporarlos a las filas del ejército, pero en el único contacto que pudo establecer con ellos recibió tal desaire que ordenó a sus escribientes a sueldo borrar aquel intento para no cargar con el desplante toda su vida y menos en su biografía.

La tercera aparición de los Perros Negros fue a finales de 1842, en el altiplano de México, cuando en defensa de los pueblos indios que habían sido despojados de sus territorios por el gobierno central, le infligieron un severo descalabro al ejército mexicano.

Desde entonces fueron considerados guerreros sin patria, aventureros sin honor y legionarios indignos de pertenecer a cualquiera de las milicias nacionales. Por eso es que aunque después de 1842 libraron frecuentes y exitosas batallas, oficialmente los Perros Negros nunca existieron. Sus hazañas resultaron demasiado espectaculares para ser reconocidas por los historiadores oficiales. Su exceso de gloria los confinó a ser una increíble y poco seria leyenda. Su grandeza militar fue ignorada por decreto de Estado.

Cada vez que aparecían y triunfaban, el presidente disponía que nadie podría recordar, apuntar, comentar o alabar aquella batalla, la que fuera, so pena de ser sometido a una auditoría especial que concluiría fatalmente con la expropiación de todos los bienes de quien infringiera esa disposición. El gobierno nacional prefirió borrar a los Perros Negros de la memoria de México a intentar la imposible hazaña de competir con ellos. Proscritos desde un principio, los Perros Negros nacieron siendo una leyenda: el reducto de la historia les había quedado demasiado estrecho.

El ejército de Estados Unidos, que después de la batalla de Laredo fue la única instancia gubernamental que tuvo la precaución de ocuparse de los Perros Negros, los clasificó en sus archivos de guerra como una orden militar clandestina, aunque después su expediente adquirió la categoría de Reservado con el número 174/42 y bajo el título de «Una hermandad secreta y mortal».

Curiosamente los servicios de inteligencia estadounidense solo registraban lo que era perceptible a simple vista: que eran guerreros letales, que se vestían de negro y que peleaban de noche. En aquel registro de inteligencia, nada más había una revelación, recogida de la voz de un insólito superviviente de dos batallas: «Durante el combate, forman una estrella que se expande y se contrae violentamente». Quizá por ello en las matrículas más recientes de la Unión ya no se les llamó Hermandad, sino legión, la Legión de la Estrella.

Lo demás lo contaban los escasos testigos de sus mortíferos ataques: parecían fantasmas, no un ejército regular, ni guerrilleros ni mercenarios; ni soldados atribulados por órdenes verticales ni patriotas heroicos en defensa de ninguna soberanía. Eran solamente sombras.

¿Alguno de sus integrantes había muerto en combate? Nadie lo sabía. O recogían a sus muertos en plena acción o nunca había muerto ninguno de ellos. «Yo maté a uno», decía un soldado adversario que había sobrevivido. ¿Y el cadáver? Nunca un enemigo recogió un cadáver de un Perro Negro. «La razón es simple», dijo el general Zacarías Taylor cuando le hablaron por primera vez de ellos, «son los vencedores los que recogen los muertos. Cuando los derrotemos, contaremos sus cadáveres por cientos».

Antes de iniciar la intervención, el gobierno estadounidense exigió por la vía diplomática al mexicano que acabara con esa agrupación, puesto que no peleaba de acuerdo con los cánones de los conflictos internacionales y desplegaba recursos de combate que eran claramente contrarios a la ética de la guerra.

Como el gobierno de Santa Anna respondió que no tenía autoridad sobre los Perros Negros y que por lo tanto no podía garantizar que no participaran en el caso de una lucha armada, el ejército estadounidense advirtió que cualquier acción de la Legión de la Estrella sería considerada una ofensa a Estados Unidos y que se otorgaba el derecho de invadir suelo mexicano para exterminar aquella amenaza para el mundo.

Los melancólicos versos de poetas y trovadores del desierto dejaron registrado para la posteridad que también eran guerreros sin salario y sin ningún tipo de prestaciones. Atacar era su estrategia y el anonimato, su refugio. Se les llegó a temer tanto, que con solo pronunciar el nombre de los Perros Negros todo género de agrupamiento armado en México que estuviera inmiscuido en operaciones injustas, ya fueran avanzadas extranjeras, gavillas de ladrones, grupos paramilitares al servicio de poderosos, y aun el mismo ejército de la República, se daban inmediatamente a la fuga.

Como nadie tenía idea de quiénes eran o de dónde venían y tampoco se sabía a quién obedecían o qué organismo los financiaba, los rumores llenaron los vacíos y empezaron a cavar los cimientos de la leyenda: son mercenarios contratados por los ingleses para fastidiar a los americanos; no es que estén bien informados, lo que pasa es que tienen el don de la adivinación; no cuentan con un reglamento para entrar en combate, más bien son analfabetos de la guerra que ganan a base de suerte; no son partidarios de ninguna de las corrientes políticas que tienen a México en la ruina; son capaces de destrozar al ejército nacional, pero les divierte más ridiculizarlo; son inmortales, por eso no se mueren; traen caballos españoles, por eso desaparecen en la oscuridad; tienen un pacto con la noche, por eso la luna se comporta como si estuviera de acuerdo con ellos.

Con base en estos rumores, los juglares del desierto y los poetas líricos les cantaron un sinnúmero de versos que ciento cincuenta años después aún pueden ser escuchados en el Desierto del Santuario.

Por los tiempos en que ocurrió el matrimonio de Altares Moncada con Joaquín Baluarte, los Perros Negros tenían poco más de un año de no aparecer públicamente.

El 15 de enero llegaron a Testamento unos emisarios del Arzobispado de México para entrevistarse con Urbano Terán y, una hora después, un pelotón de la tercera compañía de la División de Oriente destacada en Maratines arribó en busca de Joaquín Baluarte.

Los militares se presentaron ante Nicandro Muñoz, que todavía no se recuperaba por completo de la herida en el cuello. El sargento Sebastián Toledo le informó del motivo de su llegada: traían órdenes de detener, y en su caso fusilar, a Joaquín Baluarte, quien había solicitado franquicia de doce horas para venir a Testamento a atender asuntos personales y después de cuatro días no se había reportado al cuartel. Se le acusaba de sedición y deserción, y una nueva sentencia de muerte pesaba sobre la anterior.

—Es un hombre extremadamente peligroso —concluyó el sargento—. Ha pertenecido al ejército por largas temporadas y ha desertado muchas veces. Se tiene la sospecha de que actúa en grupos armados independientes y de que está planeando pelear por su cuenta contra los invasores.

—Aquí también tiene cuentas pendientes —contestó Nicandro—. De hecho, podría decirse que no tiene dos sentencias de muerte, sino tres.

A esa misma hora, Urbano Terán tomaba té con sus visitantes: monseñor Zúñiga y dos sacerdotes jóvenes.

—Testamento parece un pueblo sombrío, Urbano.

—Lo es, monseñor. Nadie viene de visita. Si alguien viene, algo trae.

—Yo traigo mis motivos —dijo monseñor Ambrosio Zúñiga, y le extendió una carta firmada por el arzobispo primado de México que lo acreditaba como el administrador de los bienes de la Iglesia con plena autoridad para inventariar y censar todas sus propiedades.

—Bien —suspiró Urbano Terán—. La guerra siempre es un motivo para contar todo. Así al menos se sabrá cuánto se perdió.

—No es por la guerra —corrigió Zúñiga—. La tendencia del gobierno desde mil ochocientos veinticuatro es despojar a la Iglesia de todas sus pertenencias. Hay grupos en el poder que empiezan a dejar ver sus intenciones: Iglesia y Estado separados, educación laica, expropiación de los bienes de la Iglesia… es la herencia que nos dejó Miguel Hidalgo.

—¿Y cuáles son los planes de la Iglesia?

—Impedir el desmoronamiento de la fe.

—Entonces, la invasión…

—La invasión puede leerse de dos maneras: si se declara la independencia del Nuevo Texas, como pretenden los invasores, quedará claro que ante la incapacidad del gobierno de mantener la unidad nacional, la Iglesia es la única defensa. Podríamos fortalecernos. Pero por otro lado, la invasión también confirma los eternos planes de Estados Unidos por anexar a México. Y ellos practican la religión de Lutero. Tenemos que ser muy cautos.

El eco de múltiples descargas cimbró la sacristía, y los sacerdotes se miraron, azorados. No sabían que los doce soldados que visitaban a Nicandro habían sido invitados a desayunar en el traspatio de la casa del comisionado y que allí, despojados de sus armas mientras tomaban café, los había sorprendido un repentino ataque incruento: un centenar de balas les habían pasado por encima de la cabeza y alrededor de los pies. La sombra de Nicandro apareció en el pasillo.

—La próxima vez los tiros van a ir derecho a la barriga —dijo—. A menos que ahora mismo acepten pelear bajo mis órdenes.

—Yo nada más traigo la misión de fusilar a Joaquín Baluarte —aclaró Sebastián Toledo.

—Pues hasta en eso estamos de acuerdo —dijo Nicandro—: cien pesos oro si me lo traes vivo.

Y de esa manera, el comisionado sumó doce soldados más al ejército que estaba formando para sus propósitos.

Los cuatro sacerdotes permanecieron en silencio, esperando una nueva descarga. Pero nada se oyó más que un agitado movimiento de gente que iba y venía gritando murmurando preguntando rezando. Y luego, otra vez, el silencio.

—Son solamente los ruidos que preceden a la guerra —afirmó Zúñiga.

Urbano Terán fingió tranquilizarse, pero apuró el final de la conversación:

—Estoy a sus órdenes. Puede iniciar el inventario cuando guste. Aunque debo decirle que este curato es muy pobre. El inventario servirá para saber, más que lo que tenemos, lo que no tenemos.

Así es que mientras los soldados del pelotón que buscaba a Joaquín Baluarte se espantaban el susto con agua fresca y trozos de migajón, en la parroquia de Testamento empezó a levantarse el primer y único inventario de su historia.

Ayudados por Fidencio, los colaboradores de Zúñiga revisaron cada documento, cada objeto y cada firma, y hasta escudriñaron escrupulosamente los ojos de los santos, intentando encontrar un dato que no pudiera apreciarse a simple vista. Urbano Terán y Ambrosio Zúñiga, que parecían no tomar aquel inventario con la misma aprehensión, salieron a caminar al atrio de la iglesia cuando empezaba a oscurecer.

—Creo que será rápido, Urbano. Hay curatos mucho más grandes a cargo de sacerdotes que no son tan cuidadosos como usted.

—Gracias, monseñor. Ahora dígame a qué ha venido realmente.

—Lo del inventario es real.

—Pero no es todo.

—No. He venido a pedirle que no vaya a faltar al concilio emergente que por la guerra se celebrará en San Luis Potosí.

—No sabía, pero iré.

Monseñor Zúñiga se detuvo repentinamente y se aseguró de que no hubiera nadie cerca.

—¿Puedo confiar en usted?

—Usted dirá.

—La Iglesia solo puede cumplir su misión si es fuerte. El enemigo es poderoso. Necesitamos recuperar para la Iglesia el mismo poder que tenía antes de que Hidalgo iniciara su guerra.

Monseñor volvió a mirar hacia el atrio, que parecía el atrio de un pueblo abandonado.

—¿Siempre es así?

—Casi siempre, monseñor. Testamento es una especie de murmullo triste.

—Si yo pudiera, me gustaría estar en un curato así. Que el Señor perdone este sutil sentimiento de envidia que siento por usted. Cuánta paz.

—No es paz. Es incertidumbre dormida.

Monseñor reanudó el paso. La luna empezaba a dibujarse tras el campanario de la parroquia.

—Existe una nueva corriente filosófica dentro de la Iglesia que tuvo su origen en España. Se llama los Caballeros del Templo Restaurado y tiene por objeto restituirle a la Iglesia en México el poderío que ha perdido. Celebro que empecemos a hacer algo. Al paso que vamos el gobierno nos despojará de todo, algunos de nosotros seremos presa de los pelotones de fusilamiento, las iglesias se convertirán en escuelas sin Dios.

—Parece una visión pesimista.

—No lo es. Tenemos que combatir a los enemigos de la fe, defendernos. Ya lo hemos hecho antes, financiando guerras, apoyando gobiernos, derrocando tiranos.

—Desde Testamento es poco lo que yo puedo hacer. Ahora dígame a qué ha venido realmente.

—¿Recuerda el asunto aquel, el del hijo de Miguel Hidalgo?

Urbano Terán suspiró profundamente antes de contestar.

—Es asunto viejo, monseñor, un rumor del viento...

—No se apresure, padre. Nos tardamos más de tres décadas, pero ya hemos podido investigarlo todo.

Urbano Terán levantó una hoja del suelo y empezó a recortarla lentamente, tratando de ocultar su ansiedad.

—Lo de Martina de los Reyes es cierto —dijo Zúñiga—. Estamos enterados de que cuando Hidalgo estaba por ser sentenciado a la hoguera por la Inquisición, adelantó el movimiento independentista, pero antes envió a su sirvienta, que habrá tenido unos tres o cuatro meses de embarazo, a Pamoranes, en la provincia del Nuevo Santander. Fueron los jesuitas los que cuidaron de Martina de los Reyes y del niño hasta que ella murió de tifo. Se cree que con el paso del tiempo el hijo de Hidalgo se incorporó al ejército. Pero desconocemos su nombre. Seguramente no lleva el apellido de su padre. Las cuentas son fáciles: debe de tener treinta y cinco años.

—¿Y entonces?

—Morelos dejó un hijo también. Cuando agitaba la diócesis, se le dio muerte en Apatzingán.

—¿Y entonces?

—Es tarde, padre, mañana continuaremos.

Al día siguiente, mientras desayunaban, los dos jóvenes sacerdotes informaron que casi habían terminado el inventario.

—Solo falta el sótano. Si el señor cura nos hiciera favor, necesitamos su venia para inventariar lo que hay en él.

Urbano Terán abrió la boca para decir algo, pero se detuvo en el vacío de no saber qué contestar. Fidencio Arteaga no se alteró. De su cinturón desprendió la gran argolla de llaves.

—Tomen, pero tendrán que bajar solos. La última vez que me asomé, el sótano estaba lleno de serpientes.

—Eso —suspiró el párroco—. Lleno de serpientes.

Los sacerdotes voltearon a ver a Ambrosio Zúñiga.

—Mis dos fieles ayudantes tienen la protección del Señor. Inventariarán el sótano.

—Un paso allí dentro y las vigas se derrumbarán —dijo Fidencio.

Monseñor lo vio desde su alta jerarquía.

—El inventario es completo o no sirve, señor sacristán.

Los sacerdotes apuraron el desayuno nerviosamente y salieron acompañados de Fidencio. Al llegar a la puerta del sótano, el sacristán se detuvo.

—¿No bajas, Fidencio?

—Ni muerto. Si quisieran enterrarme allí, yo saldría corriendo rumbo al cementerio para morir en paz.

—¿Qué tipo de serpientes, Fidencio?

—Serpientes, nada más. Por docenas.

—¡Por el Santo Sepulcro del Señor!

—Por lo que sea, yo no bajo. El último que lo hizo no salió nunca. El pobre no sabía lo que hacía cuando nos suplicó pasar allí la noche.

—¿Qué hacemos, Fidencio?

—Su oración final. Arrepiéntanse de sus pecados y bajen. Déjenme las llaves por si algún día sacamos lo que haya quedado de ustedes.

—¿Y no podrías mejor decirnos lo que hay allá abajo?

—De valor, nada.

—Dinos y lo apuntamos.

Fidencio Arteaga cerró los ojos y empezó a murmurar objetos, fingiendo recurrir a la memoria.

—Dos imágenes del vía crucis, tres santos sin nombre, cuatro candelabros...

Monseñor Zúñiga se acodó en la mesa y miró fijamente a los ojos de Urbano Terán:

—Le encomiendo oficialmente la tarea de localizar al hijo de Hidalgo. Usted se lleva bien con los jesuitas; indague qué fue del hijo de Martina de los Reyes. El arzobispo le quedará muy agradecido y hasta puede ser recompensado.

—No soy amigo de los jesuitas. Soy agustino y nunca dejaré de serlo.

Monseñor Zúñiga se levantó y fue hasta la puerta, pero antes de salir se volvió:

—¡Ah! Y lo espero en el concilio de San Luis.

—Ya lo sé todo —dijo Carolina Durán con el tono triunfal de los que saben indagar y reconstruir los hechos solo para tener la dicha de contarlos. Luego se sentó en la cama de Altares Moncada, y mientras le acariciaba la mano derecha le contó la balacera que un día antes había sacudido a Testamento.

Altares tenía la mirada en la ventana, ajena al relato, con la sangre latiendo cuando pasaba entre sus senos, palpitando por el recuerdo de un Joaquín Baluarte que le estaba haciendo pagar la felonía con la que ella había sometido a los hombres del pueblo. Sus ojos tenían la opacidad de la ausencia. El tardío y turbulento despertar de su sexo apenas estaba a la altura de su solitaria belleza. La soberbia se le había hecho trizas en la melancolía de lo que ya se fue y en la súplica de su regreso. En unos días había pasado de la certeza de ser rescatada al asombro de su desilusión: Joaquín Baluarte no había cumplido su promesa de protegerla.

—O tienen una puntería de niñera —concluyo Carolina— o la tienen tan fina que nada más querían darles un susto.

Altares seguía ausente, extraviada entre el amor y la desesperanza.

—Pero lo importante para ti, mi niña, es que los soldados que llegaron de Maratines venían buscando a Joaquín Baluarte.

El nombre la sacó de su marasmo:

—Buscando a Joaquín.

—Sí, para fusilarlo.

Antes de que Altares pudiera reaccionar, vio pasar por la ventana a veinte soldados de la guarnición de Testamento. Violentos golpes llamaron a la puerta. Cuando Noelia Berriosábal abrió, vio a Nicandro Muñoz, que había ido personalmente a arrestar a Altares.

—Con su venia, señora —dijo, y entró sin que mediara la señal de aprobación de la dueña de la casa.

Altares Moncada, a quien ni siquiera se le dio oportunidad de recuperarse del mal de amor que padecía, fue bárbaramente aprehendida. Esposada, fue conducida a la cárcel para ser sometida a juicio. El pueblo la siguió entre murmullos de sorpresa y regocijo: la mujer más hermosa de Testamento se había convertido en unos instantes en reo de la justicia. Ernestina Ruiz, la abuela más joven y prolífica del pueblo, sentenció a su paso:

—En todos mis años de argüendes, nunca había conocido a una mujer que le faltara más rápido a su marido.

Altares volteó a verla y le dejó en los ojos la huella de sus ojos. Ernestina se escurrió entre el gentío llena de miedo.

Por orden de Nicandro, Altares fue llevada a la rejilla de prácticas, ubicada fuera del recinto carcelario, una bartolina de cuatro metros de lado por dos de alto en donde se concentraban los reos que estaban por ser procesados. La muchacha fue arrojada entre criminales que esperaban eternamente juicio y que allí seguirían porque no había autoridad que supiera qué hacer con ellos. ¿Dónde estaba Joaquín Baluarte, que había incumplido su promesa de protegerla? Altares se levantó sin hacer caso al dolor que le punzaba en el brazo, en el que sintió un hilo caliente de sangre. Se acercó a la rejilla y se dio cuenta de que en las azoteas de enfrente, una docena de tiradores parecían estar esperando la llegada del huracanado. A las seis de la tarde, sin comer y sin poder deshacerse de las miradas de sus compañeros de bartolina, Altares enfrentó el juicio sumario de sus devaneos.

—¡Esta mujer ha delinquido! —gritó Nicandro—, pero

como fieles servidores de la ley, haremos que triunfe la justicia.

Y allí mismo, en plena calle, frente a la rejilla de prácticas, el juez y un actuario expusieron pruebas, hicieron desfilar testigos, ratificaron alegatos y sin un abogado defensor que interviniera en favor de la procesada, hicieron víctima a la fascinante mujer de una inapelable condena:

—De acuerdo con lo establecido estrictamente en la ley —gritó el juez para que lo oyera toda la multitud—, se ha juzgado a Altares Moncada Berriosábal, a la que se ha encontrado culpable de adulterio en grado de tentativa. Siendo las nueve de la noche de este diecisiete de enero de mil ochocientos cuarenta y siete, doy lectura a la sentencia: Purgará siete años de prisión contados a partir de esta fecha. Pero debido a que Testamento carece de cárcel femenina, será confinada en el Leprosario de María. Se le prohíbe recibir visitas; se le prohíbe usar cosméticos; se le prohíbe sonreírle a extraños; y para el bien de Testamento se le prohíbe volver a ser la que era antes. Y para que tenga una clara conciencia de lo sagrado del santo matrimonio, deberá permanecer vestida de novia durante los siete años de su cautiverio.

Después de ciento cincuenta años y tomando en cuenta que Testamento fue destruido por la artillería estadounidense, resulta imposible examinar registros, consultar actas o revalidar acuerdos, pero cuentan los descendientes de quienes presenciaron esos hechos que la perturbadora recién casada fue sacada a empellones de la rejilla y colocada en una tarima que se había preparado para la ocasión; luego, delante de la muchedumbre, la soldadesca le rasgó las ropas y fue expuesta a la vergüenza pública. Media hora después fue vestida enérgicamente de novia con el mismo vestido con el que engañó a Nicandro y esposada de nueva cuenta; fue maquillada en exceso hasta tomar el aspecto de una prostituta y se le dio libertad al pueblo para que la insultara y vituperara por más de una hora. Altares permaneció serena, y solo quien pudo acercarse a ella advirtió el brillo de la humedad en sus ojos.

El Leprosario de María era un lúgubre cascarón colonial que fue utilizado por los españoles para albergar a los leprosos del desierto. Por los tiempos en que ocurrió la intervención estadounidense había sido convertido en un hospital mental de beneficencia pública administrado por las Hermanas de la Caridad. Ahí agonizaban los miserables y desequilibrados del altiplano. Hasta allí fue llevada Altares y recluida en una de las oscuras celdas. Atormentada por el abandono en el que la había dejado Joaquín Baluarte, pareció resignarse a penar sin remedio en aquella mazmorra.

Estaba aislada no solo por las altas murallas del leprosario sino también por las disposiciones de Nicandro: afuera de la crujía cuatro centinelas montaban guardia de día y de noche; en el portón exterior, en medio del constante paso de enfermos, deudos y cadáveres, diez escoltas vigilaban atentamente que ningún sospechoso tuviera acceso al recinto; en las fincas contiguas, doce tiradores apostados en los techos acechaban sigilosos. El único contacto humano que tenía eran las tres monjas que por turnos le pasaban la bandeja de la comida a través de la ranura de la puerta.

Una mano distraída había olvidado una farola sobre la destartalada mesilla de aplicaciones; también había fósforos, papel, tintero, plumín y una deshojada Biblia que algún desahuciado había dejado en aquel aposento. Un ruinoso camastro al centro de la celda era su único mueble de descanso. Una roída letrina, soldada por el implacable avance de la herrumbre, y un escarapelado lavamanos de peltre estaban empotrados en la pared en un extremo de la celdilla.

En esa soledad oscura, Altares, condenada a consumirse dentro de su vestido de novia, decidió resistirse a sucumbir a la tristeza.

La reclusión de Altares Moncada no habría tenido lugar si treinta y nueve años atrás, Laurel Perdido no hubiera llegado al curato de Dolores.

Piel de sol, pies de sequía, ojos de desierto, la india huracanada de diecinueve años vio por primera vez la parroquia al mediodía del 16 de julio de 1808. Estaba por derrumbarse en el atrio cuando alguien la tomó de la mano y la llevó hasta un comedor donde dos docenas de mujeres y niños comían la sopa que el párroco Miguel Hidalgo procuraba para los pobres más pobres que se acercaban a la iglesia.

Laurel Perdido no solo comió la sopa más abundante de todos sus días, sino que también ayudó a levantar las mesas y ella sola lavó en dos horas todos los trastos de aquel banquete de misericordia. Sales Yuntas, la vieja sirvienta huracanada que ordenaba y desordenaba todo en la cocina de Hidalgo, la dejó hacer, contenta de disponer por fin de una mujer a la que el trabajo le parecía una forma natural de supervivencia. Fue Sales quien la dejó dormir allí y al día siguiente la llevó ante el cura Hidalgo. Se mostró tan convincente y generosa al presentarla, que el sacerdote acordó en ese momento que sirviera en las habitaciones y no en la cocina, lo que dejó en Sales sentimientos confundidos: orgullosa por su descubrimiento, tuvo que resignarse a perderla apenas la había encontrado.

La piel oscura y brillante de la joven india, así como sus ojos negros rociados de diamantina, le hicieron imaginar a Hidalgo a las esclavas moras que le habían contado que había en las cortes de España. Pronto supo que Laurel Perdido no era mora ni mulata caribe ni negra africana, sino huracanada, esa etnia legendaria que estaba por desaparecer y que sin embargo seguía distribuyendo por la Nueva España magníficos ejemplares de fuerza y dulzura.

Las primeras conversaciones entre el cura Hidalgo y Laurel Perdido requirieron el auxilio de Sales porque la recién llegada no hablaba ni una palabra de español. Así se enteró Hidalgo de que la huracanada no tenía dueño ni había pertenecido jamás a esclavista alguno. Acababa de llegar del Desierto del Santuario. Ella quiso saber si podía ser su esclava, pero el sacerdote le contestó: «No, aquí no hay esclavos, te pagaré un peso a la semana, y ya no serás más Laurel Perdido: a partir de hoy llevarás el nombre de Martina de los Reyes». Entonces Laurel Perdido se desprendió de su nombre, y Martina de los Reyes se sintió tan agradecida por el favor del cura, que empezaba y terminaba sus jornadas cuando todo el personal del curato dormía.

Miguel Hidalgo no solo les pagaba a todos los indios que empleaba, sino que, habiendo delegado en el vicario Francisco Iglesias la guía espiritual de la feligresía, dedicaba gran parte de su tiempo a enseñarles el español, a leer y escribir, a pintar, a trabajar la cerámica y a ejecutar instrumentos musicales; los instruía en el cultivo de la uva, así como de moreras para la cría del gusano de seda; los adiestraba en el curtido de pieles y en la elaboración de sus propios zapatos; los aleccionaba a cardar la lana y a tejerla para confeccionar sus vestidos.

Pero a Martina poco le enseñó de esos oficios: ella no tuvo que sudar en los corrales ni respirar el polvo de los patios, no le tocó que le lloraran los ojos con el tamo del maíz ni quemarse la espalda mientras se baleaba el frijol recién cosechado. No, ella llegó a Dolores para ser sirvienta de adentro. Hidalgo le enseñó a leer y escribir el español de Castilla y cuanto pudo de latín y griego, y de historia y geografía, y le asignó una jurisdicción de trabajo más limpia pero más delicada: la sacristía, la biblioteca, el altar, la urna y las habitaciones. Verificaba en el altar el estado de los objetos sacros, vigilaba que los santos no cambiaran de lugar y que los tesoros y ofrendas no mudaran de sitio ni de dueño; medía las pociones de la eucaristía, contaba las hostias, y limpiaba y rellenaba los recipientes. Lavaba la ropa del padre Hidalgo, le hacía la comida, lustraba sus botas, planchaba la sotana y todas las prendas religiosas, limpiaba la letrina y tiraba los orinales, actividades todas que despertaban la envidia de los empleados de afuera.

En el fondo, no la envidiaban por ser criada de adentro ni por su belleza huracanada sino por la confianza que le tenía el cura Hidalgo. Otro privilegio tenía Martina: era la única criada nocturna. A Hidalgo no le gustaba hacer trabajar de más a nadie, así es que a las seis de la tarde, después de su jornada de diez horas, todos se retiraban. Menos Martina.

En noviembre de 1808, cuando empezó a bosquejarse el Plan de los Doce Campanarios y el curato comenzó a llenarse de curas y militares conspiradores, Hidalgo dio una muestra de confianza extrema a Martina al permitirle servir el té durante las reuniones. Martina escuchó alegatos en todos los tonos, desde el murmullo confidente hasta el grito del desacuerdo, y oyó todos los detalles de una revuelta que se fraguaba sin que importara el inconveniente de la muerte. Muchas veces oyó Martina la voz grave de Hidalgo imponerse a fuerza de argumentos y muchas veces lo vio en silencio, con el índice sobre los labios, escuchando razones o soportando las riñas cruzadas de sus compañeros de conspiración.

A la medianoche, militares y curas se iban, y entonces Martina le servía un té de azahares, le acercaba el lavamanos con agua caliente, le quitaba las botas y las calzas y le lavaba los pies, los secaba, los envolvía en un lienzo y los ungía con aceite de almendras. «La próxima vez no te desveles —le decía Hidalgo— no es necesario». «Sí», contestaba ella. Era un sí que carecía de significado. Sí, qué. ¿Sí cumpliría aquella orden, sí se desvelaría, sí habría una próxima vez, sí qué? Pero el sacerdote no preguntaba. La dejaba quedarse con el sí de la obediencia que desobedecía. Sí, se hará lo que usted diga, pero haré lo que yo quiera. El padre sonreía cuando encontraba el verdadero significado. Allí estaría ella de nueva cuenta, sirviendo el té, recogiendo la mesa cada veinte minutos, esperando en la esquina cualquier llamado. Allí estaría. Hidalgo se quedaba dormido.

Una noche, después de ayudarle a quitarse la sotana y de ungirle los pies, Martina le frotó el cuello y los hombros con una efusión de árnica. Hidalgo sintió el milagro de las manos de la huracanada recorrer su cansancio y sintió aquellos dedos de quietud quitarle gramo a gramo las secuelas de la tensión del Plan de los Doce Campanarios. Doce campanarios y diez dedos, todo un mundo de secretos agitándose a medianoche. Diez dedos y doce campanarios, la libertad tan cerca y tan difícil. Sabía Hidalgo que trescientos años de colonia no eran desprendibles del calendario solo con diez dedos ni con doce campanarios, pero el tiempo era eterno en el instante de la efusión que se desplazaba sobre sus cincuenta y seis años; su edad y el tiempo eran nada en el vacío de la noche, más noche en sus ojos, cerrados ya para encontrar en el silencio la única forma de extenderse para siempre en la paz temporal de las horas. Ya amanecería y ya pensaría. Por ahora había que dejar el pensamiento lejos, donde no cupieran las palabras ni las aves, donde no se pudiera respirar más que la sensación del latido del corazón renovado.

Quizá el destino estuviera tejiendo un destino dentro de sí mismo, quizá la única razón por la que Laurel Perdido estaba en Dolores era que había que seguir el mandato del viento para que casi cuarenta años después Altares Moncada fuera recluida en el Leprosario de María.

En el sótano de la parroquia de Testamento no había serpientes ni las vigas estaban a punto de venirse abajo. La única razón por la que Fidencio Arteaga había inventado riesgos de horror y muerte era simple: allí estaba Joaquín Baluarte.

Luego de dejar a Nicandro Muñoz herido, el huracanado había salido indiferente al alboroto y sobre su caballo había errado por los callejones de Testamento para derrumbarse después: llevaba una bala calibre 38 enterrada en el vientre. Joaquín cayó en el Llano del Aire, muy cerca de la iglesia. Allí lo encontró Fidencio, y desde allí, cubierto por sacos y cartones, lo trasladó en una carretilla de albañilería hasta las puertas del sótano, convencido de que los pecados teologales se pagaban en la tierra, y que Dios no esperaba a que el transgresor muriera para hacerle ver sus faltas. El castigo era en vida y parecía consistir, más que en una sacudida violenta y única, en enredarle la vida permanentemente al que hubiera osado incurrir en ellos.

Urbano Terán apenas pestañeó cuando el sacristán fue a darle cuenta de su hallazgo. Ambos fueron hasta las puertas del sótano de prisa y ayudándose con una cuerda lograron bajar a Joaquín Baluarte, cuyo único signo de vida era una respiración casi imperceptible. Ya en el sótano, lo acostaron en un viejo camastro. Fidencio se convirtió en cirujano imprevisto y en medio de una abundante hemorragia extrajo la bala que estaba matando al huracanado. Urbano Terán se impresionó por las desconocidas habilidades de su sacristán, pero le reprochó su rudeza:

—Ahora no se morirá por la bala —dijo— sino de tanta sangre perdida.

Fidencio se justificó:

—A veces es mejor matar que ver morir —y apretó el vientre del herido con tres paños blancos mojados de alcohol para tratar de parar la hemorragia.

Los paños se enrojecieron dos veces y dos veces los exprimió y los enjuagó Fidencio, como si estuviera trapeando la cocina. A la tercera vez, los paños apenas se humedecieron.

—Ahora que busque otro pretexto para morir —se enorgulleció el sacristán— porque por falta de sangre no va a ser.

Sacerdote y sacristán descuidaron a Joaquín Baluarte durante la visita de monseñor Zúñiga, de manera que el herido tuvo que soportar a solas los intensos dolores de su vientre abierto, porque Fidencio había encontrado la forma de sacarle la bala, pero no había creído necesario, ni habría sabido cómo hacerlo, cerrarle el hoyo inmenso que había tenido que cavar para poder encontrar el plomo. Joaquín también tuvo que tranquilizarse la fiebre a solas con el paño y la cubeta de agua que le había dejado Fidencio muy cerca por si tenía sed, por si le subía la temperatura o por si antes de morir quería sentir un poco de humedad en los labios. El primer día de soledad no padeció hambre porque le dolía tanto la herida que apenas si tenía conciencia para sobrevivir aquellos espasmos de muerte, pero al amanecer del día siguiente un vacío gigantesco se sumó al dolor y no tuvo más remedio que desmayarse para poner distancia entre sí mismo y aquella insoportable sensación de estar muriéndose de todo.

Por la tarde bajó el sacristán a escondidas y le contó sus apuros para que no lo descubrieran sus visitas. Como Joaquín mostraba poco interés en el relato, Fidencio agregó lo que pensaba guardar en secreto: monseñor Zúñiga quería encontrar al hijo de Hidalgo.

—¿Cuál Hidalgo?

—El único, don Joaquín. El de las campanas de Dolores.

Joaquín quiso saber más de aquel mito, pero el dolor le había regresado intacto, luego de la pequeña tregua, tan breve como inútil, que le había regalado su inconsciencia.

—Hay que cerrar esto —dijo Joaquín, y se señaló el vientre.

Fidencio, que no había reparado en aquella necesidad, levantó el paño y sintió un mareo de mar abierto cuando vio la herida que ya no se parecía a la herida original y que él mismo había causado a fuerza de buscar con dedos apresurados la bala de Nicandro.

—A mí ya se me acabó el valor —dijo—. Que se cierre sola.

—No. Si se queda así me pudriré con ella.

Fidencio Arteaga regresó acompañado de Urbano Terán. Traían agujas de todos los tamaños y unos trozos de hilo que tuvieron que rescatar del baúl de los objetos inservibles. Con ojos de espanto vieron a Joaquín maniobrar con su propia piel, tejiendo entre sangre viva y sangre coagulada las puntadas más erráticas que hubieran visto nunca. Cuando Joaquín perdió el sentido, las manos temblorosas de Fidencio terminaron el trabajo, mientras Urbano Terán murmuraba oraciones incomprensibles y miraba al techo, a las paredes, a las telarañas del sótano. El tejido terminado, el sacristán se desvaneció. El párroco lo regresó a la vida, primero con golpes suaves en las mejillas y luego con bofetadas de indignación, temeroso de que su sacristán se hubiera muerto de puro heroísmo. Fidencio abrió los ojos y miró al padre con una ira súbita que no pudo convertirse en rencor porque en cuanto reaccionó Urbano Terán lo abrazó agradecido de que no lo dejara solo en medio de aquel enredo. Nunca había recibido Fidencio expresiones de tanto afecto, así es que se dejó abrazar y consolar, y dijo lo único que habría podido decir en medio de tanta euforia:

—Yo también lo quiero, señor cura.

Urbano lo soltó enseguida, escondiendo de nueva cuenta su afecto.

—¿Y ahora qué hacemos con Joaquín Baluarte?

—Esperar que se ponga de pie y mandarlo por donde vino. Pero antes lo hacemos firmar que nunca volverá a aparecerse en Testamento.

Allí estuvieron los dos, sin hablar y sin un gesto, hasta que Joaquín se movió y pidió agua. Le dieron vino de consagrar. Joaquín se agitó, negó con las manos, pero Fidencio lo tenía firmemente asido de las mejillas y el sacerdote parecía querer deshacerse de su preciada bebida. Después de hacerlo beber media botella de vino, una violenta sacudida y una tos de veinte espasmos hicieron que sacristán y sacerdote cedieran en su empeño.

—Después de todo lo que nos ha hecho pasar, no se nos vaya a morir —le reprochó Fidencio.

—No me voy a morir aquí —contestó Joaquín—. Dos pelotones de fusilamiento se sentirían defraudados.

Urbano Terán miraba a Joaquín con los ojos fijos. Se hacía preguntas, dudaba, las cuentas encajaban, pero nada podía asegurarle que era la persona que tenía media vida de andar buscando. Le tocó la frente, se mojó los dedos en la cubeta y se los pasó por el rostro, lo que pareció reanimar al herido más que el vino.

—¿Cómo se llamaba su señora madre? —preguntó de pronto Urbano Terán.

Joaquín cerró los ojos y se acomodó en el camastro, como queriendo encontrar un consuelo a su profundo cansancio:

—Martina de los Reyes —dijo, y se quedó dormido.

Mientras el general Santa Anna atravesaba el desierto para contener al ejército del general Zacarías Taylor, Nicandro Muñoz seguía en la preparación de sus planes. Con la voz seductora que utilizaba cuando tejía las redes más sutiles de sus mejores negocios, convirtió su oficina en el pasamanos de los hombres de dinero del altiplano y a la vez en una cancillería apócrifa que traficaba con los territorios de México.

En unos días estrechó la mano de una docena de altos y disfrazados dignatarios del gobierno estadounidense, quienes recibían garantías oficiales y tomaban nota de exigencias personales para finalmente apuntar la única conclusión clara: Nicandro Muñoz apoyaría la independencia del Nuevo Texas a cambio de un privilegio concreto y único: ser el primer gobernador de la naciente república.

Los negociadores bajaban la voz cuando establecían límites: el Nuevo Texas colindaría al norte con Texas, al sur con la provincia de San Luis Potosí, al este con la Sierra Madre Oriental y al oeste con la Sierra Madre Occidental. Comprendería alrededor de seiscientos mil kilómetros cuadrados, prácticamente todo el altiplano de México.

—...que ya no será de México —corregían los dignatarios.

—Por supuesto —sonreía Nicandro—, y yo seré su primer gobernador, con el apoyo de Estados Unidos.

A cambio de esa extraordinaria prebenda, se comprometió con los emisarios del general Taylor a movilizar sus influencias para dar a los invasores la seguridad que requirieran durante la travesía del desierto.

—Todos los delegados políticos del altiplano están de mi lado —agregaba Nicandro con orgullo—. Si sabemos aprovechar la confusión que está provocando la guerra, antes de que el gobierno central se dé cuenta, la independencia del Nuevo Texas estará consolidada.

El último emisario que lo visitó fue Antony Brown, lugarteniente personal de Zacarías Taylor. No le gustó el tono autosuficiente de Nicandro ni que pareciera creer que únicamente con su ayuda podría consumarse el plan estadounidense.

—Solo puedo garantizarle dos puntos —le dijo a Nicandro—: Primero, que el ejército de Estados Unidos llegará hasta la Ciudad de México, y segundo, que se consumará la independencia del Nuevo Texas. Su gubernatura estará en duda hasta que así lo decida el presidente Polk.

—El plan depende, en mucho, de mi colaboración.

—El ejército de Estados Unidos no depende de nadie para lograr sus objetivos. Esta es la primera intervención de nuestra historia. Y no está sujeta al capricho de nadie.

—La primera intervención, ¿de cuántas?

—De las que sean necesarias.

Nicandro no supo cuál de sus aliados filtró la información al diario *El Centinela*, que se editaba en la Ciudad de México y que el 20 de enero de 1847 publicó a manera de rumor el juego político separatista del comisionado. La interpretación de la noticia tenía dos grandes vertientes: mientras en la mayor parte de México la iniciativa era calificada como una aberrante traición, en Testamento, cuyos habitantes ignoraban las condiciones raciales que imperaban en los territorios anexados, la eventual declaración de independencia del Nuevo Texas fue tomada con alegría porque aquello equivalía a formar parte de la Unión, el grupo de naciones que bajo una sola bandera se venía gestando como la primera potencia del mundo. El pueblo despertó el 21 de enero con la extraordinaria nueva del próximo cambio de nacionalidad.

Concentrada una docena de líderes políticos de la región en la oficina de Nicandro Muñoz, lo oyeron dar los motivos por los que Estados Unidos llevaría a cabo la anexión de los territorios que de acuerdo con el plan consumarían su independencia con el nombre de Nuevo Texas:

—El interés de Estados Unidos es político y económico. Político, porque es precisamente en la región del altiplano donde han ocurrido los movimientos sociales y civiles en que se ha sustentado la historia de la joven República de México. Y económico, porque en esta zona están ubicados grandes yacimientos de oro, plata, hierro, cobre, zinc y sobre todo carbón, que es el combustible que moverá al mundo. España es lo que es porque durante trescientos años explotó sin límite esta región de América. Ciudades como Zacatecas, Saltillo, Real de Catorce, La Química del Rey y otras excitan ahora la codicia de nuevos dueños. La ambición norteamericana está aquí. Y ante la imposibilidad de evitar la anexión, lo mejor que podemos hacer es ayudar a que se consume, subirnos al carruaje del poder. Todos nos beneficiaremos de esta anexión, menos los que se opongan a ella.

En Testamento, la revelación de los planes separatistas de Nicandro Muñoz, en combinación con la inminente invasión estadounidense, llevó al pueblo a una conclusión ajena a la historia pero muy cercana a sus motivaciones cotidianas: el encarcelamiento de Altares Moncada no había sido del todo injusto pues no solo le había sido infiel al general Nicandro Muñoz sino al primer gobernador del Nuevo Texas, lo que ya no era tan fácil de perdonar. Tampoco se podía dejar impune a Joaquín Baluarte, que no había herido al representante del tantas veces derrotado general

Santa Anna, sino a un encumbrado político de tamaños internacionales y, peor aún, había puesto los ojos en la esposa del futuro gobernante y había provocado un malentendido sentimental en el criterio de la primera dama. El júbilo de la próxima declaración de independencia hizo posible que Nicandro se convirtiera en el centro de la atención pública. El encarcelamiento de Altares Moncada pasó a segundo término y nadie, salvo los desconsolados padres de la recién casada, conservó el interés en la sanción que la muchacha expiaba. Para el 27 de enero, exaltados por los futuros e inminentes eventos políticos, el pueblo se había olvidado de Altares Moncada.

Aprovechando que gran parte de los estados de México no estaban participando en la guerra por falta de recursos, Nicandro Muñoz se había hecho de destacamentos militares que aguardaban ociosos en algunas ciudades. Desde mediados de enero, habían acampado a las afueras del pueblo varias agrupaciones armadas, con el propósito de fortalecer la plaza de Testamento. Con esos casi dos mil hombres el excomisionado se estaba preparando para un eventual ataque del general Santa Anna, pero sobre todo para guiar a los estadounidenses a través del desierto.

Con el ánimo tenso, Nicandro le daba seguimiento a los asuntos políticos recibiendo personalidades y estableciendo acuerdos desde muy temprano hasta que se le agotaba el día en la oscuridad de la medianoche. Así, desfilaron por su oficina jerarcas políticos, militares y religiosos que oportunamente intentaban estar del lado del previsible vencedor. Ofrecían un apoyo difuso y recogían promesas lucrativas, algo parecido a lo que hacía Nicandro con los estadounidenses, pero el futuro gobernador se mostraba anuente con tal de sumar a su lista a los hombres encumbrados de los diversos sectores que lo habrían de respaldar en su aventura. Guiado por su personal propósito, el aspirante a gobernador intuía que los vítores de la masa son imprescindibles y queman como tatuaje en el ánimo de los distraídos, pero que carecen de fuerza si detrás de ellos no están convenientemente apuntalados los pilares que hacen que el poder se saboree: la política, el dinero, las armas y la fe.

«Estoy repartiendo demasiado» se quejó alguna vez Nicandro con su asistente Sóstenes Rentería. «A este paso el Nuevo Texas me quedará chico para cumplirle a tanto malandrín.»

Calculador eficaz, Nicandro Muñoz se había casado convenientemente la primera vez en septiembre de 1830. Su primera esposa se llamó Sabina López, y no se trataba de una mujer muy agraciada, pero tenía una virtud insuperable: era sobrina del general Santa Anna. Además, resultó generosa: murió a los tres años de matrimonio y le dejó una fortuna inmensa. Emparentado con el poder y de repente próspero, gestionó con éxito su relación con el presidente hasta que este lo nombró su representante en el altiplano. «Oh, no, yo solo quiero servirle desde la posición más modesta posible», protestó-calculó Nicandro. «Insisto», levantó la voz Santa Anna. Y Nicandro aceptó porque, dijo, «nada lo haría oponerse a los designios de Su Alteza Serenísima».

Al paso del tiempo no solo era el representante personal del presidente, sino el hombre más acaudalado de la región. No se trasladó, como hubiera parecido natural, a un centro urbano de mayor tamaño y poderío, sino que se quedó en Testamento, guiado por los latidos de su corazón. Había llegado al pueblo en 1837 con la tranquilidad de ser un rico desconocido al que todos verían con respeto. Solía decir que al pueblo no le gusta que uno de ellos prospere y lo verá todo el tiempo con recelo, pero que rendirán pleitesía incondicional al rico que parece serlo desde siempre. No se equivocó: Testamento le ofreció su admiración y respeto, y muchos le sirvieron con salarios de miseria solo por la gloria que significa estar cerca del poder y del dinero.

Nicandro Muñoz vio por primera vez a Altares Moncada en agosto de 1837. La descubrió en la iglesia, entre las niñas del coro que cantaban los himnos apostólicos de la compañía de Jesús. Los ojos ambarinos de Altares sobresalían entre aquellas coristas de vestidos sacramentales. Y a Nicandro le pareció que esa mirada que apuntaba hacia la nada tendría un dulce misterio qué ofrecer cuando los años la llevaran a la edad en que las niñas dejan de ser niñas. Así es que mientras fortalecía su poder, aumentaba su fortuna y tenía amores ocasionales, se dio tiempo para admirarla cantando a los catorce años, imaginarla desnuda a los dieciocho y anhelarla vestida de novia a los veinte.

Pero lo que le resultó intolerable fue tener que seguir recurriendo a la imaginación a pesar de que ya era su esposa ante las dos leyes. Ardía en deseos de recluirla en su recién estrenada mansión, quitarle poco a poco la ropa, meterla en su tina de mármol y enjabonarla hasta el último rincón. Luego la envolvería en toallas perfumadas y la llevaría hasta su tálamo de oro, donde bebería de su cuerpo y le arrancaría las flores que le pertenecían legalmente. Su deseo era tan ácido que le quemaba el vientre y le hacía llevar siempre en la boca el sabor de lo único que le faltaba para completar su sensación de estar tramando la anexión más lucrativa del siglo. La deseaba sin remedio por aquella perturbadora aureola que Altares desprendía a su paso, pero también había algo de reto en el deseo: el desprecio público del que lo había hecho víctima acrecentaba la necesidad de poseerla. Por las noches se consumía en el infierno de tenerla en los papeles y no tenerla entre las sábanas. Para qué carajos quería el poder sin la sensualidad que alienta. Para qué seguía esperando que el hombre de negro intentara salvarla de su reclusión, si el tal héroe no parecía tener interés en rescatarla. Enfermo de lujuria, concluyó que no tenía más alternativa que sucumbir ante el deseo. No era tan fácil, sin embargo: como político, no podía permitir que el pueblo se enterara de sus debilidades interiores ni podía dejar que terminaran etiquetándolo como un gobernador sin autogobierno. Pero también lo irritaba reconocer que no tenía tiempo de seguir indeciso. Era un político en tiempos de guerra, un separatista, que podía o no sobrevivir a su histórico intento.

La noche del 8 de febrero se rindió: poco antes de las doce se puso su levita de abogado, su capa de jurista y su sombrero de gobernador, llamó a su escolta y se presentó en el leprosario.

Altares, semidormida, escuchó el escándalo de las cadenas y luego el inconfundible rechinido de los aldabones que se recorrían. Cuando la celda se abrió, la luz de una farola alumbró el rostro de Nicandro. El todavía representante personal del general Santa Anna despidió a sus guardias y se deshizo de su capa. Altares se incorporó y se sentó en el camastro. Nicandro quiso sentarse a su lado, acariciar aquel rostro de pétalos y lunas, decirle cuánto la necesitaba, pero permaneció de pie, confundido entre su deseo y su orgullo.

—Basta de farsas —dijo de pronto—. Recoge tus cosas. Tu reclusión terminó.

Altares sabía que aquello ocurriría, así es que no se inmutó. Su instinto de mujer deseada le dijo al oído que lo tenía en la palma de la mano como gorrión indefenso al que se puede cuidar, se puede triturar o se puede arrojar al cieno. Sabía que Nicandro había entrado a la celda con una soga al cuello y que ella podía decidir si tensarla hasta asfixiarlo o solo apretarla un poco para someterlo.

—No puedo salir. Tengo una condena de siete años.

—No comprendes. Te mandé aquí como señuelo para atrapar a tu salvador. Pero el muy cobarde ha de estar muriéndose de miedo.

—No me recuerdes a ese miserable —dijo Altares, dueña de la soga.

—La guerra no tarda en llegar a Testamento. Es mejor que salgas de aquí.

—Déjame pensarlo. Por lo pronto aquí me quedo. Me faltan seis años y doscientos cuarenta y tres días. La sentencia la pusiste tú.

—Y yo puedo levantarla.

—Solo si yo quiero.

Nicandro se dio cuenta de que Altares no cambiaría su respuesta y para evitar caer en la tentación de terminar suplicándole que se fuera con él, salió violentamente de la celda. Había soñado en bañarla y besarla esa misma noche, y ahora lo único que le quedaba era un nuevo desaire sobre los hombros.

Dos días después, nuevamente atenazado por una pasión incontrolable, dejó a un lado sus asuntos oficiales y mandó llamar a los padres de Altares. Si ella no quería oírlo a él, tal vez ellos pudieran persuadirla.

—La reclusión de Altares solo obedece a una estrategia —les dijo—. Estoy intentando aprehender al sujeto que me agredió en la plazoleta. Yo ya le pedí que abandonara el leprosario pero no quiso. Ustedes pueden convencerla.

Noelia Berriosábal, incrédula ante el repentino regreso de su ya perdida esperanza de emparentar con el poder, se apresuró a negociar su intervención.

—¿Y para qué vamos a sacarla? ¿Para enfrentarla a la vergüenza?

—Ese sitio no es lugar para ella.

—Usted la mandó allí. Nos avergonzó a todos. La castigó sin piedad.

—Puedo sacarla. Quiero sacarla. Hablen con ella.

—Nosotros podemos convencerla, pero solo lo haremos si se respeta el matrimonio.

—Seré el primer gobernador del Nuevo Texas. Ella será la primera dama de la república.

—¿Y la guerra? —preguntó Rafael Moncada—. Es un triste panorama. Cuando mucho, Altares será la primera dama de la guerra.

—La guerra pasará pronto. México está desarmado.

—Tenemos miedo —dijo Noelia.

—Lo primero es sacar a Altares del leprosario, después ya veremos.

—Primero la sacamos, después nos vamos con ella de aquí. Y regresaremos cuando la guerra haya terminado y usted sea el gobernador del Nuevo Texas.

Nicandro sacó del cajón derecho de su escritorio un fajo de papeles:

—Son las escrituras de mi casa en París. La beneficiaria es Altares en caso de que yo muera. Y estos son dos salvoconductos. Estoy jugando en ambos bandos. Uno está firmado por el general Santa Anna y otro por el general Zacarías Taylor para que puedan salir por Veracruz, que hoy está en manos del ejército mexicano y pronto estará en manos de los norteamericanos.

Rafael y Noelia recibieron los papeles. Al aceptarlos, habían perdido la ventaja en la negociación y ahora tenían que atenerse a las disposiciones de Nicandro.

—En cuanto la convenzan partirán hacia San Luis Potosí y de allí a Veracruz. Luego abordarán un barco comercial que los llevará a Europa.

—Es un exilio.

—Voluntario. Ustedes lo pidieron. En cuanto termine la confusión política, regresarán. Es eso o el leprosario, así díganle a Altares. Es el leprosario o el honor de ser la primera dama.

Cuando Noelia Berriosábal, acompañada por Carolina Durán, fue al leprosario, encontró a su niña hecha mujer, la mirada endurecida, los labios fríos. Era Altares sin duda, pero a pesar de lo deteriorado de su ropa, resultaba más fácil reconocerla por el vestido que por sus rasgos, abandonados a la soledad de sus días y al insomnio de sus noches.

Altares vio entrar a su madre y permaneció impasible, como si adivinara que no estaba allí por ella misma sino como emisaria de Nicandro. En sus madrugadas despiertas, había acunado la determinación de ser de Joaquín Baluarte. No sabía si volvería a verlo y tampoco entendía que no hubiera ido a rescatarla. No comprendía por qué se incendiaba su sangre al recordarlo. Y en cuanto a Nicandro, como ya había dado muestras suficientes de debilidad, lo utilizaría para salir de allí.

Noelia, de pie frente a Altares, le pidió que accediera a la concesión de Nicandro, y le extendió los salvoconductos mientras le hacía ver la oportunidad que tenían de alejarse de Testamento, de la guerra y de las murmuraciones del pueblo.

—No me iré —dijo Altares—. Me pudriré en este vestido.

Carolina Durán le pidió que viera el acta notarial que la señalaba como la heredera de la residencia de París en caso de que Nicandro muriera.

—Es una prueba del amor que te tiene —dijo.

—No te engañes, nana —le contestó Altares—. Nicandro solo me desea y yo solo lo utilizo.

—Vámonos, Altares. Esto es lo que hoy tenemos. Tomémoslo.

Altares arrojó al aire los papeles.

—Dile a ese miserable que ya que piensa comprarme, al menos que pague el precio justo.

—No hables así, hija. Tú eres su legítima esposa.

—El precio justo, madre.

Sin haber tocado jamás a nadie y sin haber sido acariciada por nadie, Altares sabía enredar y desenredar con facilidad el corazón de los hombres. Un poco más de tensión en la cuerda y Nicandro caería fulminado como todos los que la pretendieron. Sabía de la fragilidad del sexo masculino, esas criaturas estúpidamente fuertes que llevaban por dentro una debilidad irremediable: ningún hombre sobrevive a la negativa amorosa de una mujer que se desea con intensidad.

—¿Y quién sabe lo que es el precio justo?

—La mitad del Nuevo Texas. Dile que ese es mi precio.

Cuando Noelia Berriosábal le hizo saber a Nicandro las pretensiones de la muchacha, este, que había sufrido las torturas de su imaginación enardecida, respondió sin emoción aparente:

—Bueno, si eso es lo que quiere, si con la mitad del Nuevo Texas puedo tener completa a Altares, está bien. La mitad de la nueva república será suya.

Joaquín Baluarte había pasado la prueba de la muerte y no tenía ya más camino que la vida hasta que volvieran a colocarlo frente al paredón para que pagara su irreverencia por las armas nacionales y su poco interés por la suerte de la patria.

Restablecido parcialmente, seguía durmiendo la mayor parte del día, recuperando con ese sueño intermitente la sangre que le había exigido aquel desplante de supervivencia. Cuando Urbano Terán le comentó que nunca había imaginado que un trozo de plomo pudiera ser tan destructivo, Joaquín le contestó que una bala la aguanta cualquiera, pero que nadie puede resistir el vacío que deja el amor cuando se pierde.

Había tal desesperación en las palabras de Joaquín Baluarte, que en cuanto Urbano Terán subió a la superficie llamó a Fidencio Arteaga a la sacristía, le dio una docena de hojas y lo hizo sentarse frente a la mesa de trabajo.

—Vamos a salvar a Joaquín —le dijo—. Así se irá pronto y nosotros volveremos a dormir tranquilos.

—¿Otro pecado teologal, señor cura? Todavía no nos hemos recuperado del anterior.

—No cometeremos otro pecado teologal. Al menos no tan pronto.

—¿Una falta a los mandamientos?

—No hay mandamiento que diga: «No escribirás una carta por otro». Y aunque lo hubiera, la falta alcanzaría perdón si se cometiera para bien de un hijo de Dios.

Y Urbano Terán empezó a dictar una carta de amor. Una carta de una mujer para un hombre. Una carta de Altares para Joaquín. El sacristán, que se sorprendió al principio, terminó agregando y eliminando frases para que aquello pareciera una carta de verdad. «Estoy muy preocupada por ti», dictaba el párroco. «Las horas son largas y vacías en tu ausencia», escribía el sacristán. «Espero que muy pronto nos veamos», dictaba el párroco. «Estoy ansiosa de que la luz se haga en mis ojos al volver a verte», escribía el sacristán. «Te quiero mucho», dictaba el párroco. «Arde la lava de mi sangre cuando te recuerdo», escribía el sacristán. De manera que en setenta minutos tuvieron una carta encendida que el sacerdote no leyó, aun cuando le causaba extrañeza que Fidencio tardara tanto en escribir las frases cortas que él dictaba.

—No le has puesto nada por tu cuenta, ¿verdad?

—Ni una letra, padre.

—Estoy cansado.

—Lo bueno es que ya acabamos.

—Todavía no. Falta la carta de Joaquín para Altares.

Fidencio también estaba cansado, pero aquella argucia era tan seductora, que antes de que Urbano Terán se arrepintiera, ya estaba listo, con la fecha en la carta y la pluma temblándole en las manos. Pensando como hombre, el sacerdote se sintió más cómodo en el dictado y el sacristán más feliz en la escritura. «No puedo decirte dónde estoy, pero estaré siempre cerca de ti», dictaba el párroco. «Estoy en un lugar sin lugar, pero el único lugar en el que estoy es cerca de tu corazón», escribía el sacristán. «Pronto iré a buscarte, te sacaré del leprosario y te llevaré conmigo», dictaba el párroco. «Pronto te arrancaré de ese dolor, te elevaré en el aire y cabalgaremos con el viento hacia el amor», escribía el sacristán. «Nada necesito más que un beso de tus labios», concluyó el párroco. El sacristán volteó a verlo, el sacerdote levantó los hombros, le devolvió la mirada retadoramente, y dijo:

—Es una carta de un enamorado, ¿o no?

—Entiendo —dijo el sacristán, y escribió—: «Nada necesito más que el aliento de tu boca, el roce de tus manos, el encuentro de tu cuerpo, la emoción de tus sentidos».

—Te dicto una frase y pareces escribir veinte.

—Escribir por otro reclama doble tiempo, padre. Hay que fingir la letra.

Con la sospecha en la frente, Urbano Terán extendió la mano para que el sacristán le diera las cartas, pero Fidencio encontró la forma de distraer aquella orden.

—En esto sí hay una falta a los mandamientos, padre.

—La inocencia no peca.

—Ella no, pero nosotros sí. Acuérdese que Altares es una mujer casada. Con estas dos cartas ya hicimos historia en las cuentas de Dios.

—¿Existe otra forma de brindarles consuelo a estos dos desdichados?

—Que yo sepa...

—Entonces cierra la boca. Vamos a llevarle su carta a Joaquín, y mañana irás al leprosario y le darás la otra a la madre Luz del Carmen para que se la entregue a Altares.

—¿Yo?

—¿Quién más? Le dirás a la madre que nos dejaron la carta debajo de la puerta, y que yo te pedí que se la entregaras.

Urbano Terán y Fidencio Arteaga salieron de la sacristía y fueron hasta el sótano. De haber sido una visita rutinaria, ambos se habrían sentado a platicar en voz baja para no despertar a Joaquín, pero con la carta en las manos Fidencio se sintió suficientemente autorizado para moverlo hasta que abriera los ojos.

—Para usted —le dijo, y le extendió el sobre, membretado con el nombre de Joaquín Baluarte.

—¿Alguien más sabe que estoy aquí?

—Nadie.

—¿Quién la trajo?

—Apareció en el reclinatorio donde lo casamos —dijo el sacristán, orgulloso de su respuesta improvisada.

A la luz de la desvalida lamparilla Joaquín leyó la carta. «¡Joaquín, Joaquín, te necesito!», empezaba la misiva. Joaquín se incorporó, se apresuró en la lectura, pero se detuvo de pronto y volteó a ver a sus visitantes, que lo miraban con una curiosidad inocultable. Ambos se retiraron un poco, conscientes de su indiscreción, pero siguieron segundo a segundo las mutaciones en el rostro de Joaquín. El herido se iluminaba frase a frase. «Entonces es verdad —pensó Fidencio— el amor alumbra». «Entonces es verdad —pensó Urbano Terán— el amor resucita». Joaquín terminó la carta y se recostó de nuevo.

—¿De quién es? —preguntó el sacerdote, que parecía haber olvidado las tribulaciones que le había causado dictar aquella carta desde una condición femenina que le era ajena.

Joaquín no contestó: estaba absorto en una segunda lectura. Párroco y sacristán, a su pesar, respetaron el abismal silencio que envolvía al herido, ávidos de recibir unas palabras, como el autor novel que espera sin aliento el veredicto de su maestro.

—Altares está en el leprosario —dijo al fin el huracanado—. Y me ama tanto como yo a ella.

—Allí está —dijo el sacristán, y se reprochó no haber encontrado algo mejor para decir.

—Nunca había leído una carta de amor, pero estoy seguro de que esta es la más hermosa —murmuró Joaquín.

Sacerdote y párroco suspiraron satisfechos. Apenas salieron del sótano, Urbano Terán detuvo a Fidencio y lo obligó a verlo a los ojos.

—No habrás agregado nada por tu cuenta, ¿verdad?

El sacristán desvió la mirada hacia el campanario:

—Ni una letra, padre.

Las fuerzas de Estados Unidos marchaban implacables dejando tras de sí un dramático exceso de desolación. Una estela incendiaria y un penetrante hedor describían la devastadora ruta del ejército del general Taylor. Aldeas, pueblos y caseríos eran destruidos por el avance de las milicias y consumidos por las llamas intervencionistas. Cientos de cadáveres, rostros de muerte y cuerpos mutilados satisfacían el apetito de las aves negras que sobrevolaban el desierto. Para los soldados estadounidenses, la sangre y el dolor no eran más que la forma de agregar una estrella a su bandera.

Al frente de la inmensa columna, sobre mil doscientos caballos, avanzaban los agrupamientos Jefferson y Anderson, las tropas de elite de la Unión, llamados los Leones Montados por su fiereza y poderío, armados con espadas y pistolas; más atrás, en un séquito de corceles blancos, iban Zacarías Taylor y los miembros de su estado mayor; inmediatamente después desfilaban tres mil Dragones, la infantería, equipada con bayonetas y fusiles; luego, jalados por doscientos veinte animales de tiro que un centenar de esclavos negros conducía, iban los sesenta carros de carga donde era trasladada la artillería, las municiones, el forraje, el equipo y los alimentos; doscientos artilleros marchaban junto a ellos. Los pertrechos consistían en cuarenta cañones, varios millares de proyectiles, cien toneladas de dinamita, granadas, bombas tóxicas, más de cien mil cartuchos de todos los calibres, y cuatrocientas ráfagas, una especie de ametralladora primitiva que el ejército de Estados Unidos estaba empezando a experimentar. Junto con la artillería marchaba el carro hospital. Después se desplazaba la sección de excavadores con la herramienta al hombro, una compañía de cuarterones negros dedicados a la perforación. Los seguía de cerca otra columna de tres mil Dragones; después venía otro contingente de caballería de seiscientos elementos, y al final, marchaban los Rangers, la guardia de Texas, integrada por seiscientos infantes y seiscientos jinetes. Eran en total nueve mil doscientos soldados, ciento noventa y nueve esclavos, catorce médicos y dos mil seiscientos cuarenta animales.

El último pueblo en ser incendiado y destruido antes de llegar a La Angostura fue la Insolación de la Palma. En esos aislados páramos fueron masacrados en una sola tarde mil doscientos civiles. Era la guerra del general Taylor, que solo buscaba cumplir las instrucciones del presidente James Polk: apropiarse de todos los territorios posibles y limpiar racialmente aquella tierra bajo el argumento de que era inaceptable tener por vecinos a una patulea de desarrapados.

A pesar de los casi quinientos kilómetros de avance y no obstante haber dejado miles de cadáveres y una enorme cantidad de aldeas y pueblos incendiados, el ejército de Estados Unidos no había librado hasta ese momento ninguna batalla digna de tal nombre. Los estadounidenses estaban invirtiendo una considerable fortuna en aquella su primera intervención, y no habían logrado enorgullecerse todavía con la emoción de una honesta y bien merecida victoria.

Las acciones de Palo Alto y La Resaca, al sur de los antiguos límites de Texas, y las maniobras de Matamoros, al sur del Río Grande, no pasaron de ser, la primera, un simple fuego cruzado de artillería sin ninguna baja, y la segunda y tercera, intrascendentes escaramuzas de fusilería en la que la confusión había estado por encima de la estrategia. El ataque a la ciudad de Monterrey, que había alentado en los invasores la ilusión de la gloria, se redujo a la rápida toma de la plaza. Los invadidos, más indignados que pertrechados, y sin oficiales comprometidos con su causa, terminaron por declararse vencidos. Los habitantes de la ciudad de Saltillo, comprendiendo la inutilidad de aquella desequilibrada contienda, prefirieron entregarse sin pelear. El único que podía limpiar el deshonor de aquella intervención era el general Santa Anna, que aún no entraba en combate y que al mando del ejército de México se dirigía hacia La Angostura.

El general Santa Anna, hambriento de un prestigio que la historia no podía garantizarle, pero también maniatado por sus acuerdos secretos con los estadounidenses, había dejado avanzar al enemigo lejos de la frontera, aparentemente con la intención de atacarlo en pleno desierto, donde no pudiera ser auxiliado en caso de una derrota. Sabía que propinarle un descalabro a la sólida columna del general Taylor era difícil, pero confiaba en las condiciones del campo de batalla más que en su propia capacidad guerrera. Según decía, el desierto pondría en juego toda la fuerza de su adversidad para contener al invasor. El ejército mexicano, y lo sabía el general Santa Anna, estaba más preparado para librar breves encuentros de artillería, sencillas refriegas a bayoneta calada y tiroteos aislados que para sostener una batalla formal, con todas las exigencias de un combate entre iguales.

—Quiera el Creador que Santa Anna dé una batalla digna —dijo a sus hombres el general Taylor después de la toma de Saltillo—, solo así podremos sentirnos satisfechos de esta guerra contra nadie.

Lo mortificaban dos puntos de su agenda bélica: uno: la irritación del presidente Polk por aquella hasta entonces lenta, fácil y desabrida victoria que sería olvidada por haber carecido de grandeza; y dos: atravesar lo más pronto posible los ochocientos kilómetros de desierto que lo iban a separar desde el desfiladero de La Angostura, donde seguramente volvería a triunfar, hasta la Ciudad de México. El desierto lo atemorizaba. Si alguien podría derrotarlo, eran esas áridas y hurañas tierras que lo devoraban todo con su soledad invicta.

Había un tercer motivo de inquietud. No estaba escrito. No se hablaba de él en voz alta. Pero existía. Según la inteligencia militar estadounidense, había tránsito de guerra hacia lo hondo del Desierto del Santuario. Alguien esperaba al invasor desde más allá de los espejismos con la idea de entrar en combate una vez que el general Santa Anna fuera de nuevo avergonzado. Zacarías Taylor tenía la sospecha de que esa amenaza era más real que todos los pueblos incendiados, que todos los pelotones derrotados, que todos los Santa Anna desesperados: eran los Perros Negros.

Para hacer frente a los rumores que corrían entre sus oficiales, el general Taylor quiso ahuyentar en una reunión militar aquel fantasma.

—Ninguna guerrilla diezmará la capacidad bélica del ejército más poderoso del mundo. A lo único que hay que tenerle respeto es a la sed y al hambre del desierto.

—A menos que también nos esté esperando la Legión de la Estrella —dijo un general con prudencia, pero sin dejar ir la oportunidad de pedirle a Zacarías Taylor unas palabras tranquilizadoras.

El jefe del ejército intervencionista respondió a la altura de su historia militar:

—Si una estrella habrá en esta guerra, será la que pondremos en nuestra bandera al obtener la victoria.

A pesar del desplante, el general Taylor sabía que no se podía catalogar a la Legión de la Estrella como una simple cuadrilla paramilitar o una formación guerrillera. No ignoraba que la inteligencia de su país la tenía clasificada como la guarnición de ataque más agresiva del continente. Además, informes recientes aseguraban que por las noches se desplazaban misteriosos centauros en aquellos altivos arenales. Eran sombras que se movían con destreza en los páramos, que emergían de la nada apenas oscurecía y volvían a desaparecer apenas amanecía. Siluetas armadas que presagiaban muerte, centinelas de una tierra desarmada. «En el altiplano de México, corre el rumor de que los Perros Negros, los integrantes de la Legión de la Estrella, son inmortales», apuntaba un reporte.

Para minimizar semejante leyenda, el general Taylor sonreía, seguro de que comandaba un ejército invencible, capaz de matar adversarios inmortales y de desentrañar de la noche a cualquier enemigo invisible. De todas formas, consciente de que en la guerra no hay ventaja que deba despreciarse, desde la Insolación de la Palma le envió un comunicado a Nicandro Muñoz, el principal líder del movimiento separatista y jefe político del altiplano, en el que le recordaba su compromiso de auxiliarlo en el recorrido del desierto, compromiso que incluía la obligación de impedir que fuera atacado por grupos no invitados a la guerra para evitar contratiempos molestos en su trayecto hasta la Ciudad de México. Nicandro le contestó de inmediato asegurándole que, una vez derrotado el ejército del general Santa Anna, sus influencias políticas y militares garantizaban que el avance del ejército norteamericano no encontraría oposición alguna. La frase final del mensaje insinuaba el esperado beneficio: «Ambos cumpliremos, general».

La Batalla de La Angostura estaba por comenzar.

Al salir de San Luis Potosí rumbo a La Angostura, Santa Anna había contando dieciocho mil hombres. Pero la guerra, que suele hacer creer que solo mata en el combate, en realidad sabe también matar antes de tiempo: miles de hombres murieron en el trayecto. Algunos soldados se derrumbaban en plena marcha aniquilados por el hambre, saqueados por el cansancio, ávidos de muerte; otros caían rendidos al anochecer y parecían dormir hasta que sus compañeros querían despertarlos nada más para darse cuenta de que habían optado por el fallecimiento.

Tarde ya en la tarde del 26 de enero de aquel 1847, Santa Anna pidió que lo dejaran solo. Recargado en cualquier parte de su itinerante aposento de guerra, recordó a los miles de muertos que se le iban quedando en el camino, los rostros cobardes de los que lo habían dejado solo, las respiraciones ausentes de los que necesitaba para combatir. Furioso, le escribió a Valentín Gómez Farías, a quien había dejado a cargo del despacho presidencial: «Ningún auxilio manda el Gobierno a estas sufridas tropas. No sé cómo Ud. puede acostarse y dormir tranquilo, sabiendo que tiene un ejército de más de veinte mil hombres que mantener y al que, a más de un mes que hace que empuñó Ud. las riendas del Gobierno, no ha mandado ni un solo peso». En Encarnación, el paso de revista reveló el saldo de las agresiones del clima y del abandono: ahora eran catorce mil hombres.

El 20 de febrero, el ejército de México contempló el escenario de la guerra: La Angostura, profundidad inabarcable, estrechez de sobrevivencia. Allí había que pelear sin opción, si no ya por la patria, por la propia vida. Hay campos de batalla sin salida.

El fantasma de lo ocurrido en los hechos de armas de San Jacinto musitó a Santa Anna la década transcurrida desde la última vez, cuando Sam Houston lo encontró dormido a las cuatro de la tarde, lo apresó y destruyó a su ejército en una batalla que debió registrarse como la derrota de la siesta.

El 21 de febrero, sus lugartenientes lo encontraron golpeando el aire y amenazando al viento con su espada: nadie vio con quién peleaba. El fantasma no se alejó, no lo enfrentó, solo esperó a que Santa Anna terminara su combate solitario para luego sentarse a su lado mientras el general, la frente húmeda y los párpados nerviosos, dormía su última noche antes de la contienda.

La cercanía de los dos ejércitos, inevitable por las características de La Angostura, adelantó las hostilidades sin remedio: el 22, mientras Juan Navarrete, soldado mexicano de veintiún años, vigilaba el paso que se le había asignado, sintió un filo de hielo hundirse en su cuello; al volverse vio los ojos inmensos del soldado que lo abrazaba por la espalda, alcanzó a disparar, y antes de perderse en su último extravío pudo ver y sentir cómo estallaban las pupilas de ambos en el encuentro de la muerte. Cuarenta combatientes mexicanos y treinta estadounidenses se enfrentaron en el combate cuerpo a cuerpo, escaramuza que se repitió en otras partes del desfiladero.

La lucha del 22 fue sorda, tan sorda y tan triste, que más que pólvora y estruendo, arrancó de la ira sonidos opacos: vientres abiertos por bayonetas silenciosas, cuellos cercenados por cuchillos nostálgicos, pulmones reventados por la sentencia mustia del que los acechaba por la espalda, corazones heridos por la mano del que los vio de frente como un estorbo para la propia vida.

La verdadera batalla se dio el 23: cañones agresivos, después vengativos y luego rencorosos dispararon sin descanso todo el día; cuerpos mutilados surgieron de la nada, sin auxilio, sin esperanza; alturas y precipicios se humedecieron de metal y sangre; gritos y quejas se esparcieron por la cañada; confusión y sobrevivencia se apoderaron de las armas, que se hundían en carnes sin nombre y se quedaban para siempre en cuerpos ajenos o que eran sacados de los vientres goteando la sangre del desconocido que ya no habría tiempo de conocer. Esquirlas veloces rasgaban rostros y reventaban vísceras.

Cientos de heridos esperaban el rescate o el último tajo. Inermes, eran rematados o llevados hasta manos amigas. La noche se convirtió en quejas y lamentos, eco de guerra, vómito de sangre.

—Mañana será peor —dijo Zacarías Taylor, cerca de la fogata, la piel seca, los ojos inexpresivos.

Hacia la medianoche, en los campamentos estadounidenses se escuchó el sonido de la retirada del ejército mexicano. El general Taylor sonrió ante aquel recurso ingenuo.

—Quieren hacernos creer que se van.

La trompeta repitió la retirada en diversos puntos. El sonido desgarró la noche.

—Intensifiquen la vigilancia —ordenó el general del ejército intervencionista—. Están preparando un nuevo ataque y apuesto a que intentarán sorprendernos al amanecer.

A la voz metálica de la trompeta siguió el silencio, y luego un misterioso rumor de caballos y hombres desplazándose. No era seguro. El sonido parecía falso, el rumor de la caballada, un sueño. Algunos gritos aislados, apretados para no abrirse a la noche, dieron la impresión de la emboscada. Allí estuvo Zacarías Taylor, sin hablar y sin dormir, esperando el último zarpazo.

—No se irán —musitó a las tres de la mañana.

Y a las seis, cuando empezó a clarear el día, los estadounidenses se congratularon de ver cómo se disipaba la oscuridad y con ella la posibilidad de un ataque. Resignados a entrar de nuevo en combate, se asomaron al espacio abierto, al horizonte, a los rincones. Algunos empezaron a llorar y otros se abrazaron. Era cierto: el general Santa Anna había ordenado la retirada. Los mexicanos se habían ido.

III

EL NUEVO TEXAS

Mientras en La Angostura se mezclaba la sangre de invadidos e invasores, en San Luis Potosí dio inicio el Primer Concilio Emergente de la Iglesia Católica Mexicana. Jesuitas, franciscanos, agustinos, carmelitas y dominicos hicieron a un lado sus diferencias con un solo propósito: asegurar la permanencia y el fortalecimiento de la Iglesia en los diversos escenarios previsibles durante y después de la guerra. Dos riesgos acechaban especialmente: la sustitución de la Iglesia católica por la doctrina de Lutero, y la insaciable voracidad de un gobierno en bancarrota, que exigía cada vez más aportaciones de la Iglesia.

San Luis Potosí se llenó de carruajes apostólicos, de personajes envueltos en conciliares vestidos, de reverendas presencias cubiertas de estrategias canónicas.

El pueblo, ajeno a la incertidumbre de la Iglesia, cercó las posadas donde se hospedaba la jerarquía mayor del Evangelio, intentando tocar a los obispos. Tuvo que intervenir el resguardo civil para contener a la turba, que había tomado el Concilio como fiesta propia. El arzobispo primado de México, rodeado de clérigos que entonaban artificiosas epístolas y flotando en una oscura nube de incienso y mirra, inauguró el sínodo. Pero el protocolo no resolvió más que el instante fugaz de la apertura. Después el concilio se convirtió en confusión y dudas, posturas radicales, ideas contrarias, palabras hacinadas. Cada orden buscaba una ventaja intentando obtener mayores espacios de poder y de influencia. Los jesuitas sugirieron establecer una alianza con Santa Anna y enfrentar al ejército de Estados Unidos para evitar la extinción del catolicismo. Algunos frailes de otras órdenes los secundaron, pero el arzobispo trazó la línea a seguir:

—No se trata de luchar contra nadie, sino de unirnos al vencedor.

Los agustinos alegaron que de todas formas estaban apoyando a Santa Anna. ¿O no se le acababan de dar cien mil pesos para organizar la defensa del país?

—No se le dieron —corrigió el arzobispo—: se negociaron a cambio de la abolición de la ley del 11 de enero de Gómez Farías.

—Cada vez nos venden más cara la abolición de las leyes.

—Sí, pero esta vez era irremediable. La ley autorizaba al Estado a proporcionarse quince millones hipotecando o vendiendo en subasta pública bienes de manos muertas. Y ya sabemos qué manos consideran muertas.

—La hacienda pública está en quiebra. No podremos saciar el apetito del gobierno con los bienes de la Iglesia.

—Todavía tenemos hipotecados bienes por ochocientos cincuenta mil pesos desde los tiempos de José Mariano Salas.

—Gran trampa. Los ricos le prestaron al gobierno y nosotros suscribimos los documentos. Si el gobierno no paga, y no lo hará, perderemos esos bienes.

—Como los quinientos mil pesos que perdimos los carmelitas y los agustinos para poder acercarnos a lo que nos exigía Iturbide.

—Como los hospitales que perdimos por la independencia, que pasaron a formar parte de los bienes del gobierno.

—Como los bienes que nos confiscaron a los jesuitas.

—Como lo que nos quitaron de los recursos de la Inquisición y del Fondo Piadoso de las Californias.

—No hemos venido a hacer el recuento de los despojos —interrumpió el arzobispo—, sino a tomar acuerdos de lo que haremos en adelante.

—Mientras la hacienda pública no mejore, la Iglesia estará en peligro permanente. Somos un botín.

—La independencia dio alegría a la plebe, que nunca sabe a dónde la llevan los aventureros.

—¡Hidalgo y sus ambiciones!

—El país supuestamente libre heredó de España una deuda de setenta y seis millones de pesos.

—Se redujeron a cuarenta y seis.

—Suficientes para estar en quiebra.

—Señores, de nueva cuenta llamo su atención: debemos decidir qué haremos.

—Usted ya lo dijo, señor arzobispo: unirnos al vencedor.

—Sí, pero no tenemos más que dos opciones: o un Santa Anna vencedor y soberbio, con una gran necesidad de dinero; o un gobierno nortemericano deseoso de terminar con todo lo que huela a España. Y el catolicismo en México, sin duda, es olor español.

Mientras en las sesiones se discutía enjundiosamente y se servían suculentos bocadillos acompañados del mejor vino francés, en los pasillos y en los jardines monseñor Zúñiga buscaba sin suerte a Urbano Terán, ansioso de pedirle cuentas de la delicada misión que le había encomendado. Pero el viejo párroco no apareció. Al quinto día de espera, monseñor Zúñiga dio por hecho que el antiguo ayudante de Hidalgo no llegaría. Y así se lo notificó al arzobispo:

—No se dignó venir el muy cretino, mi señor —le dijo.

—Rescíndale el apostolado —contestó el dignatario—. Ordene a otro sacerdote en el curato de Testamento. Usted ya sabe a quién.

El ejército del general Taylor no había ganado una batalla con tantas bajas desde que había iniciado su incursión a México. Habían alardeado de que aquella aventura necesitaba algo de gloria militar, pero en solo dos días se habían dado cuenta del embuste: la gloria era dolorosa y asesina. Habían contado doscientos veintitrés cadáveres de los suyos y el único consuelo era que los muertos ajenos eran más. Pero se trataba de un consuelo inútil.

Todavía acosados por el cercano recuerdo de una batalla sin vencedor, sorprendidos por la retirada de un ejército que retrocedió sin razones, los soldados estadounidenses recibieron órdenes de detener la marcha en La Angostura. En dos días curaron heridos, repararon armamento y dieron tiempo a los caballos para el imprescindible descanso.

El general Taylor hizo cuentas en una reunión de oficiales: una semana para bajar al altiplano, un mes para atravesar el desierto y otro para tomar la Ciudad de México. Era hora de actuar, de aprovechar el repliegue del ejército de Santa Anna. El presidente Polk lo exigía sin demora.

La batalla de La Angostura no solo había puesto al borde del derrumbe al régimen político de México, sino que le había dado consistencia a la República de Texas, recién anexada a los estados de la Unión. Era previsible que de allí en adelante no habría más pleitos territoriales por aquella región. Aquel acontecimiento también permitía pensar que muy pronto sería posible realizar la declaración de independencia del Nuevo Texas. Ni Santa Anna ni nadie podría impedir los planes invasores. Aparentemente la guerra entraba en una segunda fase: las descargas de fusilería habían perdido alcance, era hora de que la diplomacia se sumara a la contienda para que sangre y firmas abrieran de manera simultánea los caminos de la rendición. Había llegado el momento de fijar los nuevos límites de Texas y, en su momento, los linderos del Nuevo Texas.

En Testamento, la derrota del general Santa Anna en La Angostura fue recibida con alegría ruidosa. Era momento de independizarse del gobierno federal y de sus ambiciosos políticos centralistas, que no saquearían más a la laboriosa gente del altiplano. Era el parto de una nueva nación. Se crearían nuevas leyes, por fin habría una constitución respetable, que hasta podía estar escrita en inglés. Dos razas tradicionalmente en conflicto habrían de mezclarse gracias a la guerra. El desierto de México ya no sería México: estaría cobijado por la bandera de la Unión.

Testamento se convirtió en unos días en la tierra prometida del porvenir. Audaces comerciantes empezaron a establecer negocios de toda índole a lo largo del callejón del Santo Oficio. Llegaron aristócratas dudosos presumiendo desconocidos linajes; políticos de todas las raleas amanecían hospedados en los únicos dos mesones que había en el callejón de los Héroes del 24; consejeros religiosos descendieron desde alturas celestiales con el propósito de salvaguardar la salud financiera de la Iglesia.

Era tanto el alboroto de los recién llegados, que Testamento se llenó de ruidos nuevos: eran los sonidos de la abundancia que llegaban investidos de una sensación de bienestar hasta entonces ignorada en el pueblo. Del ingenio y la necesidad surgieron posadas por todas partes, algunas de las cuales, a pesar de solo ofrecer una habitación, se ostentaban como hospederías con nombres altisonantes: «La casa del mundo», «La posada del Nuevo Testamento», «El rincón de los santos», «La felicidad de la unión»... Una resumía en su nombre el espíritu de bienvenida para los nuevos dueños: «Aquí no se hospedó Santa Anna».

Una docena de clérigos ataviados con ornamentos eclesiásticos se hizo presente un domingo por la tarde. El pueblo, asombrado por aquellas vestimentas de escándalo, se amotinó en las calles para confirmar si eran reales, para ver de cerca los rostros pálidos y las ropas coloridas, para solicitar una bendición o para agradecer un milagro. Entre los prelados había quienes sonreían amistosos y quienes mostraban su hastío. Muchas manos se quedaron extendidas. Liberados de la muchedumbre por los soldados de Nicandro, los prelados se hospedaron en sendas residencias ubicadas en el callejón de Santa Rita de Padua que le habían sido incautadas al gobierno central.

Muy lejos del esplendor de los representantes de la jerarquía católica, pero el mismo día, llegó Pedro Pablo Salvatierra, el nuevo párroco de Testamento. Iba vestido a la usanza de la orden dominica, pero descalzo y rapado, tan rapado y tan descalzo que pasó inadvertido para la curiosa multitud. Satisfecho de que nadie le prestara atención, se presentó ante Urbano Terán y le extendió el documento que lo acreditaba como su sustituto. Luego de que el párroco saliente se enterara de su destitución, Pedro Pablo le entregó otra hoja, aún más cruel: el arzobispo ya no consideraba sacerdote a Urbano Terán.

—Es decir que...

—Dice lo que dice, don Urbano.

Fidencio Arteaga vio tal mortificación en el rostro de Urbano Terán, que rompiendo las normas jerárquicas y mientras veía con una fiereza inusitada a Pedro Pablo, le arrebató ambos documentos. Los leyó de golpe y luego volvió a leerlos para comprenderlos.

—Comunique a usted a sus jefes que necesita un sacristán. Y que yo he renunciado.

—Los laicos no son motivo de informe. Puede usted irse.

—Claro que puedo —dijo Fidencio, y empezó a introducir sus pertenencias en dos bolsas negras.

—No tan rápido, Fidencio —le dijo Urbano Terán, y luego se dirigió al recién llegado—. ¿Podremos disponer de unos días antes de irnos?

—Días, sí.

—Eso quiere decir que ni una semana.

—Seis días, por mi cuenta, don Urbano. El arzobispo no querría que usted permaneciera aquí ni una hora más. Pero yo comprendo.

—Seis días está bien. Gracias, señor cura.

—Gracias a Dios, don Urbano.

Urbano Terán se dio cuenta y sintió espinas en el pecho: ni párroco, ni padre, ni señor cura, ni sacerdote: a partir de entonces era don Urbano. Y quizá más tarde, cualquiera que fuera el lugar donde le cayera encima la vejez, don Urbanito, Urbanito, el anciano aquel...

Excitado por la efervescencia del momento, Nicandro Muñoz se dio a la tarea de iniciar las gestiones para declarar la independencia. Su propósito se quedó a medias: fue nombrado comisionado interino del Gobierno de Estados Unidos en la próxima República del Nuevo Texas. Un renglón final de la respuesta oficial le concedía un pequeño margen: «Si lo prefiere, y solo para efectos prácticos, puede ostentarse como gobernador ante el pueblo».

El primero de marzo, rodeado de políticos desconocidos y de prelados despectivos, reunió al pueblo en la plazoleta. Sabía que soplaban todavía aires de guerra y vientos de incertidumbre. Para llegar a ser el gobernador del Nuevo Texas con todo el respaldo estadounidense, tenía que empezar a comportarse como si lo fuera. Cuando Nicandro subió al estrado, en donde más de diez mil ojos lo miraban, imaginó que su estampa trascendería como el padre de la nueva república. Desde esa condición disfrutó del silencio que se hizo cuando tomó la palabra.

—¡Pueblo de Testamento! ¡Por fin tenemos una patria!

Primero un emocionado silencio y luego una desordenada gritería le dieron a Nicandro la seguridad de que contaba con la simpatía popular. Entonces, de manera efectista, volteó a ver a los representantes del general Taylor.

—¡Nuestros amigos norteamericanos nos han liberado del yugo de los dictadores! ¡Yo, Nicandro Muñoz de la Riva, gobernador de este territorio, que pronto llevará el nombre oficial del Nuevo Texas, los invito a trabajar conmigo en la creación de esta nueva república, cuya capital será Testamento!

En contraste con la algarabía popular, Gabriel Santoscoy murmuró:

—A mí esta nueva republiquita me importa tanto como una chingada.

Y los siete buenos ciudadanos se adhirieron a la sentencia.

—¡En este momento dan inicio las festividades de nuestra independencia, que se prolongarán por tres días consecutivos! El 4 de marzo por la noche, el acta de independencia será leída y notariada. ¡Todos estamos invitados a la celebración!

—Muy texanos muy texanos, pero seguiremos comiendo puro chile —volvió a murmurar Gabriel Santoscoy.

Y los siete buenos ciudadanos estuvieron de acuerdo.

La alegría colectiva reventó en un escándalo sin orillas. Testamento ya no pertenecía a México. Por un tiempo sería una nación independiente y después, como había ocurrido con Texas, sería anexado a Estados Unidos de América.

Durante los dos días siguientes, mientras el pueblo gozaba de aquella fiesta hasta empalagarse, Nicandro Muñoz celebraba exhaustivas reuniones con políticos advenedizos, dignatarios eclesiásticos y representantes estadounidenses. A pesar de las horas y de tantas noches sin sueño, los acuerdos se iban quedando suspendidos de alguna condición o quedaban entrampados en intereses contrarios. Los demagogos negociaban un beneficio personal para favorecer al pueblo, los religiosos por recuperar lo perdido, los desempleados por una curul, los veteranos de guerra por una pensión, los empresarios por un contrato. Sin comprometerse con nadie, Nicandro hacía entender a todos que es seguro que posiblemente pueda ser. Los más avezados se retiraban con resquemor, los soñadores con ilusión y los principiantes con la seguridad de tenerlo todo. Y Nicandro no dejaba de sonreír, de palmear espaldas, de abrazar y prometer. Solo había una atenuante en su emoción: Altares Moncada. Ella, la insustituible, la deseada, la condenada al encierro, la altiva, la orgullosa Altares Moncada. Solo ella tenía la categoría suficiente para fungir como primera dama.

En plena fiesta, los ochenta y ocho soldados sobrevivientes de la tercera compañía de la División de Oriente destacada en Maratines irrumpieron en Testamento comandados por el comodoro Plácido. A falta de órdenes superiores, había decidido ir a Testamento para resguardar al pueblo y encontrar a Joaquín Baluarte y a los once soldados que no habían regresado al destacamento. Aquellos hombres no tenían ni la más lejana idea de lo que estaba pasando. Sin saber que Nicandro había optado por la causa estadounidense, el comodoro Plácido se presentó ante él y se puso a sus órdenes. El comisionado, pero ahora de Estados Unidos, los recibió con notable sangre fría pensando en incorporar a aquellos ochenta y ocho efectivos a sus milicias, pero en cuanto habló con Plácido se dio cuenta de que este seguía deslumbrado por sus deberes para con la patria.

—Han de venir hambrientos y cansados —les dijo—. Pasen, por favor, al traspatio para que coman y descansen. La lucha contra el invasor va a ser sangrienta.

Y los ochenta y ocho soldados y el comodoro, que no alcanzaban a entender cómo era que el pueblo estuviera de fiesta con la guerra encima, pasaron al traspatio, se deshicieron de sus armas y se sentaron a una enorme mesa de manteles blancos. Mientras degustaban el café y se preparaban para recibir el desayuno más prometedor de sus últimos años, una estruendosa carga de fusilería brotó desde el tejado. Con puntería mortal, los disparos hicieron blanco en el comodoro Plácido y en sus oficiales. Sesenta y cuatro soldados lograron levantarse de sus mesas, pero no pudieron alcanzar sus armas porque docenas de rifles les apuntaron a unos cuantos metros.

El comodoro Plácido se incorporó con tres balazos en el pecho, avanzó titubeante y se detuvo frente al jefe de los soldados asesinos.

—Me voy a morir sin ver el mar —dijo, y se desmoronó ante la vista de sus hombres.

El capitán Augusto Santibáñez, jefe del estado mayor de Nicandro, se dirigió a los soldados, a los que pretendía perdonar la vida a cambio de una nueva lealtad:

—Ustedes son enemigos de esta tierra. Son soldados mexicanos y esta es la república del Nuevo Texas. Si quieren morir, den un paso al frente; si permanecen en su sitio conservarán la vida y jurarán lealtad al ejército de la nueva patria.

Doce soldados dieron un paso al frente y al instante sonó otra descarga. Sus cincuenta y dos compañeros permanecieron inmóviles.

—Sean bienvenidos a su nuevo ejército —les dijo Santibáñez.

Cuando recibió el parte, Nicandro, sin levantar la vista de su escritorio, ordenó:

—Desháganse de los cadáveres con cautela. Quiero que el general Taylor se dé cuenta de que soy pulcro para gobernar.

Las dos descargas sirvieron, por otra parte, para que el pueblo sintiera que aquella fiesta se renovaba y renovaron el ánimo y los gritos, ajenos a la sangre que había manchado los manteles blancos y que había acabado con la vida de treinta y seis hombres; los sobrevivientes no habían perdido la vida, nada más la lealtad.

Satisfecho del resultado de su más reciente reunión, Nicandro determinó que lo único que faltaba para que estuviera todo en orden era sacar a Altares del leprosario y conducirla, convertida en primera dama, al estrado de la nueva república. Pero tenía que hacerlo como un caballero, como un gobernador: Altares debía estar junto a él para que sus logros quedaran debidamente consolidados.

El 4 de marzo a las dos de la tarde, cuando Altares releía por vigésima vez la carta dictada por Urbano Terán, corregida por Fidencio Arteaga y firmada con el nombre de Joaquín Baluarte, fue interrumpida por Nicandro, que se hizo acompañar de todo su gabinete hasta el Leprosario de María. Conocedor de los desplantes de Altares, dejó a sus subordinados en el pasillo y pasó solo a la celda de su esposa.

—He venido ha decirte que nuestra causa ha triunfado: La mitad del Nuevo Texas es tuya, tal como lo solicitaste.

La muchacha apenas si levantó la vista. Solo cuando terminó de leer, se apartó el velo nupcial del rostro:

—Nadie me ha humillado. Solo tú. ¿Cómo puedo confiar en ti?

Nicandro puso sobre la mesilla de aplicaciones los papeles que lo acreditaban como comisionado del gobierno de Estados Unidos. Sabía que la solemnidad de los documentos, sus sellos y sus firmas eran suficientes y que Altares no se dignaría a leerlos para saber que aún no era oficialmente gobernador.

—La mitad del Nuevo Texas, Altares. Yo soy el gobernador y, en consecuencia, el que reparte la tierra. Pronto iremos con los notarios para que formalicen lo que te doy: toda la tierra desde aquí hasta la Química del Rey. En este momento te vas conmigo. Necesito que estés junto a mí en la declaración de independencia. El pueblo sabrá que no hay mujer más importante que tú en toda la nueva república.

Altares, que sabía que a Nicandro lo sometían más los desplantes que las debilidades, volvió a poner los ojos sobre su carta, aunque esta vez no leyó: repasaba los renglones sin sentido mientras pensaba. Aquella era una buena oportunidad de salir del leprosario con la reputación recuperada, de humillar a Testamento y de abrir la posibilidad de ver a Joaquín. Había que hacer a un lado los escrúpulos.

—Solo hay una condición.

Nicandro se impacientó. Estuvo por gritarle que ya no habría más condiciones, que ya la mitad del Nuevo Texas era más que suficiente. Hubiera querido levantarla por las axilas y llevársela arrastrando. Era el gobernador y esta vanidosa sin darse cuenta. Pero se guardó su impulso:

—¿Cuál condición?

—Que no vamos a consumar el matrimonio carnal hasta que yo lo decida.

El comisionado la miró a los ojos y volvió a tener la tentación de hacerle ver quién mandaba para que se dejara de pendejadas. Cierto: había ido a sacarla para tenerla a su lado en la ceremonia de la liberación, pero también y sobre todo para sentirla a plenitud en su habitación, agotada ya de tanta espera.

—Y esa decisión… como para cuándo.

—Solo mientras encuentro la forma de perdonarte la humillación.

—Pues tendrás que apurarte porque pronto tendremos al ejército mexicano reclamando lo que ya no es suyo.

—Como tú ahora.

—Yo reclamo lo mío.

—Cada quien tendrá lo suyo —sentenció Altares, mientras se guardaba entre los senos la carta de Joaquín Baluarte.

—Estoy acostumbrado a retorcer la Historia para donde yo quiera. Con mayor razón gobernaré la mía.

—Con tu historia haz lo que quieras. Yo no estoy en ella.

—Aceptaste el trato y es suficiente.

—No saldré contigo. Entré vestida de novia y saldré vestida de reina.

—Te mandaré tres o cuatro de los vestidos que te compré antes de la boda.

—No. Mándame solo uno. El azul con vivos lilas. Testamento tiene que recordar quién soy.

—Se hará tu voluntad.

—Siempre.

Esa misma noche Nicandro Muñoz supo lo que presentía: que se había precipitado al anunciar que en esa fecha se consumaría la independencia del Nuevo Texas. Ni el gobierno estadounidense, que sabía que la guerra no se ganaría hasta no entrar en la Ciudad de México, ni el gobierno mexicano, que seguía pensando en rechazar a los invasores en alguna parte antes de que se consumara la invasión, habían intentado iniciar las negociaciones para el reconocimiento de la independencia. En Estados Unidos, además, se discutía aún si tenía sentido agrandar los territorios del sur, especialmente por la oposición del norte a fortalecer a los estados esclavistas.

Obstinado, Nicandro decidió no dar marcha atrás y les hizo saber a los representantes del gobierno estadounidense la inconveniencia de desencantar al pueblo. Les propuso que la ceremonia se realizara y que se manejara como el anuncio formal de que se crearía la república del Nuevo Texas y que la palabra independencia se mencionara en los discursos sin hablar de declaración. Así, el pueblo se sentiría contento sin que nadie se comprometiera de más.

Una orquesta traída de Saltillo empezó a tocar a las ocho de la noche suntuosos valses en la plazoleta. Cientos de farolillos iluminaban los botones de los parsimonios. Las calles, que habían sido adornadas con flores blancas, estaban repletas de una muchedumbre que gritaba las glorias de la patria nueva. El pueblo entonaba canciones de repeticiones fáciles y una gran cantidad de parejas bailaba en los jardines.

A las diez de la noche se encendieron las luces del estrado principal y Nicandro y sus ministros subieron a él, así como dos representantes del general Taylor. Frente al templete se había colocado una mesa de honor para los políticos y las autoridades de la Iglesia.

—¡Pueblo de Testamento! —gritó Nicandro Muñoz—. Los señores Antony Brown y Charles Colleman, representantes del general Zacarías Taylor, a su vez autorizado por el presidente Polk, están con nosotros. ¡Pido para ellos un fuerte aplauso!

La muchedumbre aplaudió, acostumbrada, como todas las muchedumbres del mundo, a seguir las indicaciones de todos los animadores del mundo. Solo Gabriel Santoscoy y sus siete buenos ciudadanos permanecieron con las manos en las bolsas.

—Durante trescientos años sufrimos el sometimiento a la corona española. Fueron trescientos años de saqueo y desolación. Las generaciones que nos precedieron vivieron sin vivir la libertad. Y luego, cuando los mexicanos pensaron que al sacudirse el yugo español conocerían la dignidad, fueron pisoteados por gobiernos centrales que creyeron que solo la ciudad capital era la patria y que todo lo demás era solo territorio para ignorar y saquear cuando necesitaran recursos. Pero eso ha terminado. ¡No más gobiernos despóticos y dictatoriales! No más vida sin libertad, que la vida sin libertad no es vida. Gracias a Estados Unidos de América, ejemplo de democracia y libertad, podemos anunciar hoy el surgimiento de una nueva patria: ¡La República del Nuevo Texas!

El pueblo, un tanto cansado ya de la fiesta de tres días, aplaudió y gritó como pudo. Soldados de Nicandro vestidos de civiles estratégicamente colocados empezaron a contagiar un coro: «No queremos patria independiente/ solo queremos a Polk de presidente». Poco a poco el contagio surtió efecto, de manera que en unos minutos ya eran miles los que coreaban «No queremos patria independiente/ solo queremos a Polk de presidente».

—Si esa es la voluntad del pueblo... Si esa es la voluntad del pueblo, ¡así será! —gritó Nicandro, puestos los ojos en los representantes estadounidenses.

Una salva de tres cañones saludó el anuncio, y las voces de la multitud se unieron a la felicidad.

—¡Les presento ahora a monseñor Estanislao Loyola, máxima autoridad de la Iglesia novotexana!

La desordenada gritería no tenía ya control. Pero alcanzó a escucharse una voz nítidamente: «¡Que abran la iglesia!» Y el pueblo, encandilado con la fuerza que podía tener al gritar en coro, repitió con una sola voz: «¡Que abran la iglesia! ¡Que abran la iglesia!»

Era cierto. Desde la llegada de Pedro Pablo Salvatierra, la parroquia había permanecido cerrada. Los fieles navegaban sin un catecismo que los sostuviera.

—El arzobispo me despidió —contestaba Urbano Terán cuando la gente buscaba su consuelo—. Que el arzobispo les remedie sus males.

—Hemos terminado con Testamento —remataba Fidencio Arteaga.

Y es que Pedro Pablo estaba dedicado de tiempo completo a recorrer los villorrios vecinos, intentando cumplir la misión que le había encomendado el arzobispo. Sabía por experiencia que ese tipo de encargos se cumplen de inmediato o ya no se cumplen.

—Me dice monseñor que muy pronto estará abierta la parroquia —informó Nicandro. Y luego hizo una pausa para dar paso a la respuesta del pueblo y para generar expectativa—. Ahora... Por favor... ahora... Quiero presentarles a la primera dama del Nuevo Texas.

La multitud suspendió la algarabía. Gabriel Santoscoy y los siete buenos ciudadanos despertaron por el silencio.

—¡Con ustedes mi esposa... Altares Moncada!

Y de la penumbra salió Altares, sobriamente elegante, con la belleza insólita que el pueblo había visto formarse y había admirado y odiado según el cambio de aires en Testamento.

—Ella es mi esposa, la primera dama de este país. Se los digo para que todos estén enterados y para que la respeten como tal —sentenció Nicandro. Y embriagado por la respuesta eufórica de la multitud, el comisionado que quería ser gobernador no resistió la tentación de sentirse iluminado—: ¡Polk y yo los haremos felices!

«¡Que viva/ por siempre/ nuestra gobernadora!», gritaron los agentes de Nicandro. Y el pueblo encontró otro estribillo para sentirse libre: «¡Que viva/ por siempre/ nuestra gobernadora!»

Encandilado por su éxito, olvidando lo que sabía de sobra, que las multitudes son veleidosas y ciegas, Nicandro terminó su discurso:

—¡Que nadie tenga dudas: el Nuevo Texas es una realidad! Y que nadie sienta temor: ¡tengo a mi servicio a dos mil hombres resguardando esta tierra para repeler cualquier agresión del gobierno de México!

La orquesta de Saltillo reanudó la ejecución de los valses más antiguos, y todo el pueblo se dio cuenta de que nunca se había divertido tanto cuando eran mexicanos. Un abundante y a la vez insuficiente banquete se servía en la plaza y varios barriles de cerveza fueron alegremente saqueados por una multitud que si bien no entendía lo que estaba pasando tampoco le importaba entenderlo. ¿Para qué, si parecía empezar una nueva época de prosperidad y abundancia? Los emisarios del general Taylor se unieron a la celebración del brazo de dos damas del pueblo. El mismo Nicandro Muñoz y Altares, rodeados discretamente por parejas amigas, simularon mezclarse con la muchedumbre mientras bailaban el baile de la independencia.

De pronto Nicandro se detuvo:

—Claro —le dijo a Altares—. ¡Siempre ha estado ante mis ojos y no me había dado cuenta!

—¿Qué te ocurre?

—Retírate a tus aposentos con tus damas de compañía. Un asunto urgente me requiere.

Y Nicandro se apartó de la celebración, acompañado de sus catorce escoltas...

Urbano Terán y Fidencio Arteaga, que le habían cedido el dormitorio a Pedro Pablo Salvatierra, dormían aquella noche en la sacristía, ajenos al estruendo de la pirotecnia y a los suntuosos valses que llegaban con toda su sonoridad hasta la iglesia.

El exsacristán soñaba trozos de batallas que aún no atestiguaba, y de cuando en cuando se sacudía en el sueño, temeroso de que una bala sin rumbo le abriera la frente; el expárroco se soñaba con treinta y siete años menos en el curato de Dolores, los ojos jóvenes, la mirada inexpresiva. Miguel Hidalgo le entregaba su designación como cura de Testamento y con lágrimas indescifrables le pedía que buscara allí a Martina de los Reyes. «Le he dicho que usted la encontrará y que puede decirle la verdad. Le he dicho que no estará sola porque usted la ayudará».

Unos golpes en la puerta que daba a la calle los despertaron. Eran golpes pretendidamente suaves, aunque podía adivinarse en ellos la premura.

—¡Ave María! —dijo Fidencio—. ¿Quién solicita nuestros servicios a esta hora?

—Soy Joaquín. Solo quiero darles las gracias antes de irme.

—Espere un momento, enseguida le abrimos.

Urbano Terán fue quien abrió la puerta. La recompensa a su rapidez fue un empujón que lo lanzó hasta el piso. Entonces entró Nicandro con sus catorce escoltas.

—Vengo a que me digan dónde esconden a Joaquín Baluarte

Mientras Fidencio ayudaba al expárroco a incorporarse y lo llevaba hasta un sillón, sintió que esta vez iban a ser castigados de un solo golpe por andar cometiendo pecados tan a la vista de Dios. Repuesto a medias de la sorpresa logró articular un reclamo:

—¿Desde cuándo es de hombres de bien arremeter contra los que ejercen la misericordia de la Iglesia?

—Ustedes ya no pertenecen a la Iglesia —respondió Nicandro.

Los escoltas aprisionaron a Fidencio contra la pared, y uno de ellos le puso una bayoneta en el cuello. Otro vació una cubeta de agua sobre la cabeza de Urbano.

—Sabemos que tienen al traidor de la República —dijo Nicandro, que se sentía más cómodo persiguiendo a un adversario político que a un rival de amores—. Entréguenlo, o serán los primeros en ser juzgados por alta traición al Nuevo Texas.

Esta vez Fidencio no encontró con qué suplir el silencio de Urbano Terán, en lo que era hábil cada vez que su jefe necesitaba tiempo para pensar.

—¡Contéstele al señor gobernador! —le gritó Lucrecio Tinajero y le dio un culatazo en el vientre.

Fidencio hubiera querido derrumbarse, acurrucarse en el suelo y no despertar hasta que aquella pesadilla hubiera pasado. Pero la bayoneta que tenía en el cuello lo hizo mantenerse de pie.

—Señor comisionado —dijo Urbano—, apelo a su buen nombre y a su fama de hombre bondadoso. No hay por qué recurrir a la violencia.

A una señal del comisionado, el escolta volvió a golpear en el vientre a Fidencio, que esta vez se retorció hasta el grado que la bayoneta que tenía en el cuello le rasgó la piel.

—No vamos a detenernos hasta que nos digan dónde está Joaquín Baluarte.

Urbano Terán se dio cuenta de que la resistencia era inútil, que Nicandro no pararía hasta sacarles la verdad. Y que en todo caso, si a él no se atrevían a tocarlo, Fidencio sufriría estérilmente. Había que retroceder pronto, antes de que aquellos matones interpretaran al extremo la ira del comisionado.

—Usted sabe que la religión nos obliga a ser misericordiosos con los heridos.

—Lo sé —dijo Nicandro, y cambió de tono—. Yo también soy católico, y por eso estoy dispuesto a olvidar su traición. Ahora lléveme a donde está ese maldito.

Urbano Terán y Fidencio Arteaga guiaron a Nicandro por las penumbrosas mazmorras que había en el contrapatio de la sacristía y que desembocaban en el sótano.

Dos escoltas permanecieron en la puerta haciendo guardia, mientras el resto bajaba por las escaleras en ruinas. Nicandro arrebató una antorcha a uno de sus hombres, se adelantó hasta el camastro y levantó las sábanas.

—¡Aquí no hay más que almohadas! —dijo un escolta, que le informaba al gobernador lo que ya estaba viendo.

—Aquí hay sangre vieja y sangre nueva —dijo otro.

Pero un tercero sí descubrió algo más que lo evidente:

—¡Un túnel!

Sí, al fondo del sótano, una mancha oscura revelaba un negro pasadizo.

—¿A dónde va ese túnel?

—No sé. Se supone que a las afueras del pueblo. Pero no se usa desde la guerra de independencia. Dicen que lo usaban los insurgentes.

Nicandro dio órdenes para que ocho hombres se introdujeran en el pasadizo.

—¡Lo quiero vivo! —les gritó.

El gobernador vio el techo y las paredes, el abandono de

tantos años. Y luego, con el tono amable que usaba en sus conversaciones oficiales, le dijo a Urbano:

—Recuérdeme que le repare todo esto. El pueblo de Testamento necesita renovar su fe.

—Por lo pronto le recuerdo que ya hay nuevo párroco. Entiéndase con él.

—¿Y qué va a hacer usted? A qué puede dedicarse un cura sin curato.

—¡Señor gobernador! —gritó uno de los centinelas que montaban guardia fuera del sótano—. Lo requieren los emisarios del general Taylor.

Nicandro se contrarió. No quería perderse el momento en que regresaran sus hombres arrastrando a Joaquín Baluarte. Dudó un instante. Después se digirió a la escalera y empezó a subir mientras se sacudía el polvo de la ropa. Tan concentrado iba en su apariencia, que al salir no pudo reaccionar cuando vio que una culata se acercaba a su frente con la violencia de un ariete. El comisionado del gobierno de Estados Unidos cayó violentamente. Con los ojos ensangrentados quiso incorporarse, pero volvió a desplomarse mareado por el impacto. Como pudo se giró para quedar boca arriba. La mirada húmeda y pegajosa, apenas alcanzó a distinguir a Joaquín Baluarte. El huracanado le ayudó a sentarse y le apoyó la espalda en un árbol.

—No voy a hacerle daño.

Nicandro cerró los ojos y deseó, como hacía apenas unos instantes Fidencio, que aquello no fuera más que una pesadilla. Pero cuando volvió a abrirlos, allí seguía Joaquín. La oscuridad le daba un aire de misterio. Parecía ser lo que era: un soldado herido de muerte.

—La herida que me hizo terminará por matarme —dijo Joaquín.

Olvidándose de su condición indefensa, Nicandro habló como si fuera Joaquín y no él quien estuviera a merced del otro:

—Exijo que me explique su relación con Altares.

—Nada más estamos casados por una ley. Ustedes por dos.

—Me pertenece.

—Nadie pertenece a nadie.

—Es mi esposa.

—Y mientras lo sea, lo será.

Nicandro, que tenía las manos en el suelo, sintió un líquido caliente humedecer sus dedos y entonces se dio cuenta de que a su lado estaba el cuerpo de uno de sus soldados y que atrás de Joaquín estaba el otro, también inconsciente.

—¿Los mató?

—Nada más están dormidos.

—Usted sabe que yo sí voy a matarlo...

—Sé que lo haría, que tal vez ya lo hizo. Y ahora perdóneme, pero tengo que amordazarlo. Seguramente usted sabe que no es un hombre de fiar.

Joaquín ató a Nicandro de pies y manos y lo amordazó utilizando una de las vendas que traía en el abdomen.

—Con cualquier cosa, menos con eso —alcanzó a decir Nicandro.

—Usted ha amordazado a mucha gente con su propia sangre. La mía no le vendrá mal.

Luego Joaquín se asomó al sótano y gritó:

—¡Soldados de guardia, el gobernador los necesita!

Los dos soldados que permanecían junto a Urbano y Fidencio acudieron precipitadamente. Antes de poder reaccionar a la imagen del gobernador atado, recibieron sendos golpes en la nuca. Joaquín estuvo a punto de golpear también a Fidencio Arteaga y a Urbano Terán, que habían salido detrás de los soldados.

Exsacerdote y exsacristán vieron aquel minúsculo campo de guerra, donde yacían cuatro soldados y donde estaba también un gobernador, con los ojos desmesuradamente abiertos y con el rostro lleno de sangre.

—¿Qué es esto, Joaquín?

—Una reunión de vivos descansando un momento de sus penas. ¿Dónde está mi caballo?

Fidencio Arteaga bajó la voz lo más que pudo.

—Atrás, en los baldíos de la iglesia.

—Voy a ir allá.

—¿Y nosotros?

—A su iglesia.

—Ya no es nuestra.

—Nos despidieron.

—Y después de esto —Urbano Terán señaló al gobernador atado— no podemos quedarnos en Testamento.

Joaquín asintió, y los tres fueron en busca del caballo, que permanecía bajo techo, en la celda en la que Fidencio lo mantenía oculto. El huracanado sacó varias armas de la silla de montar, extrajo de las cantinelas algunas bolsas de municiones, y luego se volvió hacia sus dos acompañantes:

—Ahora arrodíllense.

Sin saber todavía de qué se trataba, Urbano Terán y Fidencio Arteaga obedecieron. Joaquín sabía que después de lo ocurrido, Urbano y Fidencio serían las siguientes víctimas de la venganza de Nicandro. Había que darles un rumbo y un nuevo quehacer.

—No hago más que corresponderles al favor que me hicieron cuando me dieron la oportunidad de tener una esposa —dijo Joaquín—. Ahora yo los uniré para siempre con la tierra que les dio la vida.

Fidencio interpretó aquellas palabras como una sentencia de muerte y se volvió al cura:

—Rece y yo lo sigo. Las oraciones de la muerte nunca me las aprendí bien.

—Señor, recíbenos en tu seno… —empezó a decir Urbano Terán, y los dos estuvieron rezando mientras el huracanado se colocaba el sombrero y sus arreos marciales para volver a ser el comandante Joaquín Baluarte.

Luego desenvainó su Espada Quinta. Expárroco y exsacristán suspendieron el rezo cuando vieron el brillo del metal.

—Mejor de un balazo —dijo el sacristán, que esa noche había sentido más angustia que en todos los días de su vida.

Joaquín puso su espada sobre la cabeza de Urbano Terán, después sobre la de Fidencio y luego la alzó apuntando al cielo:

—Hermano Urbano Terán y hermano Fidencio Arteaga, en el nombre de Dios y de todos aquellos que han desenvainado la espada de los indefensos, yo, Joaquín Baluarte, investido con la autoridad que me ha sido delegada, los inicio en la Hermandad de los Perros Negros. De aquí en adelante su misión será velar por los desprotegidos, interceder por las viudas, alimentar a los huérfanos, curar a los enfermos, confesar a los moribundos y sepultar a los muertos. Ahora pónganse de pie.

Joaquín le entregó a cada uno un pistolete y una bolsa de municiones.

—Si se quedan los matarán.

—¿Y hacia dónde iremos, hermano? —preguntó Fidencio, recuperado ya de la antesala de la muerte y queriendo subrayar el parentesco espiritual para asegurar el milagro de la sobrevivencia.

—Marcharán hacia el desierto, y tomarán hacia el sur. A tres horas de camino a partir de la Cruz del Silencio, encontrarán a los Perros Negros. Pregunten por Micael Ángeles y díganle que el hijo de Martina de los Reyes está en Testamento, y que en cuanto resuelva un pendiente, se reunirá con ellos.

Urbano Terán quiso abrazar a Joaquín. Estaba cumpliendo de una manera insospechada la orden de Miguel Hidalgo. Sin saber quién era aquel hombre, lo había casado, después le había salvado la vida, luego lo había traicionado y por último estaba dejándose salvar por él.

—¿Usted no vendrá con nosotros, hermano? —preguntó Fidencio.

—No.

—Yo me quedo con usted —dijo Urbano Terán.

—Yo también —agregó Fidencio.

—Ustedes se van. Yo tengo una promesa incumplida.

—Lo van a matar.

—Ya se tienen que ir.

—¿De casualidad, hermano —dijo Urbano Terán—, Martina de los Reyes, su señora madre, vivió bajo el amparo de la Compañía de Jesús en Pamoranes en el año de mil ochocientos once?

—Sí. Allí nací.

—Entonces debo entregarle algo.

Urbano Terán sacó de debajo de su sotana un envoltorio, que había llevado consigo desde que le surgieron las sospechas, y se lo entregó a Joaquín.

—Es el Pendón de los Doce Campanarios, la primera bandera de los insurgentes. Está firmada por el jefe de la insurrección para confirmar su autenticidad. La tengo conmigo desde hace 37 años. Don Miguel, su padre, me la dejó en custodia con la orden de que se la entregara.

—Yo no tengo padre. Yo solo recuerdo a Laurel Perdido.

El amanecer del 5 de marzo encontró a Testamento perdido en el sueño. Largas las horas de una fiesta que pocos comprendían, las calles despertaron con las inconfundibles huellas del regocijo: los listones que unían ventanas con ventanas estaban rotos, la pólvora de la pirotecnia era solamente un olor difuso; y los carteles con el rostro del gobernador eran remolcados por el aire de los veintiocho callejones del pueblo.

Nada más los soldados de Nicandro estaban despiertos, ocupados en una frenética búsqueda que los había llevado a todos los rincones de Testamento con sus perros de caza. Habían buscado en la iglesia y en la cantina, en cuanto espacio parecía sospechoso, en cada recoveco que pudiera albergar a Joaquín Baluarte, en cada árbol y en cada arbusto, y habían terminado por allanar prácticamente todas las casas, cuyos habitantes, entre dormidos y ebrios, los habían visto revisarlo todo sin protestar y sin preguntar, tal vez convencidos de que una nueva república tiene costumbres nuevas.

—¡Va muy mal herido! —gritaba Nicandro—. El muy cabrón no se ha ido de Testamento, lo sé.

El túnel descubierto en el sótano había resultado un pasadizo sin salida que se agotaba a los quinientos metros, de manera que allí no había nada qué hacer. Pero la iglesia y sus alrededores fueron recorridos docenas de veces. El nuevo párroco, inescrutable, veía pasar a los soldados sin alarmarse por aquella búsqueda infinita. Ya había dicho lo que sabía: nada. Avaro del lenguaje, solo pronunciaba las palabras justas y no tenía trazas de suponer siquiera dónde estaba Joaquín. Así lo interpretó Nicandro, pero para guardar la apariencia de que siempre tenía algo qué ordenar, ordenó que lo vigilaran. Nunca habían recibido sus guardaespaldas una instrucción más tediosa: el hombre no hacía nada. Por eso solo cumplieron la orden veinticuatro horas.

Hacia las ocho de la mañana, todavía con la frente inflamada y los ojos enrojecidos, Nicandro dispuso el relevo de los soldados que habían buscado toda la noche y avisó que estaría en su residencia. No estaba cansado. Sentía una frustración que solo podría arrancarse de una manera: necesitaba tener a Altares. Apremiado por la solución que se había dado a sí mismo para rescatarse, sintió la desesperación de sus latidos en el pecho, la ansiedad de sus deseos en el vientre. Hizo lo que no había hecho desde que había llevado a Altares a la casa: abrir la puerta de las habitaciones reservadas solo para ella.

Esperaba verla en la cama, pero la recámara estaba vacía. Al otro lado del vestuario se escuchaba la efusión del agua de la tina, donde Altares, envuelta en una nube de vapor y perfume, se bañaba sin prisa. Nicandro vio la ropa que Altares había usado la noche anterior, cuando refugiada en su hermosura se había dejado presentar como su esposa. Allí estaban el vestido, el fajín, el fondo, las crinolinas, y más allá, el sostén y el calzón. Nicandro tomó las prendas y se las llevó a la nariz: despedían un vago aroma de sudor y perfume de gardenias. Aquella emanación lo enardeció. Abriría la puerta por la fuerza y contemplaría a su mujer a plenitud para después arrojarse a la tina o sacarla de ella y llevarla hasta la cama. Era ya mucho el tiempo del deseo.

—¿Quién es? —preguntó Altares.

—¡Ábreme, soy tu marido!

—¡Vete! Diste tu palabra de que esperarías.

—Llevo años esperando.

—Estoy en días de guardar. Si sabes esperar años, sabrás esperar días.

Nicandro permaneció frente a la puerta. Seguramente era otra artimaña de Altares. Pero por fin había dicho cuándo. A lo sumo, cuatro días. Cuatro días eran una eternidad para el deseo, pero nada frente a la incertidumbre sin fecha. Nicandro consideró aquella incursión como una victoria.

—Es tu palabra, Altares —dijo en voz alta para sellar el compromiso, y salió de nuevo a la calle, donde el pueblo daba visos de empezar a despertarse y donde sus soldados continuaban inmersos en una búsqueda infructuosa.

Pero el instinto de Nicandro no se equivocaba. Joaquín seguía en Testamento, vestido de soldado y participando de su propia búsqueda. Acostumbrado a fugas y persecuciones, el huracanado sabía que un fugitivo puede escapar a sus captores siempre que no derrame una gota de adrenalina. Ni los mastines mejor entrenados pueden detectar la ausencia de miedo. Lo único que podía delatarlo era el olor a sangre. Pero pronto se dio cuenta de que a los perros de Nicandro ese olor les resultaba indiferente: eran perros hechos para la guerra. Moviéndose lentamente entre los soldados, se encubría con el recurso extremo de los fugitivos: estar frente a los ojos de quienes lo persiguen. Al segundo día de búsqueda, Joaquín regresó al sótano, donde sabía que ya no buscarían. Allí, agotado y débil, se arrojó sobre su camastro. Durmió durante veinte horas, indefenso, extraviado en su cansancio, agobiado de amor. Cuando despertó, una sed insoportable lo atormentaba. Los labios secos, el cuerpo seco, las manos secas, la frente seca, estaba conociendo la sensación de los que se mueren de sed. No podía contener el temblor de los dedos ni el espasmo seco y vacío que le brotaba de la garganta. Se ahogaba. Incapaz de ponerse de pie, se arrastró hasta la escalera y la subió en un ascenso eterno. El viento de la tarde lo reanimó y lo desilusionó porque se dio cuenta de que tendría que esperar hasta que anocheciera.

Cuando por fin los ruidos del pueblo se oscurecieron y las últimas luces del día fueron suplidas por el silencio, Joaquín salió del sótano y fue a la iglesia, a cuyas afueras encontró a Pedro Pablo Salvatierra, que estaba sentado en la escalinata. El párroco lo vio. Joaquín se acercó. Sabía que podía estar haciendo inútiles todos sus esfuerzos de seguir vivo, pero solo pensaba en la sed que lo estaba arrinconando a la muerte.

—Tengo sed —dijo.

—Usted es un soldado —contestó el sacerdote, lo que parecía un argumento para no creerle o quizá una expresión de rechazo.

—No, pero si lo fuera también tendría sed.

Pedro Pablo se levantó y fue hasta la puerta de la iglesia, la empujó y lo invitó a pasar.

—Voy a la sacristía —dijo.

—No hay tiempo —respondió Joaquín, que sentía que ya no podría soportar un instante más de aquella resequedad sin escapatoria.

—Aquí solo hay agua bendita. Tome de allí, si quiere —y Pedro Pablo señaló una pileta ubicada en la entrada de la iglesia.

—¿No hay pecado en ello?

—No. Y además, puede que no sea bendita realmente. La bendijo el cura que se fue.

—Entonces es bendita —dijo el huracanado.

El padre levantó los hombros, y Joaquín metió las manos en la pileta y no solamente bebió, sino que se arrojó toda el agua que pudo en la cara y en el cuerpo. Pedro Pablo lo observaba con expresión indescifrable.

—Usted no es soldado. Es el fugitivo.

Joaquín recogió con un pañuelo las últimas gotas de agua y las exprimió en sus labios. Y luego volteó a ver al párroco.

—Puedo darle de comer también —dijo Pedro Pablo—. Si va a huir necesita al menos llevar algo en el estómago.

Cuando estuvieron sentados a la mesa, el padre se dedicó a observar a Joaquín, quien comía sin hacer caso de aquella mirada inquisitiva.

—Yo también estoy buscando a un hombre —dijo Pedro Pablo—. Usted, como buen fugitivo, debe conocer muy bien las artes de los que se esconden. Revéleme algunas.

—Lo primero es cambiarse el nombre —dijo Joaquín, suponiendo que con esa respuesta el párroco se daría cuenta de que no le interesaba el tema.

—Usted, por ejemplo, se llama…

—Joaquín Baluarte.

—¿Es el nombre real?

—El único.

—Pero está huyendo.

—No tengo tiempo. Nada más sobrevivo.

—Vi pasar a cientos de soldados buscándolo. Usted debe de ser una pieza grande para que lo persigan tantos cazadores.

—Depende de cómo se mida a un hombre.

—Yo lo mido por la cantidad de hombres dispuestos a dar la vida por él. Pero también puede medirse por la cantidad de hombres dispuestos a matarlo.

—¿Y usted también está buscando a un hombre para matarlo?

—Para qué más.

—Siempre le estaré agradecido —dijo Joaquín, y se levantó. Pedro Pablo se levantó también y preguntó:

—¿Cómo se llama o se llamaba su señora madre?

Joaquín se detuvo en la puerta. Últimamente había mucho interés por el nombre de su madre.

—Rosenda Altamirano —respondió.

Joaquín pasó la noche en el sótano y antes de que clareara el día fue hasta donde se encontraba su caballo. Se quitó el uniforme de soldado que le había permitido sobrevivir a la persecución y se vistió de negro. Después enterró una vara grande en la tierra y dejó allí a un soldado de paja sabiendo que todo el pueblo se distraería unos días con aquella visión de viento.

Estaba preparando a su caballo para montarlo, cuando sintió una mirada de muchos ojos en su espalda. Puso las dos manos sobre sus pistoletes y se giró en un segundo.

Entonces vio a los siete buenos ciudadanos... y a Gabriel Santoscoy. Lo vio como lo había visto la primera vez, diez años antes, cuando llegó a Pamoranes para intentar incorporarse a la Legión de la Estrella. Había pasado todas las pruebas, había desconcertado a los Perros Negros con su deshilvanado estilo para manejar las armas, y hasta traía ideas para recrudecer cualquier combate y alargarlo artificialmente. Pero no había pasado la prueba más determinante: la de pelear sin rencor. «Yo soy rencoroso de nacimiento», había dicho, y sin haber siquiera intentado superar ese obstáculo aceptó con indiferencia cuando le negaron su incorporación. Joaquín no recordaba a otro aspirante más propicio para el combate, pero tampoco recordaba a otro más imprevisible. Por eso cuando lo había visto en Testamento, en aquel encuentro con Nicandro Muñoz, entendió que estuviera de su lado sin razones claras.

—No malgaste su puntería con amigos —dijo Gabriel.

—¿Amigos?

—Si usted nos concediera ese honor.

—Lo que hicieron por Altares es un buen inicio.

—No queremos gratitudes —respondió Gabriel—. Nada más queremos decirle que cuando se vaya nos invite.

—¿Y el rencor, Gabriel?

—Se va uno dando cuenta de que hay otras formas más divertidas de perder el tiempo.

—La única invitación que puedo hacerles es hacia la muerte.

—Pues vamos.

—Necesitarían estar seguros.

—Lo estamos.

—Acostumbro viajar solo.

—O con un ejército.

—Cuando no tengo alternativa. ¿Para qué dejarían Testamento sin saber siquiera a dónde van?

—Para vestirnos de negro.

—Estoy en deuda con ustedes. ¿Tienen caballos?

—Sí —dijo Gabriel Santoscoy—. Los guardamos en las cuadras de Nicandro.

Esta vez los siete buenos ciudadanos no solo estuvieron de acuerdo, sino que celebraron aquella respuesta con una risa hueca y luminosa como la madrugada.

—Váyanse a La Gabia y busquen a Jacinto Sereno.

—Por si le interesa —dijo Gabriel—, Nicandro acaba de acuartelar a sus soldados, y en Testamento nada más se quedó su guardia personal.

Eran las siete de la mañana cuando Joaquín montó en su caballo. Avanzó silenciosamente hasta la casa de Altares Moncada. Tocó la campana de la reja exterior. Fue Noelia Berriosábal quien le abrió la puerta. Noelia lo vio y sintió lo que siempre había sentido frente a esa presencia misteriosa: le hubiera gustado un hombre así para su hija, pero los hombres así eran imposibles para Altares porque si bien saben brindar amor, no ofrecen ninguna ventaja social. Era uno de esos hombres que se sueñan, pero a los que hay que arrojar muy lejos después del sueño porque solo traen desdicha.

—Siempre que usted se aparece, parece que acaba de salir de una tumba.

—Es solo una apariencia, señora. En realidad estoy por entrar.

—La que busca duerme en brazos de su legítimo esposo.

—Solo quiero saber si está bien.

—Si tan caballero es, respete la felicidad ajena.

—Pero ella, ¿está bien?

—Mejor que nunca. Es la primera dama del Nuevo Texas.

Joaquín se llevó la mano al sombrero, inclinó la cabeza y se retiró. En silencio, avanzó unas calles hacia el centro del pueblo. O encontraba la muerte o encontraba a Altares, pero no podía irse sin intentar verla.

Y la vio.

Al doblar la esquina del callejón del Santo Oficio, descubrió a Altares, que iba a la casa de su madre flanqueada por sus cuatro damas de compañía. Ninguna era su amiga: una era prima de Nicandro, otra prima de Altares, la tercera era una novicia traída del convento de Maratines y la cuarta una señora madura que había hecho de la compañía una profesión. Altares encontró a Joaquín y creyó que estaba frente a una visión: tanto tiempo de imaginarlo desde la celda del leprosario, tantas horas de pensar en el reencuentro, tantas noches de desearlo en la oscuridad. Y allí estaba, como si nunca se hubiera bajado de su caballo, como si perteneciera a la estirpe de los hombres que sobreviven aun en contra de su voluntad. Le atraía y la exasperaba esa serenidad inalterable con la que había visto comportarse a Joaquín siempre. Le atraía porque parecía poder; la exasperaba porque parecía resignación. Tanto dominio no concordaba con la audacia que ella esperaba: hubiera querido que Joaquín se la llevara por la fuerza.

—Perdone mi retraso —dijo Joaquín—. La muerte me entretuvo un poco.

Altares sabía que no podía hablar. Que sus damas de compañía no la acompañaban: eran dulces celadoras de sus pasos. Joaquín también sabía que no podría esperar de ella más que una mirada. Y estaba tratando de llevarse esos ojos hasta el otro extremo del desierto. La mutua contemplación fue de unos segundos, que a Altares le parecieron eternos y a Joaquín solo unos segundos.

—Un instante es una eternidad —dijo ella.

—Hasta la eternidad es un instante —dijo él.

Y volvieron a darse otro instante de eternidad en la mirada.

—Aléjese de mí. Lo pueden matar.

—Solo quiero saber si necesita mi custodia.

Altares se sintió en medio del absurdo: quería abrazar a aquel hombre, sabía que no lo haría, quería que se quedara y le urgía que se fuera. La vida siempre dará otra oportunidad, la muerte las cancela todas.

—Váyase. Hay más de dos mil soldados en Testamento. Y todos estarían felices de rendir el parte que está esperando el gobernador.

Altares avanzó y pasó junto a Joaquín Baluarte ya sin voltear a verlo. Cuando hubo avanzado varios pasos y antes de que sus damas reaccionaran, regresó y se acercó al jinete.

—Joaquín —dijo en voz baja—. Gracias por tu carta.

Joaquín estuvo por agradecerle a Altares la suya, pero entonces se dio cuenta del embuste de Urbano y de Fidencio.

—Solo decía lo que siento.

La voz de Nicandro rompió el hechizo:

—Este hombre no puede ir a ningún lado. Altares, apártate.

Doce soldados apuntaban a Joaquín. El aire se tensó de silencio.

—Bajo el cargo de traición a la patria y en nombre del Nuevo Texas queda usted detenido —agregó Nicandro—. ¡Guardias de la República, aprehéndalo!

Los soldados permanecieron es su sitio, esperando una reacción de Joaquín, pero este no se movió.

—¡He dado una orden, carajo!

Los hombres de Nicandro avanzaron lentamente sin dejar de apuntar a Joaquín.

—¡Si lo matas, tendrás que matarme a mí también! —gritó Altares.

—Eso lo decido yo —replicó Nicandro.

Cuando los soldados estaban a unos cuantos metros de Joaquín, varios jinetes vestidos de negro doblaron la esquina del callejón del Santo Oficio. Luego, con cínica tranquilidad se acomodaron detrás del huracanado.

—¡Nadie puede oponerse al cumplimiento de la ley! —sentenció Nicandro.

Segundos después sintió la presencia de nuevos jinetes a su espalda.

—Si tuviera aquí a mi ejército, todos ustedes ya estarían muertos —gritó impotente el gobernador—. ¡Guardias de la República, cumplan con su deber!

Los soldados no se movieron. No avanzaron ni bajaron los fusiles. Los jinetes de negro seguían sin desenfundar sus armas, como si no se hubieran dado cuenta del desafío.

Entonces Joaquín dio vuelta a su montura y enfiló hacia la salida del pueblo. Los jinetes de negro que estaban detrás de Nicandro pasaron entre los doce hombres de la guardia y se fueron siguiendo a su comandante. Los que estaban frente al gobernador y que habían estado atrás de Joaquín se retiraron sin dar la espalda, haciendo que sus caballos avanzaran hacia atrás. Así recorrieron todo el callejón del Santo Oficio. La gente empezó a amontonarse en las esquinas.

—¡Dispárenles, imbéciles! —gritaba Nicandro. Pero ninguno de sus soldados obedeció. Estaban petrificados. Un sudor de sepulcro les escurría de las manos.

Joaquín y los Perros Negros salieron tranquilamente de Testamento.

El 7 de marzo de 1810, Miguel Hidalgo fue aprehendido por la Inquisición por segunda vez. La primera fue en 1800 por acusaciones del padre Huescas. El parte acusatorio obraba en poder del Santo Oficio en un protocolo de ochenta y cinco fojas. Pero si en la primera ocasión lo habían aprehendido unos cuantos hombres, en la segunda fue diferente. Un comando de soldados del virrey se hizo presente en Dolores y sitió el curato. Los soldados esposaron a Hidalgo y lo condujeron a la capital de la Nueva España. Hidalgo quedó preso en una de las celdas que la Inquisición tenía en las calles de Moneda, donde permaneció más de un mes hasta que el inquisidor Pedro de Iriarte lo llamó a declarar. Había dos procesos en su contra: el primero, el de 1800, en el que se le acusaba de ateísta, materialista, luterano y calvinista; y el segundo, de reo de lesa majestad divina, de blasfemo, enemigo del cristianismo y del Estado, seductor protervo, lascivo, hipócrita, astuto, traidor al rey y a la patria, pertinaz, contumaz y rebelde al Santo Oficio.

Pedro de Iriarte, que había servido a la Inquisición durante más de doce años, sabía de memoria lo que ocurría con los acusados: empezaban por callar, después lo negaban todo y luego volvían al silencio, del que finalmente salían para confesar paso a paso sus pecados. Algunos lloriqueaban, otros permanecían impasibles, pero todos terminaban por aceptar los cargos y suplicar perdón. La fórmula para que así sucediera era infalible: primero la petición enérgica de una confesión firmada, después una lluvia de preguntas en todos los tonos y de todos los temas; luego la tortura, el aislamiento en el calabozo, la ausencia de agua y de alimento, los latigazos en la espalda y en el pecho. Y, ya vencidos los acusados, otra vez las preguntas, ahora formuladas con suavidad para que el reo entreviera una posibilidad de perdón. Después la sentencia. Y la puntual ejecución.

Pero Miguel Hidalgo no recurrió al silencio ni a negarlo todo. Se limitó a contestar las preguntas. Una a una, sin expresión en el rostro, sin señales de rendición. Solo era el cura de Dolores y un párroco nada más piensa en la salvación de las almas, en la redención de los pecados, en el alumbramiento de la nueva vida después de la muerte. No pudo el Consejo advertir contradicciones, palabras delatoras, actitudes vulnerables. El látigo en la espalda provocó solamente quejas sordas; la sed, labios blancos; el hambre, palidez de tierra.

Quedaba el otro recurso, el de la expiación por herejía manifiesta, que ameritaba una muerte sin litigio. Pero la Inquisición tenía también compromisos. Aunque el virrey y la jerarquía católica exigían que Hidalgo fuera conducido a la hoguera, el cura de Dolores tenía amigos poderosos dentro y fuera de la Nueva España que ejercían una presión constante y advertían que se inconformarían ante las más altas autoridades eclesiásticas para impedir la ejecución de Hidalgo si esta no derivaba de evidencias irrefutables. El mismo Fernando VII, desde el exilio, pidió que se le siguiera un proceso justo.

El inquisidor ideó entonces la única manera de sentenciar a Hidalgo sin dejar en entredicho a la Inquisición: liberaría al párroco, infiltraría gente en el curato de Dolores y después, con todos los elementos a la mano, lo enviaría a la hoguera.

—¡Qué pena haberlo hecho pasar algunas incomodidades, don Miguel! —le dijo Iriarte a Hidalgo—. Ahora sabemos que es usted tan inocente como un pétalo recién abierto.

A su regreso, los fieles acogieron a Hidalgo con renovado afecto, mientras corrían las versiones más diversas: algunos creían que Hidalgo había sido llevado ante la presencia del virrey por sus fieles servicios a la fe, mientras otros contaban que se le había acusado de traición a la corona; había quienes pregonaban, incluso, que sería condecorado con la medalla de honor de la Corte de España. Les impresionó, sin embargo, la apariencia de dolor de su párroco: parecía venir del territorio del sufrimiento. Por eso, la versión que finalmente prevaleció fue que había realizado un retiro de oración y flagelación para pedirle a Dios perdón por todos los pecados de Dolores. El rumor carecía de sentido porque habían sido muchos los testigos de la aprehensión y habían visto a Hidalgo salir esposado de la parroquia y subir a un carruaje militar, pero la feligresía estaba dispuesta a creerle más a su corazón que a sus ojos. El cura Hidalgo, pues, había ido a un retiro, y lo había hecho por la salvación de las almas, sus almas, así es que en los días siguientes a su regreso recibió docenas de testimonios de fieles en el sentido de que si algún día era necesario darían la vida por él. Ni el párroco ni sus fieles podían saber entonces que muy pronto, en septiembre, habrían de cumplir su promesa.

Una noche, mientras Martina le ungía los pies, Hidalgo suspiró profundamente y dijo para sí:

—¡Ah, si solo pudiera llevar a cabo el Plan de los Doce Campanarios!

—No se angustie —le sugirió Martina—. De todos modos, no lo dejarán llegar vivo al veintiuno de marzo.

Como cada noche desde su regreso, Martina le curó las heridas y le frotó el cuerpo con árnica, pero en esa ocasión no se detuvo solamente en la fricción pasajera sino que regresó una y otra vez a las zonas recorridas, y como hacen las fieras con sus cachorros, suturó las lesiones con saliva. Su inteligencia de india sin dueño le dio sabiduría a sus manos y a su boca hasta que el hombre se desentendió del sacerdote. Martina inventó caminos con sus dedos, ahuecó al silencio para que los suspiros parecieran de eco, alargó el tiempo para que se desvaneciera la culpa. Ella en busca de refugio y él tras el olvido, se protegieron mutuamente de la noche y olvidaron el horario de las sombras. El Pendón de los Doce Campanarios ondeó distraído en el cielo, mientras una luna temblorosa iluminaba las pupilas encendidas.

De regreso a la tierra que ata, ella no quiso permanecer más en el reposo porque de pronto recordó su lugar y la distancia. Recogió su desnudez avergonzada y cubrió el cuerpo que había avasallado y que ahora parecía adherirse al abandono. Lo cubrió con sábanas de lino cuidadosamente, lentamente, silenciosamente, como si buscara que aquel hombre confundiera las sensaciones de la piel con los olores de la noche, los dedos de la caricia con el látigo del tormento, las luces del tiempo con los sonidos del cielo. Martina, de pie y envuelta en una sábana, creyó ver en el rostro de Hidalgo la luz azulada de los que pronto encontrarán descanso. Había, en aquella placidez abandonada, una luminosidad desconocida. Martina quiso regresar a besarle la frente, pero ya el tiempo no era el de la cercanía que todo lo permite: había regresado la distancia que lo separa todo...

Después de cinco días de difícil travesía, el ejército de la Unión alcanzó la Cordillera de Lobos. La enorme columna era perceptible desde diez kilómetros a la distancia. La coloración azulada del ejército se desplazaba lentamente como una gigantesca culebra del desierto. Cuando los invasores traspusieron la cima, se quedaron maravillados con la imponente visión del altiplano. Enormes voladeros se abrían ante sus pies como eternas cicatrices de la tierra. La Sierra Madre estaba circundada por las rajaduras de los siglos. Más allá, al otro lado de los acantilados, ambarinas como serpientes y nubladas por la distancia, estaban las arenas del Desierto del Santuario. Ningún ejército del mundo se había atrevido hasta entonces a surcar aquellas soledades. Testamento, el pueblo en el que se habría de encontrar con el comisionado de Estados Unidos en México, estaba antes de aquellos arenales.

En dos días más, la columna del general Taylor descendió al valle, cruzó nuevamente el río Pájaros, que serpenteaba a través de la sierra, y enfiló hacia Testamento. Estaba a menos de cien kilómetros del ejército de dos mil hombres que le había ofrecido Nicandro Muñoz para guiarlo hasta la Ciudad de México. Cauteloso, el general estadounidense no quiso avanzar sobre terreno plano y eligió desplazarse sobre la falda de la cordillera.

El temor a ser víctimas de un ataque sorpresivo estaba fundado. Zacarías Taylor continuaba recibiendo noticias de tráfico de guerra hacia lo hondo de la región del Santuario, por donde a fuerzas tendrían que pasar. Su aliado Nicandro Muñoz, que había prometido eliminar todo foco de resistencia, no estaba cumpliendo el trato. Aparentemente, Nicandro había minimizado sus compromisos después de habérsele autorizado para dar a conocer la proximidad de la independencia del Nuevo Texas y la representación que tenía como comisionado de Estados Unidos. Cada vez que se le informaba de los movimientos misteriosos que había en el desierto, el general Taylor preguntaba si no había allí también fuerzas de Nicandro Muñoz para acabar con aquella amenaza. Y siempre se le contestó que no, que Nicandro se limitaba a esperarlo en Testamento. Por eso había terminado por ordenar alerta permanente y por disponer que una columna de cien hombres pertenecientes a la guardia de Texas partiera como avanzada de reconocimiento.

Al frente del ejército marchaban ahora los Rangers, deseosos de enfrentarse con los Perros Negros; les seguían de cerca los Leones Montados; la artillería iba luego y los Dragones cubrían la retaguardia. El general Taylor seguía pensando en llegar a Testamento y revisar con Nicandro los planes para internarse en lo hondo del desierto. Si el comisionado daba una mínima muestra de traición o cobardía, sería destituido inmediatamente y hecho prisionero. Zacarías Taylor sabía que no podía permitir ni dudas ni sorpresas, y mucho menos aliados sospechosos.

Mientras tanto, el aliado que empezaba a parecer sospechoso contaba en Testamento los días de su liberación ansiosa: esperaría al cuarto día el llamado de Altares y si no había tal él iría hasta ella para hacerle cumplir su palabra. Altares, por su parte, también había contado los días, esperanzada en encontrar otro argumento que volviera a posponer lo que ella en realidad quería cancelar. Al atardecer del cuarto día, cuando habían pasado los efectos de su menstruación y cuando había decidido decirle a Nicandro que esperara unos días más para que su primera entrega se convirtiera en un hijo, un acontecimiento la rescató de volver a prometer en vano:

La avanzada texana de cien hombres fue encontrada totalmente destrozada a las orillas del río Pájaros. Nicandro en Testamento, y el general Taylor en plena marcha, recibieron el reporte del hallazgo con los ojos atónitos. Los cadáveres no mostraban señales de lucha ni perforaciones de bala: los soldados habían sido asesinados uno a uno, con arma blanca y con una precisión de miedo. Como preparados para un escenario de guerra ficticio, ni siquiera habían perdido sus sombreros y muchos tenían los rifles en las manos. Algunos hasta sonreían. Al parecer no habían alcanzado a darse cuenta de que los estaban matando. Unos más tenían en el rostro el reposo del sueño y otros cuantos habían muerto mientras gesticulaban ante el horror de la sorpresa. El jefe de la avanzada, el capitán Lewis Lifton, estaba en el centro de la matanza, con un brazo levantado y los ojos abiertos, como si estuviera dirigiendo con alegría aquella reunión macabra.

Nicandro escuchó el informe sin pestañear, sentado en su sillón de gobernador de nada. Necesitó diez minutos de silencio para levantarse. Y cuando lo hizo parecía estar bajo los efectos de una droga. Maldijo todo lo que estaba al alcance de sus ojos y lo que no estaba. Abofeteó a los dos soldados que le dieron el informe, se sentó diez veces y se levantó quince, se arremangó la camisa como para pelear y se mesó el cabello trece veces hasta quedar con la apariencia de haber sido allanado por la madrugada en el despacho. Sabía que el general Taylor no toleraría ese error, puesto que él, Nicandro, se había comprometido a salvaguardar al ejército invasor de sorpresas indeseables. Si los estadounidenses le retiraban su apoyo, quedaría a merced del general

Santa Anna, quien a pesar de tener un ejército diezmado seguía siendo poderoso frente a su escuálida guarnición de dos mil hombres. El gobierno de México, aunque disgregado por las condiciones prevalecientes, era capaz de reagruparse alrededor de la figura de Santa Anna. El Nuevo Texas, aprisionado entre México y Estados Unidos, corría el riesgo de perder su frágil independencia antes de ser declarada.

Nicandro reunió a su gabinete, primero para culpar a todos de su distracción, y después, ya más sereno, para tratar de encontrar remedio a aquella situación de riesgo. ¿Quién, quiénes habían sido los autores de aquella batalla silenciosa, de aquel crimen atroz, de aquella guerra sucia sin honor, quién? Un pesado silencio ahogó el salón.

—Para qué nos hacemos —dijo al fin Lucio Barradas, el ministro de guerra—. Todos sabemos quiénes serían los únicos capaces: los Perros Negros.

Antes del alba, Nicandro reunió a sus fuerzas a lo largo del callejón del Santo Oficio. Los arengó para que se dieran cuenta del grave riesgo que corría la nueva patria, los hizo responsables de que la independencia del Nuevo Texas pudiera frustrarse y hasta los culpó de los desaires de Altares. Finalmente dispuso que mil hombres se quedaran a resguardar Testamento, mientras los otros mil marcharían hacia el Desierto del Santuario a buscar y a terminar con los Perros Negros. Estaba seguro de que la ira del general Taylor menguaría si le informaba que se había tomado inmediata y justa venganza y que había acabado con aquella amenaza.

En cuanto salieron los mil hombres encabezados por Lucio Barradas, Nicandro escribió y envió una carta al general Taylor, en la que le explicaba la situación y le informaba de la intromisión cobarde, cruel, estúpida, de los Perros Negros. A pesar de todo se esmeró en lograr una redacción serena y argumentó que aquella legión, dada su poca seriedad militar y su carácter bastardo, sería fácilmente derrotada antes de que pudiera consumar un segundo ataque.

Nicandro estuvo irritable y molesto los dos días siguientes y aunque se acordó de la promesa de Altares no intentó hacérsela cumplir porque llegó a desconfiar de su propia capacidad de hombre, que se podría estropear porque no podía quitarse de la cabeza su temor a la reacción del general Taylor ni su ansiedad por conocer las noticias que le traería su ministro de guerra después de su incursión por el desierto.

La noche del 10 de marzo, mientras presidía otra reunión de gabinete, Nicandro se levantó precipitadamente de su sillón y ordenó que le llevaran al médico que lo había atendido hacía dos meses de la herida en el cuello. Cuando Rolando Santiesteban se presentó en el salón de acuerdos, el comisionado le dijo que esa misma noche lo haría fusilar, pero que contaba con cinco minutos para informar todo lo que supiera de Joaquín Baluarte.

—No sé nada —contestó el médico, a punto del llanto.

Cuando fueron por él a su casa, estaba jugando con su hija y antes de salir le había dicho que volvería en unos minutos. Le angustiaba no cumplir su promesa de padre y en lugar de eso regresar, si es que regresaba, con el cuerpo lleno de las balas que tanto le repugnaban.

—Dígame lo que me dijo aquel día.

—Nada más que Joaquín Baluarte era nombre de militar. Creo que eso dije.

—¿Ven? —gritó triunfante Nicandro Muñoz—. Este hombre lo sabía todo. ¡Fusílenlo!

Satisfecho de su capacidad deductiva y del efecto que causaba en su gabinete su facilidad para ejecutar a sospechosos, Nicandro volvió a sentarse para presidir la reunión, y estaba por reanudarla cuando le fue entregado un mensaje del general Taylor. El general intervencionista le echaba en cara su falta de seriedad en el cumplimiento del pacto y le advertía que si no ejecutaba su parte, le retiraría el apoyo e incluso lo trataría como enemigo.

Nicandro Muñoz palideció delante de sus colaboradores y volvió a leer el comunicado, pero ahora en voz alta, para que todos estuvieran enterados de la gravedad de la situación. Pero ninguno aportó una idea: los que sirven a dictadores se olvidan pronto de lo que es tener una idea propia. Es un círculo fatal: los déspotas creen que nadie piensa más que ellos y los demás les confirman la convicción porque se acostumbran a obedecer. De manera que el dictador sigue creyendo que solo él piensa, lo que se ratifica con la salva de aplausos que acompaña cualquiera de sus palabras. Un silencio de pesadumbre recibió la lectura del comunicado.

Ruidos bulliciosos le avisaron a Nicandro que estaban de vuelta los mil hombres que habían ido al Desierto del Santuario. Con la ansiedad de quien espera salvar el día con una buena noticia, Nicandro se precipitó a la calle. Pero aquel día no tenía ni una rendija para salvarse.

—El Desierto del Santuario es un infierno —le dijo el ministro de guerra—. Allí no hay nadie, allí no puede sobrevivir un ser humano.

Desde el 8 de marzo Pedro Pablo Salvatierra estaba dedicado a revisar el padrón del curato, que contenía no solo el historial de Testamento sino de muchos pueblos a la redonda. Sentía los ojos saturados de tantos niños vivos presentados por abuelos, padres, padrinos, nombres que mareaban de tanto ser vistos en el mismo formato simple de la fe de bautismo. Las papeletas se amontonaban por la sacristía sin orden, leídas precipitadamente por un párroco que se había olvidado por completo de los fieles y que parecía no tener más obsesión que leer y leer actas bautismales.

La revisión siguió con los registros de las actas de confirmación, primeras comuniones, bodas y defunciones. El desfile de nombres y fechas era tan asfixiante, que Pedro Pablo renunció a seguir aparentando interés por mantener el orden y terminó arrojando a cualquier parte todos los papeles que le parecieron inútiles para su búsqueda. Quizá de no haber sido por eso, hoy, a pesar de los estragos de la destrucción brutal que se abatió sobre Testamento, se tendría una esperanza de encontrar documentos de interés para la historia. Pero en aquellas tardes de sonambulismo, Pedro Pablo se encargó de revolver el archivo de la parroquia del pueblo, de manera que por los callejones empezaron a aparecer, empujados por el viento, miles de papeletas con nombres y fechas que nadie recordaba. Los adultos los pisaban, las abuelas los recogían y los guardaban y los niños hacían barcos de papel que tenían todo lo necesario para salir a navegar, menos agua: aquel año la sequía del desierto se extendió hasta la cordillera.

A pesar de que Pedro Pablo fue apartando todos las actas que tuvieran en alguna parte el apellido Reyes o De los Reyes, al final solo se quedó con dos: una era la fe de bautismo de Joaquín de los Reyes, a quien había presentado, en Pamoranes y ante el presbítero Rufino Téllez nada menos que Martina de los Reyes; la otra era reciente y registraba la boda de Joaquín Baluarte de los Reyes con Altares Moncada. Pedro Pablo calificó de traidor a Urbano Terán: no solo conocía al hijo de Miguel Hidalgo sino que se había atrevido a casarlo sin dar parte a nadie.

El nuevo párroco de Testamento tenía presente la notoria obsesión con la que Nicandro Muñoz había perseguido días antes a Joaquín. Cientos de soldados empeñados en la búsqueda eran una prueba contundente de la importancia que le concedía el gobernador a aquel sujeto o, en todo caso, del odio enquistado que debía sentir por él. Y también recordó a Joaquín en su propio comedor, silencioso y con la suficiente sangre fría para haberle ido a pedir a él, justo a él, auxilio para su sed de fugitivo.

Pedro Pablo salió de la iglesia y en su camino al palacio de gobierno tuvo que esquivar a decenas de feligreses que le preguntaban por la próxima reapertura de la parroquia, le avisaban de un enfermo o le solicitaban una fecha para una boda. Para todos tuvo la misma habilidad: una respuesta ambigua y un escape rápido.

Se anunció con el tercer ayudante de Nicandro, después con el segundo y finalmente con el primero para recibir idéntica respuesta: el gobernador estaba muy ocupado. Le era imposible recibirlo aquel día. Pedro Pablo no se inmutó:

—Dígale que se trata de Joaquín Baluarte —le dijo al primer ayudante, y ocurrió lo que esperaba. Antes de cinco minutos lo habían hecho pasar al despacho de Nicandro.

—Usted es el nuevo párroco —preguntó afirmó el gobernador. Y luego, sin esperar respuesta—: ¿Y qué sabe de Joaquín Baluarte?

—Tal vez menos que usted.

—A mí solo me importan los que saben más. No tengo tiempo para que me repitan lo que sé.

—Entonces le ruego que disculpe mi intromisión —dijo Pedro Pablo, y se levantó.

—Nadie se levanta de esa silla antes de que yo diga.

—Ya lo hice.

—Por menos de eso, he ordenado ejecuciones.

—Esperaré, entonces, al pelotón de fusilamiento.

—No creo que haya venido nada más a retarme.

—Señor gobernador, lo importante no es si usted sabe más, sino si yo sé algo que usted no sabe.

—Siéntese, pues. Y dígame lo que no sé.

—Antes de sentarme, le pido que usted me diga lo que yo no sé. ¿Por qué lo persigue?

—Todo el pueblo lo sabe. Es un enemigo del Nuevo Texas. Además, se casó con mi esposa.

Nicandro tuvo cuidado de alterar la cronología: en realidad era él quien se había casado con la esposa de Joaquín Baluarte.

—¿Hasta dónde llega su odio por él? —preguntó Pedro Pablo mientras volvía a sentarse.

—Hasta más allá del desierto. Lo perseguiré hasta donde sea. Y no es por odio, sino por estrategia. Nadie debe dejar enemigos a la espalda. Cuando camino yo solo dejo amigos... o muertos.

—Entonces yo puedo serle de utilidad.

—Por supuesto. Los curas tienen una ventaja sobre los políticos. Ambos hacemos promesas, pero ustedes posponen su cumplimiento para después de la muerte. Esa es una estrategia muy astuta. Hay que reconocerlo. Los políticos no podemos hacer eso. Nuestras promesas tienen que cumplirse en vida. Por eso andamos fregados todo el tiempo, mientras a ustedes hasta les besan la mano. Claro que me puede ser de utilidad. Reabra la iglesia y ayúdeme a tener contento al pueblo.

—No me refiero a eso.

—Pues es la única manera en que puede serme útil. El cuento ese del camello y la aguja es un remanso para la paz. Los pobres se sienten muy contentos cuando saben cómo les va a ir a los ricos en la otra vida. Y con ese cuento dejan de jorobarnos. Usted ofrézcales el paraíso, mientras yo les ofrezco una patria. Deje que le sigan besando la mano y a mí déjeme los impuestos.

—¿Cuánto pagaría usted por la muerte de Joaquín Baluarte?

—Tengo dos mil hombres dispuestos a matarlo gratuitamente.

—Pero no han podido. ¿Cuánto pagaría?

—Usted me está saliendo muy ladino para ser cura.

—Doscientos pesos oro.

—¿Qué?

—Si está de acuerdo, tomo el encargo.

—No le voy a dar un adelanto a un hombre que no conozco.

—No le pido adelanto. Doscientos pesos oro a la presentación del cadáver.

—Lo quiero vivo.

—Cuatrocientos pesos. No es lo mismo arrastrar un cadáver que batallar con un vivo.

—De preferencia lo quiero vivo, pero muerto no estaría mal.

—¿Está de acuerdo?

—Necesito saber con quién estoy tratando.

—Con el cura de Testamento.

—Déjese de pendejadas.

—Está bien. Mi nombre es Ánimas Huitrón.

A Nicandro aquel apellido le olió a incienso y recordó a quién correspondía.

—El pistolero del arzobispo —dijo.

—El mismo.

—Falta algo. El tiempo. Si no cumple en treinta días, yo mismo dirigiré el pelotón de su fusilamiento.

—Sería un honor.

IV

EL DESIERTO DEL SANTUARIO

Si el día anterior había sido de los más sombríos para Nicandro Muñoz, el 11 de marzo auguraba una buena jornada. Después de contratar a Ánimas Huitrón para que cazara a Joaquín Baluarte, el gobernador del Nuevo Texas recibió a su ministro de guerra quien le informó lo que no le había dicho cuando regresó del Desierto del Santuario.

—No se lo podía decir allí en la calle, delante de tanta gente, cuando no sabemos en quién confiar. Pero en privado puedo decírselo. Los Perros Negros existen, y se preparan para la guerra. Son como sombras. Aparecen y desaparecen en las dunas, como fantasmas. Por eso no creí conveniente enfrentarlos con solo mil hombres. Además, le tengo una información clave.

Y Lucio Barradas le reveló el nombre del comandante de aquel ejército de sombras.

En cuanto el ministro salió del despacho, a las dos de la tarde, Nicandro Muñoz fue a su casa en busca de su esposa. Altares se sobresaltó cuando lo vio entrar en la recámara. Se le habían agotado los pretextos para posponer los deberes conyugales, de manera que por un momento pensó en fingir un gran enojo para que Nicandro volviera a dejarlo para después. Ya estaba preparando su actuación, cuando se dio cuenta de que esta vez su esposo no traía la misma urgencia que lo empujaba cada vez que iba a buscarla. Nicandro se sentó en el sillón que usaba Altares para leer y se quedó mirando por la ventana, como si él mismo hubiera olvidado el motivo de su visita. Luego vio con detenimiento los pálidos colores de aquella habitación. Todo era suave y perfumado, como la piel de Altares, todo en su sitio, coronado de un gusto exquisito. Cortinas y muebles olían a un silencio limpio. Hasta la tarde parecía ser de otra materia vista desde aquella ventana.

—¿Qué se te ofrece? —le preguntó Altares.

Nicandro siguió viendo las paredes, el techo, los cuadros, y luego se detuvo en el espejo, en donde se reflejaba el cabello de Altares, el cuello perfecto, la espalda magnífica. El espejo podía tener y retener a Altares, aunque fuera en la fugacidad de un reflejo. El espejo la gozaba todos los días desde su condición fría y discreta. Él solamente podía verla de cuando en cuando y resignarse a ser una especie de celador eficaz.

—El Nuevo Texas se nos derrumba —dijo al fin—. Llegó la hora de echar mano de todos nuestros recursos.

Altares vio a Nicandro detenidamente. Por primera vez no le pareció un hombre inquebrantable sino un hombre triste, que ahora tenía más poder, pero ya no lo gozaba porque temía perderlo. Casi parecía un niño a punto de ser despojado del juguete que más quiere. Si no hubiera sido por el recuerdo de Joaquín y por su decisión de ser la esposa de su primer marido y no del segundo, quizá hasta habría pensado llevarlo a la cama para quitarle ese aire de adolescente abandonado.

—Necesito tu ayuda —suspiró Nicandro.

Claro, la necesitaba. Los hombres más enérgicos terminan por sentirse vulnerables en presencia de la mujer que aman. Altares lo sabía por intuición, que era su arma más poderosa. Poderosa la veía Nicandro, frágil y poderosa, como resultado de la paradoja permanente que la envolvía. Parecía débil cuando se sentaba, imperial cuando se ponía en pie; al alcance de la mano cuando la imaginaba desnuda, inaccesible en cuanto la veía; inofensiva cuando callaba, invencible cuando hablaba.

—¿De qué manera quieres que te ayude?

Nicandro dejó de ver la espalda de Altares para verse a sí mismo en el espejo: no había duda, era él quien estaba allí, pidiéndole ayuda a una mujer. La gubernatura del Nuevo Texas representaba poder, pero para conservarlo había que recurrir a todo. «El poder no es más que una soledad de mierda», pensó.

—Me urge llegar a un acuerdo con los Perros Negros.

Era la primera vez que Nicandro y Altares hablaban serenamente, sin el tono de la discusión, como los amigos que nunca fueron. La tarde parecía balancearse en tonos de luz y sombra y se colaba por los cristales con aire de complicidad. Jugueteaba el viento con las hojas de los árboles. Nicandro pensó que así debería ser la vida, sin incertidumbre, sin espacio para la duda, sin la ansiedad del rechazo. La vida pacífica y serena de un matrimonio sin abismos.

—¿Y para qué quieres negociar con ellos?

—Esos descastados ya atacaron a la columna del general Taylor. Y volverán a hacerlo. Si lo hacen, los norteamericanos nos retirarán su apoyo y la nueva república se esfumará. Es necesario hablar con ellos, negociar, amenazarlos o comprarlos. Detenerlos.

Altares había empezado a cepillarse el cabello. Parecía una visión prestada desde el cielo para iluminar la tierra. Una aureola de belleza se desprendía de ella cada vez que el cepillo bajaba por aquella cascada suave y deslumbrante.

—¿Y cómo te podría ayudar yo en eso?

Nicandro pensó cuán feliz sería si alguna vez le fuera permitido ser él quien cepillara ese cabello. Bajaría él también por esa cascada de luz, cabalgaría hasta el origen de todos los manantiales, besaría la tierra recién abierta. Llegaría hasta la fuente de aquella hermosura y se dedicaría a sembrar rosales en los jardines de su suerte.

—Contigo hablarán. Ofréceles todo lo que dé tu imaginación. Detenlos.

—¿Y por qué yo? Te sobran funcionarios.

—Ese hombre te respeta. Hará lo que tú le digas.

—¿Cuál hombre?

—Tu primer marido.

Altares dejó de acicalarse.

—¿Qué tiene que ver él en todo esto?

—Es el comandante de los Perros Negros.

Altares volvió a cepillarse el cabello.

Altares y sus cuatro damas salieron de Testamento a las ocho de la noche. Se desplazaban en cinco caballos blancos para ser visibles en la oscuridad. Altares había logrado convencer a Nicandro de que las dejara ir solas, con el argumento de que la presencia de una escolta podría afectar el propósito del viaje. Nicandro dispuso entonces que un pelotón las siguiera durante una hora de camino después de la Cruz del Silencio, y que allí las esperara para acompañarlas en el regreso.

Ya solas, las cinco mujeres cabalgaron una hora más, y luego disminuyeron la marcha esperando que fueran los Perros Negros quienes las encontraran a ellas. En un remanso del río Pájaros se detuvieron para que los caballos bebieran, mientras ellas se recreaban con el reflejo de la noche. Caprichosa, la luna se dibujaba y se desdibujaba graciosamente en el agua. De pronto, Altares se dio cuenta de que además de la luz de la luna, estaban rodeadas por otra luz, más misteriosa y dura. Eran docenas de espadas que lanzaban destellos plateados. Las acechaban las inmóviles sombras de oscuros jinetes.

—¿Qué hacen tan dulces señoras lejos de casa? —dijo una voz.

—¿Son ustedes de los Perros Negros? —preguntó la profesional de la compañía.

—Los Perros Negros solo existen en la guerra. Nosotros nada más cuidamos el desierto.

—Buscamos a su comandante.

Un jinete se desprendió de la oscuridad distante y se dejó alumbrar por la luna en la penumbra cercana.

—¿En qué puedo servirles? —dijo.

Altares sintió el vértigo del sonido. La voz de Joaquín retumbó en su corazón: allí estaba el abismo que empezaba a conocer, allí el eco que agranda y repite lo que escucha.

—Aquí, la señora mi ama, desea parlamentar con usted.

Joaquín atendió la petición con naturalidad. Era común que los necesitados buscaran a los Perros Negros para pedirles ayuda.

—Micael —dijo Joaquín—, conduce a las cuatro damas que escoltan a esta mujer hasta lugar seguro. Yo parlamentaré a solas con la señora.

Altares se dirigió en voz baja a sus acompañantes:

—No regresen hasta que raye el alba.

Relámpagos entre las sombras, las cuatro damas se alejaron con sus caballos blancos guiadas por una docena de legionarios.

—Soy su guardián, señora —dijo Joaquín.

—Espero que así sea —contestó Altares, y se despojó del velo que le cubría el rostro.

Joaquín, sorprendido, descendió del caballo y se acercó a Altares. Se veía espléndida con el cabello coronado de estrellas. Se inclinó y besó la mano derecha de su amada. Ella bajó también y al hacerlo el aire del desierto se sobresaltó y arrojó sobre Joaquín una oleada de perfume. Estaban más cerca de lo que se habían sentido jamás. Altares percibió el olor del desierto en el pecho de Joaquín, seco después de una jornada de sol. Ninguno de los dos conocía el preámbulo del amor, las manos juntas ni los primeros besos. Solo sabían verse. Tuvieron que adivinarse entre las sombras, guiados por las luces de sus ojos encendidos. Entonces se abrazaron, y ella le dio su perfume a cambio del olor del desierto. Suavidad y aspereza se mezclaron en la cercanía que los atrapaba. Lo mucho que tenían que decirse se evaporó en el primer beso y lo que quisieron decirse después del primer beso se perdió en el segundo y en el tercero. Y ellos se perdieron en el décimo y extraviaron las manos en la ropa del otro, en la piel del otro, en los suspiros fundidos, en tanto tiempo sin conocerse ni sentirse. Ella dejó caer su capa sobre la arena y ambos se dejaron caer sobre la capa, muy lejos de las sinrazones de aquel amor que los rebasaba y que los iba descubriendo en el aire sereno de la noche. Él sintió sus muslos de habitación pulcra y perfumada; ella su pecho de insolación y arena; él su boca de frescura limpia; ella sus labios de sequía; él bebió de su pecho con prisa y ella con prisa mordió su cuello y apretó su espalda; él se dejó ir hacia el precipicio de sus ansias y ella lo recibió en su precipicio de ansiedades húmedas.

Aliviados de su desesperación, ambos vieron hacia el cielo. Estaban en la arena, pero respiraban en las estrellas. No querían tocarlas, solo verlas, pero les habría bastado alargar los brazos para sentir la luz. Preferían el silencio a las palabras, pero sabían que tenían que decirse algo antes de que el alba trajera de vuelta a las escoltas.

—No podré vivir sin ti —dijo Altares.

—Pronto me matará la guerra.

—Me quedará el consuelo de tu hijo.

—¿Los hijos se hacen bajo las estrellas?

—No todos, pero el nuestro tiene polvo de arena y de luz.

Joaquín y Altares volvieron a mirarse.

—Hace frío —dijo ella.

—El desierto fue hecho para vivir en él así, sin puertas y sin muros. El desierto solo puede vivirse al aire.

—El amor es nuestra casa.

—Y se esfumará al amanecer.

—No se esfumará nunca.

—Tú eres la primera dama del Nuevo Texas.

—Tú eres el comandante de los Perros Negros.

—Apenas amanezca, los dos volveremos a ser lo que somos.

—Nicandro me envió a ti para que te pidiera que no pelees contra los norteamericanos.

—¿Y lo harás?

—No. Yo no vine a pedirte nada, sino a darte todo.

Los ojos en los ojos, ambos sabían que en lugar de apagar un fuego habían encendido otro, más intenso y necesario; que se habían encontrado sin buscarse; que él había sabido deletrear su nombre sin haberla visto y que ella había aprendido a quererlo en una visión de madrugada. Sabían que se tendrían sin tenerse, que morirían distantes, que esas horas serían las únicas en su memoria, que los días y los meses pasarían frente a ellos deshabitados, llenos de una ausencia que los haría sentir para siempre ajenos, propietarios solo de aquel pequeño espacio del Desierto del Santuario.

—Te estaré esperando.

—Te llevaré conmigo.

—Te veré en tu hijo.

—Con su voz te llamaré cuando tenga frío.

Altares y Joaquín, solos en medio de un viento que sacudía la arena, solos sobre la arena que les daba la vida, volvieron a abrazarse y a sentirse. No se separaron hasta que el horizonte encendió la primera luz.

Las mujeres regresaron a Testamento con su resguardo de soldados casi al mediodía. Aunque la orden era que se dirigieran de inmediato al despacho de Nicandro, Altares decidió llegar a su casa. Hubiera querido bañarse, pero eso hubiera significado privarse a sí misma de Joaquín, del desierto, del olor del amor de medianoche. De manera que Nicandro la encontró sentada en su sillón de lectura, con el cabello enredado y polvoriento, los pies desnudos, los ojos llenos del rescoldo de cien incendios pasados por su cuerpo.

—¿Y? —preguntó Nicandro.

—Los encontramos.

—Lo sé, ¿y?

—Joaquín Baluarte va a pelear hasta morirse.

—No te mandé a eso.

—Tampoco me mandaste a quererlo.

—¿Y lo hiciste?

Altares se levantó y fue hasta la ventana. Un sol ardiente presagiaba la sequía que se cernía sobre Testamento. Se abrazó a sí misma y se dio cuenta de que no había quedado nada de su perfume: en su lugar, el olor del desierto la abrazaba.

—Prepárate para un largo viaje. Te vas con tus padres a San Luis Potosí, después a Veracruz; ahí tomarán un barco con destino a Europa.

—Me destierras.

—Sí. Al pueblo se le dirá que te protejo de la guerra, pero tú lo sabes: te vas al destierro, a donde nadie sepa que me has deshonrado. Solo volverás si me alcanza el ánimo para perdonarte.

Antes de las cuatro de la tarde, un carruaje se detuvo delante de la mansión de Nicandro. En él iban Rafael Moncada, Noelia Berriosábal y Carolina Durán. Altares, ya sin la huella del desierto en la piel, lleno todavía su corazón de la amorosa arena que absorbió su sangre, salió por primera vez sin sus damas de compañía y subió al carruaje. Noelia la recibió con una bofetada. El cochero tomó rumbo hacia el Presidio de Malpaso para evitar el desierto. Una escolta de seis soldados los acompañaría hasta Veracruz para asegurarse de que abordaran el barco.

Esa noche, mientras Altares y sus padres bordeaban el arenal, ocurrió un ataque más de los Perros Negros. Luego de un difícil desplazamiento por el escarpado terreno, Zacarías Taylor decidió acampar a diez kilómetros de Testamento. El esfuerzo había sido mayúsculo. Los soldados habían llegado al límite de sus fuerzas y en cuanto recibieron la orden de acampar se entregaron al sueño, del que muchos ya no regresaron. Hacia la medianoche, decenas de sombras penetraron en el campamento. Tantos hombres y ningún ruido. Joaquín Baluarte había dispuesto un ataque sin un solo disparo.

Joaquín Baluarte, Micael Ángeles y Jesús Coronado permanecieron a dos kilómetros del campo de batalla con el resto de la Legión. Gabriel Espadas y Elías Arcángel fueron comisionados para comandar aquella operación de muerte silenciosa. Primero cayeron los centinelas, que no tuvieron tiempo de darse cuenta del ataque. Sombras poderosas los tomaban por la espalda y les deshacían el cuello, y luego, como si no quisieran que fueran a lastimarse en la caída, los abrazaban casi fraternalmente hasta depositarlos en el suelo.

Aniquilada la guardia, los Perros Negros se introdujeron en el campamento. La leyenda sostiene que eran los amos de la oscuridad, pero acaso más acertado sea decir que eran los legionarios del silencio. Amparados por la noche y cubiertos por su habilidad para desplazarse sigilosamente, los atacantes se distribuyeron la zona de ataque formando un círculo que aislaba a una importante sección de los Dragones. Como en el centro del campamento un grupo de veinte hombres cantaba canciones de amor y de distancia, un lugarteniente de Gabriel Espadas le sugirió que primero atacaran a ese grupo, quizá el único despierto en aquel valle de durmientes. Pero Gabriel contestó que no, que si algún ruido producían por error, aquellos cantos se encargarían de amortiguarlo. Así es que el degollamiento silencioso fue acompañado por una música nostálgica que le dio un marco triste a la matanza. También sirvió para que aquellos que lograron despertar antes de ser atacados no reaccionaran, creyendo que estaban dentro de un sueño: un hombre de negro los tenía asidos mientras alguien cantaba las canciones de los amores malogrados. Aquellos cánticos confundían de tal manera, que hubo soldados que antes de morir daban las buenas noches, mientras otros sonreían, felices de morir así, con música de amor entre la sangre. Elías Arcángel se asombró al ver a un estadounidense sentado bajo un árbol y casi creyó sentir una bala atravesándole el pecho, pero el soldado no le disparó, no se movió. Elías se acercó entonces y cuando pudo verle la cara se dio cuenta de que tenía los ojos abiertos pero estaba dormido. «No vuelvo a matar a un sonámbulo —dijo después— es tan triste como matar a un ciego».

Pocos fueron los que tuvieron que pelear cuerpo a cuerpo. Y solo un Perro Negro sucumbió en la pelea. El estadounidense que lo mató no dio la voz de alarma. Aturdido por haber matado a un hombre en medio de la noche y paralizado por tantas sombras que se movían en el aire, solo le dijo a la sombra que tenía más cerca:

—¿Y ustedes, quiénes son? —lo preguntó en voz baja, como si temiera interrumpir un rito.

La sombra solo le contestó:

—Los Perros Negros.

—Yo soy irlandés —dijo el soldado, siempre en voz baja—, me alisté porque no tenía qué comer.

Y la sombra le clavó un cuchillo en el pecho:

—Ya no tendrás ese pendiente —le aseguró.

Hacia las tres de la mañana, Gabriel Espadas, Elías Arcángel y sus hombres emprendieron la retirada. Habían dejado más de cien cadáveres.

Dos horas más tarde, el cabo segundo Tom Shipton sintió la urgencia de sus riñones y se levantó para liberarla. Brincó a más de veinte de sus compañeros para buscar un claro, y solo cuando vio que su orina se mezclaba con un riachuelo más oscuro y más espeso se dio cuenta de que los hombres a los que había brincado estaban muertos.

El general Taylor recibió semidormido el absurdo informe de aquel ataque silencioso.

—Matamos a uno: nos mataron a ciento doce —concluyó temerariamente el capitán que dio el parte.

—¿Y viene a darme ese informe de vergüenza? ¡Acábenlos! —gritó el general.

—Ya no están, general. No hay nadie en ninguna parte.

Al mando de su estado mayor, Zacarías Taylor ordenó el ataque sobre Testamento, mientras maldecía a su inútil aliado.

—Que avance la artillería. Preparen los cañones. Borraremos de la tierra a esos miserables.

—Necesitaremos de dos días para tener a Testamento al alcance de los cañones —dijo Jack Marcel, el capitán de artillería.

—¿Y quiere que yo se los dé? Fuerce la marcha. ¡Tiene un día para arrasar ese pueblo de mierda!

Las ruinas de Testamento, ahora cubiertas por las arenas del Santuario, se localizan a poco más de cien kilómetros al sur de La Angostura. El río Pájaros y la Sierra Madre las flanquean por el este. Hacia el oeste colinda con la nada. Desde lo que quedó de Testamento solo se puede apreciar un inmenso horizonte al que no se le ve fin y que se extiende hasta los bordes de la tierra. Ni las recuas del correo volvieron a atravesar esos páramos ni los tiempos de la modernidad han querido asomarse a ellos. Por el abandono en el que se encuentra, pareciera que está ubicado al extremo del mundo, pero basta cruzar la Cordillera de Lobos, echar una balsa al río Pájaros y serpentear un día rumbo al sur para llegar.

Todas las tardes el cielo, con sus lánguidas nubes y su azul ensangrentado, adquiere una tonalidad ambarina. Durante los últimos ciento cincuenta años el desierto avanzó hacia el norte y cubrió al pueblo. Pero Testamento está allí, desafiando a los siglos, con sus ruinas heroicas. Los desgastados paredones permiten todavía ver los destellos de un pasado que pudo haber sido luz y se quedó entrampado en la nostalgia. Las enormes campanas coloniales, lastimadas por los proyectiles y semicubiertas por la arena, yacen silenciosas. La campana menor, que aún cuelga de los restos del campanario, obedece de cuando en cuando la orden del viento y lanza llamados que nadie atiende. Las leyendas que allí se gestaron se quedaron a medio hacer, abortadas por el fuego de los morteros. Los últimos exiliados dejaron algunos rastros en las paredes, escrituras difíciles que sin embargo alcanzan a transmitir el dolor de los despatriados. «Nos prometieron una patria y nos quitaron la que teníamos», escribió una mano temblorosa sobre el muro oriente de la iglesia.

El paisaje es el mismo de siglo y medio atrás, pero ya no tiene voces ni promesas. Espinos y matorros crecen desordenadamente, germinados al albedrío de las blancas arenas. Moras, higueras, anacuas y otros arbustos silvestres se han extendido a lo largo de la orilla del río. Las águilas, dueñas del aire, y los halcones, siempre aspirantes al reinado, circundan el valle acompañados por auras y otras aves de rapiña. Un bosque de frondosos álamos ha prosperado hacia lo que fue la parte céntrica del pueblo, donde estuvo el callejón del Santo Oficio. Una estruendosa sinfonía de pájaros entona su canción eterna en la discreción de la estepa. Hiedras y enredaderas silvestres han cubierto los calcificados muros. Un intenso perfume de intemperie sopla en lo que fueron los veintiocho callejones de Testamento, mientras olores de antiguas resinas empalagan los muros que se resisten a caer.

Algunas construcciones pueden ser identificadas todavía. Al extremo este se aprecian los escombros de lo que fue el Leprosario de María. Envuelto en una bruma de emanaciones vegetales, recibe cada tarde enormes bandadas de pájaros que han desarrollado una gran afinidad con el sitio. El viejo cascarón ya no existe, pero la mayoría de las celdas, con sus rejas retorcidas y sus lavabos rotos, siguen allí. Hacia el Llano del Aire, aunque perdió sus cúpulas y la bóveda, continúa firme la iglesia; allí está con sus fuertes portones conventuales colgando de sus marcos, con sus gruesas paredes de cantera cuarteadas por la pólvora, con los aposentos de la sacristía invadidos de helechos, con los subterráneos sepultados de arena, con los murales españoles del santuario y con las pilas de agua bendita cubiertas por hongos petrificados. El resto de las construcciones, como las casas particulares, la escuela parroquial, el internado jesuita, la plazoleta, el Convento de las Niñas de Jesús, los empedrados, los cascos de las haciendas, los edificios públicos y la alcaldía con todo el complejo carcelario, fueron destruidos en cuatro días de bombardeo. Se pueden ver otros terraplenes en pie, pero difícilmente se puede saber qué albergaron.

Hacia el centro del pueblo, donde supuestamente quedaba la Plazoleta de los Parsimonios, rojo, como la sangre de los caídos, sobresaliendo altivo entre la blanca arena, se eleva un gigantesco obelisco de granito. No hay otra construcción en cien metros a la redonda. Es el monumento a la victoria del Santuario. Una inscripción antigua está grabada al calce del sepulcro: *6 de abril de 1847. Yo fui comandante de los Perros Negros/ y contra el tirano defendí tu honor/ pero al no mirarte ni sentir tus besos,/ niña de mis sueños,/ me llevé a la muerte tu divino amor.* El imponente monolito permanece mirando hacia el norte, como una advertencia a la ambición de las naciones. Cera petrificada y ennegrecida, así como restos de coronas artificiales muy antiguas, revelan que en algún tiempo aquel sitio fue punto de reunión para el llanto. Lejos del obelisco, sobre el blanco manto de arena, rodeada de un nicho de granados y laureles, hay una cripta con cuatro nombres olvidados. Una estrella de cinco puntas labrada en cantera, y afianzada sobre una reja barroca forjada en hierro, sella la entrada. Cerca de ahí, a lo largo de lo que fue el callejón del Santo Oficio, bajo los fragantes álamos, se extiende un enorme camposanto con cientos de tumbas y mausoleos. Son las catacumbas de los mártires de la primera invasión. Todas tienen inscripciones similares y están construidas en cantera. Producto de la violencia, se tienden ahora con tanta paz que parecen desafiarla.

Viguetas de madera insertadas en trozos de piedra y durmientes sostenidos por antiguos pilares hablan de un esplendor que sucumbió a interminables horas de destrucción. Un pedazo de la cruz de la cúpula mayor, con uno de sus brazos sobresaliendo de la arena, acentúa la tragedia de un bombardeo ordenado por la venganza.

El transcurso de ciento cincuenta años, sin embargo, acabó por disfrazar el horror de la devastación. El silencio ahora es tan hondo que el dolor que lo causó parece haber sido solo un soplo del viento. Allí cayeron más de cien toneladas de barrenos. Pero Testamento irradia un abandono más hondo, una especie de orfandad peregrina. Víctima de dos naciones cegadas, una por la ambición, y otra por la inconsciencia, el pueblo tiene ahora la melancolía de haber descendido al sepulcro sin conocer patria, la dolorosa imagen de quien quiso y no pudo enarbolar una bandera.

Al atardecer, la avalancha de pájaros enmudece y el sigilo se vuelve más profundo. Entonces el viento saca su violín antiguo y ejecuta la melodía del abandono; con ella, la orquesta del olvido evoca el vals de una independencia que se quedó inconclusa y terminó siendo calamidad. El viento se queda afónico al anochecer, mientras de los muros se desprenden pedazos de cal y las hiedras duermen arrulladas por una añoranza que también se ha perdido.

Dicen que en las tardes del otoño, cuando el viento alcanza su mayor expresión de poder y cubre de nuevo las ruinas con el polvo del tiempo, se escucha la elocuencia de Nicandro Muñoz, inútil e ininteligible, arengando a invisibles soldados para que defiendan a la patria nueva. Y que en algunas noches, cuando la luna se esconde discretamente tras nubes amarillas, puede oírse de nueva cuenta la voz de Urbano Terán, que le pregunta a Joaquín Baluarte de los Reyes si acepta por esposa a Altares Moncada.

Bandoleros en desgracia que han querido buscar en Testamento un refugio duradero han huido de allí porque dicen haber oído en medio de las ruinas el solemne himno de los caídos. Otros dicen que lo que se escucha es la romanza de la Legión de la Estrella que durante siglo y medio se conservó en la memoria del norte de México: *Te busqué en la niebla/ te busqué en el viento/ solo hallé la ausencia/ que me habló de ti.* Relatan que surge también el ruido fragoroso de miles de sobrevivientes del altiplano, que van entonando la romanza por la calle con voces desgastadas por tantas décadas sin vida. Los niños juegan el juego de la victoria, las mujeres sollozan en las esquinas, la columna estadounidense desfila eternamente sin destino. Algunos han contado que allí conocieron el verdadero silencio, pero otros dicen que no: que todas las tardes se oyen unos pasos infantiles por los corredores del convento y que una risa de niña, casi imperceptible, baja por la única escalera que permanece entre los vestigios...

Pero en 1847 Testamento era el centro de la guerra, una guerra a la que nunca fue invitado formalmente y que solo dejó en sus piedras la firma de la muerte. Defendido nada más por una legión apátrida, cuyos ideales se concretaban a proteger a las viudas y salvaguardar a los niños, más allá de los términos que tanto derrocharon los hombres de la demagogia, Testamento se quedó suspendido en el tiempo tan libre de ambiciones y de ejércitos, pero a la vez tan solo, que su libertad adquirió la difusa imagen del abandono.

Mientras la columna estadounidense se acercaba al pueblo para tenerlo a tiro, y Altares y sus padres se dirigían a San Luis Potosí, Nicandro Muñoz emprendió la marcha hacia el encuentro con el general Taylor. Estaba consciente del desastre que había significado el segundo ataque de los Perros Negros y del enojo de Zacarías Taylor, pero creía que todavía estaba a tiempo de impedir que Estados Unidos le retirara el apoyo. El gobernador y sus hombres cabalgaron toda la rivera del río Pájaros hacia arriba buscando acercarse a sus aliados, si todavía lo eran. Una bandera blanca ondeaba al frente para subrayar su intención de paz.

Al oscurecer, Nicandro encontró a las avanzadas, ante cuyos integrantes se presentó y a los que pidió lo llevaran ante el general Taylor. Conducido por veinte hombres, Nicandro y sus acompañantes llegaron al campamento de mando casi a la medianoche de aquel 13 de marzo. Informado de que el jefe del ejército estadounidense estaba ya descansando, Nicandro aceptó una tienda de campaña para dormir. Aunque estaba ansioso por hablar con el general Taylor, la recepción formal que se le había dado le dio motivos para pensar que seguía siendo el aliado imprescindible para los invasores.

A las cinco de la mañana, un pelotón lo despertó y lo escoltó hasta la tienda del jefe del ejército. Orgulloso por el aire marcial con el que era acompañado, Nicandro no se percató de que en aquella escolta había algo más que la rutina de bienvenida a un visitante. Encontró a Taylor de mal humor, molesto de que la marcha del ejército se hubiera tenido que demorar dos días ante la imposibilidad de hacer avanzar a la artillería debido a que los animales de tiro estaban lastimados. Los cien esclavos negros, cuya misión era alimentar a hombres y bestias, y los noventa y nueve cuarterones especialistas en excavar resultaron incapaces de suplir a los animales. También estaba molesto por el hedor a excremento. Las letrinas portátiles, que los oficiales se habían empeñado en llevar, habían terminado por desvencijarse y los soldados tenían que defecar donde pudieran, de manera que hasta el aire estaba embarrado de sus desechos. No se podía dar un paso sin correr el riesgo de pisar una mierda. Los excavadores trabajaban sin tregua con sus palas y no se daban abasto para retirar tanta inmundicia.

—General —saludó Nicandro—, es un honor.

—No cumplió con su palabra.

—Estuvimos...

—Usted sabe que en la guerra no hay pretextos. Solo resultados. Y los resultados de su participación han sido nulos. He perdido más de doscientos hombres sin que usted haya movido un dedo.

Nicandro quiso recuperar el aplomo que había perdido desde que Altares fue a su oficina para imponerle una boda que a él le hubiera gustado imponer. Había tenido desde entonces destellos de la voz de mando que tan bien lo hacía sentir, pero ya no era el mismo. Y menos lo era ahora, de pie, frente a un general extranjero que lo trataba casi como a un recluta.

—¿Quiénes son esos Perros Negros?

—Un grupito de bandoleros.

—¡Bandoleros! Me han causado más bajas que el ejército regular. Y usted me sale con que son bandoleros.

—Los acabaremos.

—Los acabaré yo. Usted ha probado su ineficacia.

—Somos aliados.

El general Taylor se acercó a Nicandro, y Nicandro sintió que estaba por perderlo todo.

—Ya no. He informado de todo lo ocurrido, señor excomisionado. Ahora es usted mi prisionero.

—Prefiero la honra del paredón.

—La tendrá cuando yo lo disponga. Es mi deber notificarle que como prisionero de guerra, los informes que me proporcione no serán considerados como colaboración sino como confesión.

—Mi colaboración es de la mayor importancia para ustedes. Puedo negociar, convencer, aglutinar en torno a la separación de territorio mexicano a docenas de poblaciones. La guerra será menos cruenta.

—Esa opción está agotada. Ahora solo cuenta la opción de la guerra. Llegaremos a la Ciudad de México y fijaremos la frontera hasta donde nos convenga.

—General, le ruego reconsiderar mi calidad de prisionero. Avanzaré con usted, le proporcionaré los informes que necesita, los caminos, la orografía, los atajos, los abastecimientos de agua.

—Desde luego que irá conmigo. Solo por eso pospondré su fusilamiento.

—Tengo derecho a un juicio.

—Como el que tuvieron mis hombres, que fueron masacrados mientras dormían.

—No volverá a ocurrir.

—Pero no por su intervención. No ocurrirá porque me mantendré alerta, porque sé que peleo solo y ya no tengo la fantasía de un aliado. Y ahora dígame qué sabe de los Perros Negros.

Nicandro, que siempre había fingido ignorar la grandeza de los Perros Negros, tuvo que decir lo que sabía:

—Dicen que son guerreros entrenados para pelear en silencio y de noche. Que hay entre ellos religiosos, fugitivos, militares y poetas. Sé que su comandante se llama Joaquín Baluarte. Elimínelo a él y acabará con todos.

—Joaquín Baluarte. Bien. ¿Y qué sabe de la Legión de la Estrella?

—No sé si sea cierto lo que se dice. Son los mismos Perros Negros, que solo se dan ese nombre cuando atacan con una formación especial.

—¿Qué formación es esa?

—La forma de una estrella. No conozco a nadie que la haya visto, pero abundan los que dicen que la estrella se expande o se contrae según el desarrollo del combate. Yo no lo creo, pero dicen que es una formación letal.

—Nada más falta que alguien se atreva a atacarnos con una estrella, que es el emblema de la Unión. ¿Quién es ese Joaquín Baluarte?

—Un hombre sin escrúpulos. Si usted me diera tiempo, yo mismo lo mataría con mis manos.

—¿Quién es?

—Un huracanado, una raza en extinción del altiplano. Es exmilitar y tiene dos sentencias de fusilamiento.

—Yo lo fusilaré una vez. Y si algo queda, quizá le deje a usted la segunda ejecución.

El general Taylor sonó una campanilla y dos soldados entraron en la tienda de mando para escoltar la salida de Nicandro. Lo tomaron por los brazos, como se conduce a un prisionero.

—Señor excomisionado —dijo Zacarías Taylor—, no guardo por usted ningún afecto, pero debo decirle que si esta información impide más bajas en mi ejército, meditaré sobre su suerte.

—No me basta la supervivencia.

—A estas alturas, la supervivencia es lo único que usted puede esperar.

A una señal del general, los soldados hicieron avanzar a Nicandro hacia la puerta. Nicandro se sacudió las manos que le atenazaban los brazos y se volvió.

—General... el Nuevo Texas... la gubernatura...

—¡Váyase al carajo!

En Testamento el rumor de la guerra había sembrado el miedo en la población: enormes caravanas empezaban a huir hacia el sur y muchedumbres errantes procedentes del norte entraban por el callejón del Santo Oficio buscando amparo, solo para convencerse de que Testamento había dejado de ser un refugio y comenzaba a ser la siguiente estación de la guerra.

Los dos mil soldados de Nicandro, a cuyo mando había quedado el sargento Elías Abud, ascendido precipitadamente a teniente, presentían la catástrofe cercana, aun cuando el gobernador les había dicho que regresaría en plan triunfante, acompañando a la columna estadounidense. Todos sabían, sin embargo, que el ataque nocturno de los Perros Negros al grupo de Dragones había dejado a Nicandro en calidad de imperdonable a los ojos del general Taylor.

Elías Abud se había dado cuenta de que su ejército ya no era de dos mil hombres: faltaban quinientos setenta y cinco. Y no le era difícil imaginar lo sucedido: amparados por el desorden y vestidos de civil, seguramente habían huido entre el gentío que se arremolinaba en las calles rumbo al sur. El rostro y la actitud del resto de los soldados los delataba: nadie quería enfrentarse a los estadounidenses. Tampoco a los Perros Negros. Eran soldados derrotados, sin opción de triunfo, a menos que la retórica de Nicandro obrara un milagro sobre el ánimo de Zacarías Taylor.

Aunque corría el rumor de que los Perros Negros rondaban Testamento y que probablemente lo tomarían para desde allí oponer resistencia al ejército intervencionista, aquello no dejaba de ser una especulación lanzada al viento por quienes no tenían la menor idea de la manera de combatir de aquellos guerreros desconocidos.

En aquel momento, los Perros Negros no estaban en los arenales, sino a cincuenta kilómetros al oriente, montaña adentro, en Vírgenes de Pamoranes. Ubicado en el corazón de la Sierra Madre y fundado a principios del siglo por Uriel Baluarte, un misionero de la Compañía de Jesús, el villorrio fue por años el centro de planeación y abastecimiento de los Perros Negros. Rodeado por una orografía espléndida y difícil, era prácticamente imposible llegar hasta ahí. Solo los legionarios de la Estrella estaban entrenados para arribar a aquel sitio en menos de un día a partir del Cajón de San Eusebio.

Era en esa población de neblina y frío donde estaban ubicados los laboratorios y los talleres clandestinos dedicados a fabricar pólvora y a fundir armas. Allí se encontraban también los campos de entrenamiento, donde se adiestraba a los hombres y a los caballos en el arte del combate silencioso y eficaz, propio de la Legión de la Estrella. A las afueras se localizaba el Arco Triple, donde los Perros Negros recibían instrucción filosófica, y más allá estaban los enormes criaderos, donde nacían y se perfeccionaban los caballos mauritanos.

Pocos habían logrado llegar hasta Vírgenes de Pamoranes, pero el sitio era famoso, como una leyenda actual y distante, por sus dos casas generosas: una, el Hogar de los Niños, que se dedicaba a recibir a los huérfanos del Santuario y en donde pasó su niñez Joaquín Baluarte luego de la muerte de su madre; la otra, la Casa de las Mujeres, donde recibían albergue y educación las abandonadas del altiplano. Niños y mujeres de una y otra casa formaban luego familias, surgidas del desamparo, pero alimentadas de una nueva vida. El villorrio se había convertido en una hermandad en la que se practicaba un socialismo primitivo y simple, cuya paz se había prolongado por cuatro décadas en un territorio sacudido permanentemente por la guerra.

El cementerio, tendido hacia el sur en forma de triángulo, se iba ensanchando al paso del tiempo con sus nuevos habitantes. Allí, dentro de una cripta de canteras rodeada de jazmines y amapolas, estaba la urna que contenía los restos de Laurel Perdido.

En el atrio de la iglesia se celebraban las misas previas a la acción de la Legión de la Estrella. Durante las ceremonias, los Perros Negros se colocaban las capas negras y eran bendecidas las armas.

Aquel 15 de marzo fue Seferino Laredo, sacerdote de los guerreros y legionario también, quien dirigió la consagración. Urbano Terán y Fidencio Arteaga auxiliaron al párroco en la ceremonia.

La explanada tenía una estrella negra en el centro. No era una estrella de naturaleza muerta: la formaban trescientos noventa y nueve hombres vestidos de negro. Más allá de Vírgenes de Pamoranes nadie conocía la conformación de aquel escuadrón. La leyenda sostiene que estaba integrado por jesuitas, dominicos, franciscanos y agustinos; también había entre sus filas soldados excepcionales que desertaron del ejército mexicano; idealistas que lo dejaron todo en busca de un destino digno; poetas que encontraron en aquel acto de fe una especie de literatura; exconvictos sabedores de que la sentencia termina pero la condena no, habían escogido la muerte para liberarse. Entre aquella mezcla de destinos y vocaciones, había mexicanos, huracanados, maratines, españoles criollos, españoles peninsulares y otros hombres de ultramar. Solo unos cuantos, como Joaquín Baluarte, eran mestizos huracanados.

En cada vértice de las cincos puntas de la estrella, estaba un comandante: Joaquín Baluarte en la punta superior; Gabriel Espadas en la punta superior derecha; Micael Ángeles en la punta superior izquierda; Elías Arcángel en la punta inferior derecha; y Jesús Coronado en la punta inferior izquierda.

—Ratifico hoy su cometido —dijo Seferino Laredo—: defender a los desamparados, velar por las viudas, interceder por los huérfanos, alimentar a los hambrientos, curar a los enfermos y sepultar a los muertos.

Los Perros Negros alzaron la espada al cielo y se aprestaron a proclamar el juramento.

—¿Juráis dar la vida en defensa de lo que es justo para honrar la tierra que les fue entregada en custodia?

—¡Juramos!

—Entonces, en el nombre de los indefensos, yo, guardián de la Estrella de Uriel, os autorizo a combatir sin clemencia para gloria de la misericordia. Por petición de su comandante y dadas las condiciones especiales de la batalla que estáis por librar, os autorizo a formar la Estrella de Uriel. Solo podrán hacerlo en los combates que se presenten en los siguientes sesenta días y por disposición expresa de su comandante.

El 17 de marzo Testamento estuvo a tiro. Treinta piezas de artillería pesada empezaron a ser distribuidas en las lomas cercanas, mientras varias toneladas de explosivos fueron puestas al alcance de largos mecheros.

A las seis de la tarde, cuando el capitán de artilleros se presentó ante el general Taylor para informarle que los preparativos habían concluido y que estaba listo para atacar cuando él lo dispusiera, encontró al general pegado a sus catalejos. El capitán esperó largos minutos hasta que Zacarías Taylor, en lugar de interesarse por los detalles de la artillería, le extendió los catalejos.

—Observe —le dijo, y señaló hacia el sur de Testamento, donde daban inicio los arenales.

El capitán obedeció: en el lugar había aparecido, a tiro de cañón, una formación de guerra, integrada por jinetes vestidos de negro.

—¿No decían que nada más aparecían de noche? —preguntó el capitán.

—De noche o de día, allí están. No vamos a tolerar desafíos —dijo el general, y luego ordenó—: Vire los cañones. Los vamos a acabar sin gloria, pero con rapidez. Dejemos el ataque a Testamento para mañana.

El capitán de artilleros recorrió los puntos estratégicos de su posición y ordenó virar los cañones hacia el rumbo de los arenales. La operación tardó más de dos horas. Cuando los artilleros estadounidenses estuvieron listos, los Perros Negros se dieron la vuelta y empezaron a caminar lentamente hacia el arenal. Antes de que el ejército de la Unión reaccionara, los legionarios se detuvieron, volvieron a girar y quedaron otra vez de frente, mirando hacia la columna invasora. Estaban fuera del alcance de los cañones.

—Este trabajo es para la guardia de Texas —dijo el general Taylor—. Llamen a Thomas Miller.

El capitán de los Rangers acudió precipitadamente.

—¿Todavía quiere ser usted quien acabe con los Perros Negros? —le pregunto Taylor.

—Sí, señor.

—Pues allí está su oportunidad.

El comandante vio por los catalejos.

—¿Serán ellos?

—Lo son. Están tratando de atraernos para atacarnos en donde se dice que son superiores. Quieren el desierto como campo de batalla. Prepare a su caballería y baje a exterminarlos.

—No quedará ni uno, señor.

—Estas son sus órdenes: descienda en formación de ataque. Ellos deben tener la seguridad de que los va a embestir. Una vez en el valle, ya de noche, en lugar de atacarlos, rodéelos. Tiene tiempo y hombres suficientes para hacerlo. Por la mañana, contraiga el círculo y acábelos. Ellos tienen dos ventajas: el desierto y la noche. No podemos sacarlos del desierto, pero sí podemos obligarlos a pelear de día. —Así lo haremos... y gracias, señor.

—Siguen sin moverse —dijo Jack Marcel.

—Mañana no se moverán más —repuso Taylor—. Los muertos no se mueven.

Una hora después de que los texanos iniciaran el descenso y llegaran a la orilla del arenal se dividieron en dos líneas y empezaron a tender el cerco. Estaba a punto de oscurecer.

Los Perros Negros continuaban sin moverse. A través del catalejo, el general Taylor y sus asesores seguían el movimiento de los Rangers y observaban la impasibilidad de los legionarios.

La noche comenzaba a cubrir el valle.

—Ahora empiezan a moverse —dijo uno de los observadores.

Entonces todos concentraron la atención en los Perros Negros. En efecto, se movían. Les habían dado la vuelta a sus caballos y se desplazaban lentamente hacia el centro del arenal.

—Quieren rehuir la pelea hasta que sea de noche —dijo Taylor—. Pero se combatirá de día.

Los Perros Negros se internaron tanto en el arenal, que quedaron fuera del alcance de los catalejos. Por su parte, la reserva de Texas había tenido que recorrer más distancia de lo previsto, pero el objetivo se cumplía: trazado muy amplio para evitar ser descubierto, el círculo se completaba y los Perros Negros quedaban atrapados. Al trote de sus caballos, los texanos lograron cerrar el círculo al amanecer.

El sol alumbró el desierto a las siete de la mañana. El día tenía una claridad magnífica para el combate. Entonces se observó una refulgente luz, con la que los Rangers le avisaban al general Taylor que los Perros Negros estaban completamente rodeados. El general volvió al catalejo, pero lo único que alcanzaba a percibir era la parte más cercana del círculo texano; más allá, todo era difuso.

El general dispuso que se dispararan dos cañonazos para dar la orden de que se empezara a contraer el círculo.

La reserva de Texas avanzó de acuerdo con las órdenes. A media mañana se detuvieron unos minutos para tomar un refrigerio. Luego continuaron cerrando el círculo. A las tres de la tarde, los seiscientos texanos volvieron a calar sus bayonetas y revisaron la carga de sus fusiles. Estaban por iniciar el combate.

Thomas Miller ordenó que el avance se detuviera y evaluó la situación: según sus cálculos, les faltaba alrededor de una hora para llegar a donde los Perros Negros se encontraban y cuatro horas para que oscureciera. De prolongarse el combate, la Legión de la Estrella haría uso de su mítica ventaja. Pero, por otra parte, era imposible regresar a lugar seguro para reiniciar el avance al día siguiente. Tendrían que pasar la noche en el desierto y entonces sus posibilidades de victoria se reducían drásticamente. No había más: había que atacar de inmediato.

—¡Por Texas! —gritó Miller. Y bajó su espada con un movimiento enérgico. Docenas de espadas se fueron bajando a lo largo del círculo. La orden era inequívoca.

Un viento repentino hizo que la arena del desierto se levantara en cientos de remolinos, lo que dificultó el avance de los Rangers y les impidió ver con claridad. Tuvieron que invertir hora y media para acercarse al centro del círculo. La circunferencia tenía la dimensión precisa para iniciar la carga: quinientos metros de diámetro. Solo era cuestión de esperar a que pasara la racha de viento, pero cuando por fin amainó, los texanos descubrieron que en el lugar en el que debían de estar los jinetes de negro se encontraba solo la soledad del desierto.

—¡No están! —gritó un soldado.

La confirmación sobraba, todos podían verlo: los Perros Negros no estaban.

—¡Es una trampa! —gritó alguien más.

—¡No se alarmen —dijo Miller—, somos muchos más que ellos y estamos mejor armados!

—Así pensamos en Laredo hace cinco años —protestó un soldado anónimo.

A la soledad habitual del desierto se sumaba la sombra de la amenaza. Los texanos no veían a los Perros Negros, pero sabían que estaban allí. Y también sabían que solo contaban con tres horas de luz. El capitán ordenó que todos permanecieran en su sitio, pero que se dieran la vuelta para que quedaran viendo hacia fuera del círculo. Una tensión silenciosa envolvió a los Rangers, fracturada apenas por frecuentes ráfagas de viento. Cuando todos veían hacia el centro, tenían el consuelo de la compañía; con la vista hacia fuera, cada uno tenía la impresión de estar solo: el desierto, visto así, tenía la apariencia de lo interminable.

Thomas Miller oyó que uno de sus ayudantes le recomendaba salir del desierto a toda prisa. Y se oyó a sí mismo diciendo lo que le parecía inevitable:

—Es demasiado tarde para salir. No tenemos más remedio que enfrentarlos.

En medio del vacío, tomó conciencia de que unos minutos antes pensaba en la mejor forma de organizar el ataque y ahora tenía que pensar en la fórmula precisa para preparar la defensa. Una defensa en contra de nadie. Nadie, además de su ejército, parecía estar en aquel arenal sin salida.

—¡Deshagan el círculo y fórmense en compañías! —ordenó Miller.

Los soldados obedecieron de inmediato. Una orden de un superior en momentos de incertidumbre les da a los soldados la impresión de que su capitán sabe exactamente qué hacer. Y ello renueva el ánimo. A pesar de no existir una razón real, los texanos sintieron que con la nueva formación acabarían con los Perros Negros.

Una hora estuvieron así, formados en compañías. La tensión, aliviada por unos minutos, regresó y tocó los nervios de los soldados. La única certeza que tenían era que la tarde avanzaba y que la noche estaba por cubrirlo todo. Los Rangers apenas se permitían unas palabras de desahogo con el compañero más cercano. Las ráfagas de viento seguían pasando de manera intermitente y aumentaban en los texanos el sentimiento de indefensión.

A las ocho de la noche los Perros Negros aparecieron como una alucinación. De la nada, se materializaron a espalda de las filas texanas. Los legionarios portaban lanzones para abrir las formaciones enemigas.

Los Rangers jamás habían oído un sonido como ese: era el rumor misterioso de una estampida fantasma que se multiplicaba en la oscuridad del desierto. Se trataba del sordo tropel de veloces jinetes que cabalgaban formados en cinco ángulos agudos.

Los Rangers no tuvieron tiempo de maniobrar porque no tenían un enemigo visible. No lo veían, pero lo sentían: la arremetida de los Perros Negros fue brutal. En solo unos minutos dispersaron a los texanos, quienes en pequeños grupos intentaban defenderse a ciegas. Silenciosos como demonios, los legionarios atacaban con la limpia eficacia de sus años de formación clandestina. La confusión entre los texanos fue tanta, que empezaron a disparar sin saber a quién. Fueron docenas de Rangers los que murieron heridos por sus propios compañeros. Los Perros Negros, además de combatir en silencio, que era una de sus armas más mortíferas, parecían conocer cada accidente del terreno, en tanto que los texanos tropezaban a cada paso; los legionarios habían pasado años entrenándose para ver en la oscuridad, mientras que los Rangers —se dieron cuenta entonces— habían perdido el tiempo creyendo que los combates solo se libran de día. Los ejércitos que siempre son superiores en número se acostumbran a apostar a esa ventaja; los que siempre son minoría se habitúan a inventar de la nada los recursos de su supervivencia. La ventaja, más que real, era mágica: los Perros Negros querían pelear de noche y sus adversarios siempre pensaron en la noche como en una tumba. Muerte sin tumba estaban encontrando cientos de texanos en aquella embestida. En lo más intenso del combate, los Rangers, que habían logrado reponerse de la sorpresa, se encontraron de pronto con que no tenían enemigo con quién pelear. La Legión de la Estrella se había retirado. En la confusión, no faltó algún soldado que creyera que ya habían vencido a los Perros Negros.

—¡Huyeron, huyeron! —gritó antes de derrumbarse, agobiado por los tres orificios que llevaba en el pecho.

—¡Regresarán! —gritó Miller—. Rápido: formación en línea de ataque.

El capitán tenía razón. Apenas veinte minutos después, nuevas formaciones angulares volvieron a desarticular las recuperadas líneas de la guardia de Texas. Y otra vez se escuchó el sonido de la muerte. Fue un ataque violento y relampagueante y sin embargo tan contundente que docenas de texanos cayeron sobre la arena. Entonces hubo un segundo retiro, corto pero letal. Los Perros Negros empezaron a disparar hacia los indefensos texanos, que ya no tenían idea de cómo reagruparse ni de cómo huir. Incapaces de evitar el combate nocturno, al dejarse llevar hasta el centro de los arenales en plena noche, habían contribuido fatalmente a su derrota.

Las horas de oscuridad se alargaron lo suficiente como para que los Perros Negros dieran una tercera acometida y la muerte se saciara. Los caballos pisoteaban intestinos desgarrados y cabezas cercenadas. La sangre encharcada en la arena se mezclaba con vómitos precipitados, mientras certeras espadas seguían cortando cabezas y extremidades. La madrugada tocó sus silenciosas campanas y a su primera luz los Perros Negros desaparecieron.

La mañana iluminó cientos de cadáveres, entre ellos el del capitán Thomas Miller, que estaba tendido boca abajo, traspasado por una espada.

Cuando aquel 18 de marzo los informes fueron rendidos y se levantó el acta de guerra, el conteo era el reflejo del desastre: treinta y dos Perros Negros muertos, a cambio de quinientos cincuenta y siete texanos.

Veracruz resultó un escenario doloroso para Altares Moncada. La melancólica humedad del mar recrudeció en ella los síntomas de amor que la habían acosado sosegadamente en la primera parte del viaje. El mar y solo el mar sabe desnudar las sensaciones de los amores perdidos. La brisa es mano de sal y agua que abrasa a los desamparados de amor y que los arroja sin remedio a la nostalgia por los besos extraviados. La brisa de mar sabe tocar el corazón de los amantes; les arranca una a una las arterias de manera que la sangre solo sabe ir, pero no sabe cómo regresar: se van quedando sin latidos, atados a la vida únicamente por la humedad que trae la brisa; el sudor marítimo en la piel compensa el vacío de las venas. Nada sabe, como el mar, nutrir de llanto las almas de los que están lejos. La ausencia, respirada en el mar, es una lágrima sostenida en la garganta.

Altares se mareó de amor en el barco, y vomitó de mareo ordinario en la cubierta. Durante la segunda noche creyó estar pagando las elevadas cuotas de su desdén por tanto hombre lanzado a los abismos de su indiferencia; la costosa factura de poseer una belleza que no había sabido administrar; la falta de cordura en sus años adolescentes que la llevó a despreciar hasta la flor más henchida de amor que le llegó a la ventana. Estaría dispuesta a purgar todo si con ello pudiera estar otra vez en el desierto. Mar y desierto son una exageración de Dios, pero Altares sentía que en el desierto no sobraba ni un puño de arena: en el mar todo sobraba, hasta el sol que lo abarcaba todo, sin límites, sol de memoria lejana, agobiada, muerta de sol sobre un mar que no tenía fin en las pupilas.

No podía dormir. Por las noches, el estruendo del mar traía hasta su camarote los trágicos ojos de Joaquín, que se quedaban suspendidos en sus emociones. Aquellos ojos no tenían labios y para besarlos había que encender las luces de la noche en el desierto. *Te busqué en la niebla/ te busqué en el viento,/ pero el mar ignoto/ te arrancó de mí.* Las voces de los marinos le daban un sentido a la mirada de Joaquín, que la buscaba en alguna parte, o quizá la olvidaba para siempre entre las balas del combate. *No recuerdas, niña,/ que me diste un beso/ y que fue por eso/ que el amor sentí.* La pestilencia del mar había sobrecargado el aire. No había qué respirar ni por dónde encontrar una rendija que no supiera a mar.

Los padres de Altares empezaron a preocuparse cuando se dieron cuenta de que la distancia solo había agravado su estado amoroso. Su madre la descubrió vomitando y llorando en el suelo del camarote; su padre la encontró en la proa, con los ojos extraviados y brillantes señalando hacia el horizonte y nombrando a Joaquín; los marineros la vieron mojar la lluvia con sus lágrimas; y la noche la sorprendió abrazada a un Joaquín distante que la miraba desde las blancas arenas del Desierto del Santuario. La ausencia le había disparado sus certeras lanzas y la había herido el lado más frágil del corazón. Herida, Altares exigió el regreso. Atónitos, sus padres cedieron.

Carolina Durán observaba.

Tuvieron que esperar un día más de viaje para descender del buque en San Salvador y varios más para abordar el siguiente barco a Veracruz. Durante la espera, Altares se vio atacada por una rara licantropía: el color de su piel se oscureció y unas profundas ojeras le sombrearon los ojos; huyó del sol y perdió peso.

San Salvador, donde Joaquín no había estado nunca, estaba lleno de Joaquín. El puerto nublado, el aire salitroso, los muelles solitarios, todo era Joaquín.

—Esta niña se nos muere —dijo Rafael Moncada.

—Está muerta desde que equivocó el camino —respondió Noelia.

—Lo malo no es casarse dos veces —reflexionó Rafael—: lo malo es primero casarse sin marido y luego con un gobernador.

—Lo malo no es casarse. Lo malo es el amor.

Los ojos de Altares, en otro tiempo luminosos, habían recibido el soplo de la brisa nocturna y se habían apagado aún más. Una noche, creyó descubrir el origen de su muerte lenta: el mar era espléndido y en él los retozos del amor con Joaquín alcanzarían la cima del desierto. No era el mar el mal que la mataba sino que estuviera allí, tendido al sol o a las estrellas, y que ella no tuviera a Joaquín entre los brazos. Si el mar era el amor, pensó soñó entre la oscuridad de su habitación de espera, si el mar era el amor, por qué sentía que estaba lejos de todo. Por la ausencia. El mar sabe construir amores, pero en la ausencia lo único que sabe es destruir a quien extraña. Nadie debería extrañar a nadie en el mar: la nostalgia puede ser mortal.

Altares, acompañada de Carolina Durán, intentó en los días siguientes atrapar la belleza del mar, y sentada en el muelle dejó que sus ojos navegaran sin rumbo, después de haber vencido su miedo a la luz. Quería gozar de la contemplación de lo eterno y nada parece serlo más que el mar, más eterno cobijado por el cielo de la noche. Pero entonces se dio cuenta de que los nacidos en el desierto no pueden ver el mar sin sentir una melancolía de cierzos en el pecho. Las lunas y los soles de San Salvador subieron con ella al barco que la llevaría de regreso a Veracruz. El mareo se había ido y le había dejado un sentimiento aprisionado en los ojos: sin llanto, los ojos solo sabían contemplar y probar el sabor del infinito.

Rafael Moncada y Noelia Berriozábal procuraban no hablarle. La veían un instante y luego se alejaban para dejarla estar a solas y que su respiración fuera serenándose. De haber creído que se desvanecería entre la niebla del puerto, pasaron a verla dibujarse con nitidez en la travesía. Llevarla de regreso parecía la única salida. Una salida sin salida: Testamento estaría en guerra y quizá la batalla se llevaría a los dos esposos. Altares podría transitar de doble señora a doble viuda por los efectos de una contienda absurda. México quería seguir completo sin saber para qué y Estados Unidos quería multiplicarse sin saber por qué. Tal vez las dos naciones perseguían un destino por callejones diferentes. Tal vez se encontrarían en la línea que los separara, se reconocerían vecinos, nunca amigos, y fingirían amistad eternamente para estar en paz. Regresar era ir hacia un sitio desconocido. ¿Qué encontrarían? ¿Qué les habría dejado el aliento de la guerra en Testamento?

—A estas alturas ya debe existir el Nuevo Texas —dijo Noelia.

—Si es que algo existe en el desierto —contestó Rafael.

—O tal vez encontremos todo igual. Y no habremos suspirado más que por un sueño —quiso concluir Noelia.

—Nada es igual después de ver el mar —concluyó Rafael, a quien, como a Altares, el mar le había abierto su visión del mundo.

Altares seguía viendo el horizonte, arrullada por el canto de los marineros: *Te busqué en la niebla/ te busqué en el viento,/ pero el mar ignoto/ te apartó de mí.* Altares detuvo la mirada en las gaviotas y luego vio las luces del fuerte de San Juan de Ulúa. La armada de Estados Unidos sitiaba Veracruz. *No recuerdas, niña,/ que me diste un beso/ y que fue por eso/ que el amor sentí.*

Ella no lo sabía, pero estaba viviendo su primer mes de embarazo.

La verdad que escuchó Miguel Hidalgo el 17 de julio de 1810 no era de las que redimen ni de las que condenan. Era una verdad simple, dura como la tierra. Dulce como sus frutos. Agria como la vida. Era una verdad con sabor a vida y a muerte. Hidalgo quiso saber más, pero Martina solo repitió lo que había dicho:

—Voy a tener un hijo, padre. Qué quiere que le diga.

Eran los tiempos en que el Plan de los Doce Campanarios empezaba a mostrar su fragilidad. De sueño de pocos, no había logrado convertirse en proyecto de muchos. A menos de doce meses, seguía sin articularse del todo; la cercanía de la fecha fijada dejaba ver con mayor claridad la complejidad de su ejecución.

Los Doce Campanarios correspondían a doce de las feligresías más importantes de la Nueva España, ubicadas en Guanajuato, Valladolid, Apatzingán, Querétaro, Dolores, Zacatecas, San Luis Potosí, Saltillo, Puebla, Acapulco, Carácuaro y Guadalajara. El plan consistía en que el 21 de marzo de 1811, los doce campanarios se levantarían en armas con el propósito de expulsar a los españoles de México, abolir la esclavitud, desprenderse de la tutela de España y formar una nación independiente.

Aunque autor de la iniciativa, las dificultades que enfrentaba Hidalgo para organizar el Plan le hicieron pensar en replantearlo. Por una parte, había constatado los obstáculos naturales de mantener unido un movimiento clandestino geográficamente disperso, con insuficiencias de comunicación y, sobre todo, con participantes cuyas actitudes oscilaban entre el miedo y el protagonismo.

Con toda su complejidad, sin embargo, el Plan de los Doce Campanarios era para Hidalgo más completo, y de ejecutarse bien tenía más probabilidades de éxito que el plan que recientemente le había expuesto Ignacio Allende. Este segundo plan no involucraba a tanta gente: dejaba la planeación en un grupo reducido y se basaba en la capacidad de convocatoria que se podría tener en el pueblo una vez iniciado el movimiento. El plan de Allende, que se fraguaba en Querétaro, era de una sencillez casi candorosa. Se creía que partiendo de un solo lugar, Dolores, por ejemplo, se podría reunir a suficiente gente para llegar a la capital de la Nueva España y derrotar al ejército del virrey.

Miguel Hidalgo tuvo que multiplicar sus horas de trabajo para participar en la organización de ambos planes. Para él, el principal era el de los Doce Campanarios; el de Allende le parecía secundario. Sabía que con aquel activismo estaba atrayendo aún más sobre sí la atención de los informantes del gobierno español, pero también estaba consciente de que de todas maneras la Santa Inquisición le seguía los pasos y hasta le había fijado una fecha para la audiencia final, hacia los últimos días de febrero de 1811. El Plan de los Doce Campanarios, entonces, parecía muy lejano, en tanto que el otro podría ejecutarse en octubre.

La complejidad de uno y la sencillez del otro atenazaban el pensamiento de Hidalgo. Más complejo el primero, tenía más probabilidades de triunfo; más simple el segundo, tenía más posibilidades de ejecución aunque el desenlace fuera más incierto.

—Todo es tan incierto... —suspiró Hidalgo.

Martina no le contestó, acostumbrada a no responder a las reflexiones que Hidalgo hacía constantemente en su presencia.

—¿Cuál mes te gusta más, octubre o marzo? —preguntó Hidalgo.

—Septiembre —contestó Martina.

La respuesta era de una claridad de mediodía: si había dos opciones, tal vez la mejor sería la tercera.

La noticia del embarazo de Martina había turbado a Hidalgo. El anuncio de una vida que se forma siempre sacude, pero bajo ciertas circunstancias es temblor que hace temblar, terremoto en las venas, en las sienes, alteración de la paz. Más allá de los Doce Campanarios, más allá del plan de octubre, estaba un marzo diferente, cuando la cuenta fatal de nueve meses transformaría para siempre la tesitura de la tierra: un brote nuevo de vida, probablemente abandonado, condenado a la orfandad antes de nacer. Y el peso para siempre sobre los hombros, culpa que no se olvida. El cercano acecho de la muerte no liberaba al cura de Dolores del peso del abandono de lo que se engendra, pecado sobre pecado.

Le dolía la reducción de las opciones, todas dolorosas, sin escapatoria para la conciencia. Esclavo de la culpa, liberador de qué. El mismo Hidalgo, que pretendía la liberación de muchos, no había sabido conducir su propia libertad. Más importante que romper las cadenas era saber qué hacer con las manos libres. En el intento de la ruptura se puede perder la vida: también se puede perder una vez consumada la ruptura. El acoso del pecado, la certeza de la muerte. ¿Se justificaba la certeza del pecado por el acoso de la muerte? ¿Se justificaba el pecado del abandono para esconder la culpa del pecado de la carne? ¿Cuál era peor pecado: la trasgresión de los votos o la cobardía frente a sus consecuencias?

Martina joven, Martina huracanada, Martina madre, Martina sola. Hidalgo sacerdote, Hidalgo combatiente, Hidalgo condenado por la Inquisición, Hidalgo sentenciado por la guerra, Hidalgo muerto.

Solo soledad y muerte. Y qué del hijo. Soledad y muerte.

Había desafiado a la muerte y ahora estaba desafiando a la vida. La desembocadura era la misma: la soledad de siempre.

Miguel Hidalgo expulsó la sombra de la conciencia apenas el instante justo para pensar sin temperatura. Había en principio dos opciones: desatenderse de ella y alejarla del curato, o mantenerla a su lado y protegerla.

—Septiembre —oyó de pronto nuevamente Hidalgo, y se dio cuenta de que otra vez la mejor opción era la tercera: Alejarla del curato, pero seguir viendo por ella.

—No podrás permanecer aquí —dijo.

—Aquí me quedaré, padre.

—Te irás. Estarás… estarán bien.

Martina levantó los ojos y vio los ojos de Hidalgo. Cincuenta y seis años a punto de reventarse en la guerra.

—Si es por los Doce Campanarios, no tengo miedo.

—No lo tendrás nunca. Lo sé. Dicen que los huracanados no conocen el miedo.

Hidalgo se levantó y fue hasta la mesa, donde escribió lentamente una carta. Martina se dirigió a la puerta, pero el cura le hizo una seña para que permaneciera con él. Ella fijó la vista en el piso y esperó.

—Te irás con los jesuitas de la Misión de Pamoranes —dijo al fin Hidalgo—. Esta carta es para Uriel Baluarte. Es un sacerdote de mi confianza y cuidará de ti. Dispondré lo necesario para que mañana emprendas el camino hasta la Misión.

—Hace apenas unos días éramos unos pacíficos curas en Testamento y ahora somos soldados —suspiró Fidencio Arteaga, mientras veía el techado rocoso de las Cuevas de los Espejos y sentía la tremenda vastedad del desierto, frío y árido y, sin embargo, amistoso.

—Hace apenas unos días yo era el cura de Testamento y tú eras mi sacristán —corrigió Urbano Terán—. Ahora sabrá Dios qué somos.

—Somos Perros Negros, pertenecientes a la Legión de la Estrella.

—No. Apenas si seremos ayudantes de la guerra.

—Sacristanes de guerra. Me gusta.

Urbano Terán quiso buscar la forma de mantener la jerarquía, pero Fidencio parecía haber establecido ya que una de las bondades del desierto era hacerlos a todos iguales. El expárroco de Testamento no encontró las palabras y suscribió una protesta silenciosa girando su cuerpo y cubriéndose hasta el rostro para no respirar la sequía, pero sobre todo para dar por terminada aquella conversación incómodamente igualitaria. Algo más dijo Fidencio, pero el sacerdote no hizo caso, ocupado en fingir que dormía. Haber estado días antes en Vírgenes de Pamoranes lo había remitido irremediablemente a uno de sus recuerdos más profundos.

Treinta y siete años atrás, el 10 de septiembre de 1810, el cura Miguel Hidalgo lo había mandado llamar a su oficina.

—Urbano —le dijo—. Usted es un sacerdote muy joven, piadoso y lúcido.

Urbano Terán no supo qué contestar. Aquello no era una pregunta y para ser halago le faltaba una justificación. Seguramente venía algo muy grande, quizá iba a conocer el Plan de los Doce Campanarios, del que se hablaba en murmullo en todo Dolores. Quizá el destino le estaba torciendo la vida, justo cuando había logrado su ordenación para consagrar su destino al servicio de Dios. Tal vez terminaría de insurgente, él que no sabía desobedecer, que no quería más asuntos en sus días que los que tenían que ver con su vocación, que de rebelde no tenía ni la apariencia.

—A partir del 10 de octubre se hará usted cargo del curato de Testamento —continuó Hidalgo—. Esta es la orden firmada para su nuevo apostolado. Cerca de allí existe un lugar llamado Vírgenes de Pamoranes, una misión jesuita, fundada por Uriel Baluarte, ¿ha oído hablar de él?

Urbano dudó en contestar, como si al responder la verdad fuera a evaporarse la buena noticia.

—No, padre, pero...

—Es un historiador de grandes alcances. No ha estudiado la paz sino la guerra. Un erudito de la guerra y un amante de la paz. Tiene además otros contrastes que lo hacen diferente y muy confiable.

—Entiendo —dijo Urbano precipitadamente.

—No, no ha entendido porque todavía no le digo en qué consiste el favor especial que quiero pedirle. He enviado a Pamoranes a Martina, mi sirvienta, la india huracanada que servía en esta casa.

El joven sacerdote sentía las manos húmedas, el corazón sin rumbo, las sienes acaloradas. Estaba por cumplir tres meses como auxiliar del curato y solo había cruzado unas cuantas palabras con el cura Hidalgo. Y ahora el párroco se explayaba, le daba detalles, le hablaba como a alguien muy cercano.

—No hay prisa. Instálese usted en Testamento, conozca las necesidades de la gente, evangelice, ejerza su apostolado. Y ya después busque en Pamoranes a Martina, se apellida De los Reyes. Por ahora se está haciendo cargo de ella Uriel Baluarte. Pero a usted quiero pedirle un favor especial: cuide de ella y de su hijo. Aun cuando sea de lejos y de manera fortuita, ocúpese de ella. En unos meses Martina va a dar a luz. El hijo que alumbrará es mío.

Urbano Terán se sacudió en la noche. Aun ahora, después de tantos años, aquella revelación seguía causándole escalofrío. Se le paralizaba la sangre y se le endurecía el estómago, en reproducción exacta a lo que había sentido aquella tarde.

—Cuando mi hijo tenga edad, entréguele esto —dijo Hidalgo, y le extendió el Pendón de los Doce Campanarios—. Es una bandera que ya no va a ser utilizada, pero que algún día puede servir como vínculo entre mi hijo y yo, y como símbolo de la libertad que tanto ansiamos.

Con un retraso de décadas, Urbano Terán había cumplido entregándole a su destinatario aquel pendón. Su conciencia, sin embargo, sabía que no había cuidado de Martina ni del niño. Pero ahora, cuando treinta y siete años habían vuelto obsoleto aquel encargo, quizá pudiera hacer algo por Joaquín. Lo había hecho ya, lo había casado, lo había salvado de la muerte y luego lo había seguido hasta el desierto. Pero su deuda continuaba arrebatándole el sueño.

Al día siguiente, Fidencio insistió en que Urbano Terán hablara con Joaquín para que los incorporara a la Legión de la Estrella, y como el excura no lo hizo, el propio Fidencio tomó la iniciativa.

—No —contestó Joaquín—. Ustedes se incorporarán al Batallón del Santuario.

Urbano Terán y Fidencio Arteaga tenían más preguntas, pero Joaquín no tenía más tiempo, así es que les pidió que hablaran con Gabriel Espadas.

—El Batallón del Santuario —explicó Gabriel— es la sombra de la Legión de la Estrella. En la Legión hay estrategia, habilidad y fuerza para matar sin odio; en el batallón hay solo corazón.

—Nosotros queremos ser soldados —dijo el exsacristán.

—Lo serán. Pero en el Batallón.

—¿Qué nos falta?

—Entrenamiento.

—Entrénenos.

—Les falta el perfil de la muerte.

—¿Dónde se compra?

—Están muy viejos para empezar.

Esa misma tarde, Urbano Terán y Fidencio Arteaga, resignados, se dirigieron a La Gabia, en busca de Jacinto Sereno, el jefe del Batallón del Santuario.

V

LAS CAMPANAS DE TESTAMENTO

Altares y sus padres regresaron a Veracruz el 24 de marzo en el buque *La Reina*, de nacionalidad española. La embarcación, propiedad de la Iglesia, había partido del puerto de Cádiz y hecho escala en San Salvador para de allí navegar hasta México. Además de la bandera española, llevaba un banderín papal y conducía a setenta frailes agustinos con destino a América. Quizá por eso la Armada estadounidense no fue tan severa en la requisa. La muchacha y sus padres habían hecho la travesía en un camarote compartido con cinco abates de la orden, entre múltiples goteras y una mesilla que se movía de un lado a otro al compás de las olas. El salvoconducto que llevaban firmado por Zacarías Taylor sirvió para que los dejaran desembarcar sin grandes trámites. Aunque con muchas dificultades, esa misma noche lograron tomar un carruaje del correo hacia San Luis Potosí.

En San Luis había una gran confusión, producto de los trastornos de la guerra. El escándalo de los ataques de los Perros Negros había conmocionado al país. Los asaltos de la Legión de la Estrella equivalían a incendiar una hoguera que podía tomar proporciones continentales. Los estragos del conflicto afectaban ya a todas las esferas sociales de México. El hambre, de por sí severa, se acentuaba en muchas provincias. Los grupos políticos que se disputaban el poder recrudecieron sus diferencias, se culpaban de las derrotas y se atribuían las victorias, y hasta había quienes presumían de mantener contactos secretos con los Perros Negros y de estar dirigiendo sus operaciones desde el centro. Nadie creía a nadie, pero las palabras corrían por los pasillos de la política, ávidas de oídos ingenuos.

Altares, que deseaba llegar hasta Testamento e incluso hasta el Desierto del Santuario, tuvo que resignarse a esperar una oportunidad porque el desplazamiento de las muchedumbres era opuesto: constantes migraciones llegaban desde el norte y los poblados más importantes del sur del altiplano empezaron a llenarse de refugiados; en los caminos el vandalismo común se convertía en vandalismo de pánico.

San Luis se llenó de encorbatados de luctuosas levitas. Eran políticos que llegaban a la ciudad con intenciones de viajar hacia el norte. Sentados cómodamente en carruajes oficiales y custodiados por cuadrillas militares se les veía pasar todas las tardes en el parque de Los Ajusticiados exhibiendo sus colores trigarantes en el pecho, y en las noches, en las cantinas de las afueras se hacían rodear de putas mientras esperaban el momento para desplazarse hacia la región que, intuían, podía brindarles grandes oportunidades. Después de todo, lo mejor era estar allá, donde se sucedían los acontecimientos, a pesar del riesgo que implicaba, con tal de tener a la mano los contactos o las decisiones que marcarían el rumbo de la política y los negocios en los próximos años.

Pero no eran muchos los aventureros. La mayoría pensaba que ganara quien ganara, nadie ganaría. Además, la revuelta iba para largo. A pesar de que el ejército terrestre de la Unión y los Perros Negros continuaran enfrascados en sus batallas en el Desierto del Santuario, Winfield Scott, al mando de diez mil hombres, ocupaba ya Veracruz. Otras avanzadas se aprestaban a tomar las Californias y una más reducida había cañoneado Santa Fe. De poco serviría el intento de recuperación que estaba haciendo el general Santa

Anna tratando de reclutar hombres para interceptar la invasión que había entrado por el golfo. Para fortalecerse, el general Santa Anna había hecho correr la versión de que los Perros Negros actuaban bajo sus órdenes y que a ellos les había encomendado la defensa del norte.

Para entonces, los Perros Negros habían surgido al ámbito nacional como un estallido. Se hablaba de ellos en los cafés de sociedad, en los círculos intelectuales y en los talleres literarios. Se apropiaban de ellos el gobierno, los partidos y hasta los clubes sociales. Venían a cuento en las reuniones familiares, en las tediosas mañanas de la escuela y en las misas dominicales. Los niños jugaba a ser Perros Negros, las mujeres soñaban amar a uno de ellos, y algunos hombres salían de sus hogares diciendo que se iban a incorporar a la Legión de la Estrella, aunque fuera nada más para impresionar a sus vecinos.

Basado en los rumores que había recogido uno de sus enviados al norte de México, el periódico *El Centinela* hizo circular la historia de amor entre el comandante de los Perros Negros y la esposa del gobernador del Nuevo Texas. Y aquel amor, convertido desde antes en canción, recorrió México entero. Sus coplas anónimas, esparcidas por las ansias de héroes y romances, se anidaron en el corazón del pueblo. Y la leyenda tomó vida de su escasa vida: Joaquín Baluarte estaba condenado por la guerra y Altares Moncada por la distancia. *Te busqué en la niebla/ te busqué en el viento...*

Hospedada en la Posada de la Virreina, ubicada justo en la plaza central de San Luis Potosí, e indispuesta para caminar, Altares se consolaba mirando por la ventana el pajizo sol de marzo. Preocupadas por su salud, Noelia Berriosábal y Carolina Durán llevaron hasta la posada a un médico, a quien le bastó hacer un par de preguntas a Altares y verle el semblante para diagnosticar el mal:

—Está embarazada, niña.

Cuando Rafael Moncada lo supo le preguntó a su hija:

—¿Del primero o del segundo?

—Del primero —dijo ella—. Del único.

—Vamos, pues —aceptó Rafael—. Vamos con su marido.

Entonces Rafael y Noelia intensificaron su búsqueda de transporte. Agotaron primero las posibilidades de los carruajes ordinarios, pero ningún cochero quería ir hacia Testamento. No tuvieron más remedio que buscar conversación en el café de la posada con los almidonados aventureros que en carruajes propios iban hacia el norte, pero o los carruajes iban llenos o nadie quería riesgos gratuitos.

El día en que *El Centinela* publicó en su encabezado principal: «Los Perros Negros acaban con la caballería de Texas», Rafael y Noelia vislumbraron una rendija de esperanza en su búsqueda de transporte en el café de la Posada. El hombre era Anastacio de la Mora, quien dijo ser líder del Partido Central, aunque también agregó entre carcajadas que en medio de tanto barullo ya no estaba seguro de qué partido dirigía. Acompañado de otros políticos, se proponía llegar hasta Testamento para recoger la cosecha que le tocara.

—Pero ustedes, amigos míos, ¿a qué van? Allá no hay más que pólvora y sangre.

—No es por nosotros. Es por nuestra hija —dijo Rafael Moncada.

—Ella es Altares Moncada —agregó Noelia—. Tiene que reunirse con su esposo.

—¡Ah'dió! —dijo Anastacio de la Mora, y se acomodó en su silla—. ¿Que ese no es un cuento?

—No, señor.

—Déjeme arriesgar una tontería: ¿su hija es la esposa del comandante de los Perros Negros?

—De Joaquín Baluarte.

Anastacio de la Mora entrevió grandes posibilidades políticas en aquella oportunidad de oro.

—Pues ya hay lugar, señora. Mañana nos vamos.

Esa misma noche, en una cantina alumbrada por velas y canciones, Anastacio quiso saber qué decían aquellas coplas que había oído tantas veces y a las que nunca había puesto atención.

—A ver, a ver —les dijo a los hombres de las guitarras—. Échense esa del comandante.

Te busqué en la niebla/ te busqué en el viento,/ pero el mar ignoto/ te arrancó de mí./ No recuerdas, niña,/ que me diste un beso/ y que fue por eso/ que el amor sentí.

Los siete buenos ciudadanos no sabían que el romance que habían escrito a la luz de la fogata en el desierto había atravesado todas las distancias y se cantaba en las calles, cantinas y plazas de México sin que nadie se atribuyera su autoría. Poetas anónimos, sin ambiciones de gloria ni certificados oficiales, cantaban aquel romance sin más propósito que adormecer el día.

Y si un día las olas/ te traen de regreso/ y al buscar mis ojos/ no me miras ya,/ hallarás tus rosas/ hallarás tu reino/ mas tu fiel amante/ a quien tanto amaste/ no has de verlo más./ Yo fui comandante de los Perros Negros/ y contra el tirano defendí tu honor,/ pero al no mirarte ni sentir tus besos,/ niña de mis sueños,/ me llevé a la muerte tu divino amor.

Después del primer sangriento encuentro ocurrido en el Desierto del Santuario, en el que perdieron la vida más de quinientos elementos de la caballería texana, sucedió la tragedia que luego circularía en *El Centinela* con sensacional estruendo: el casi total exterminio del grupo de Rangers.

No se puede culpar al general Zacarías Taylor de ese descalabro, ya que cuando Parker Sanders, el capitán de infantería de la guardia de Texas le expuso su petición de bajar al arenal a acabar con los Perros Negros y vengar la muerte de sus compañeros, el general del ejército de la Unión negó su autorización.

—Acabaron con su caballería, texano —le advirtió—. Irían a una muerte segura.

—El año pasado derrotamos en Santa Fe a mil mexicanos —argumentó Sanders—, los Perros Negros no pasan de cuatrocientos.

—No hay comparación. Estos son los Perros Negros. Retírense a su posición y esperen órdenes.

Los Rangers salieron de la tienda de mando sin dar por definitiva la resolución del general. Esa misma noche, Parker Sanders tomó el parecer de sus hombres.

—Démosle una sorpresa a Taylor. Bajemos y acabemos con esos cuatreros —opinó el teniente White.

—Regresaríamos a Texas cubiertos de honor —opinó otro.

Sanders evaluó sus posibilidades, se percató de la determinación de sus oficiales y pensó en su gloria personal. Entonces decidió actuar sin el consentimiento del general Taylor. No había desobediencia en ello. Aunque Texas tuviera un año ya de haber sido incorporado a los estados de la Unión Americana, ellos continuaban siendo texanos: una nación aparte. El general era estadounidense, gringo, como les decían los mexicanos, no tenía por qué quitarles el honor que merecían. La vieja rivalidad entre Texas y los Perros Negros no necesitaba de los yanquis para dirimirse. Así es que reunió a sus asistentes y planeó con tanto esmero la embestida, que se convenció de que era una de las mejores estrategias puestas en marcha en toda la invasión. Los texanos sabían que los Perros Negros intentarían forzarlos a combatir de noche, por lo que se prepararon con toda suerte de recursos de iluminación, incluyendo toneles de aceite para encender las antorchas necesarias en el escenario de la batalla. Querían estar seguros de ver a sus enemigos al momento de matarlos, mirarlos a la cara, saber quiénes eran, dispararles con los ojos iluminados por el fuego y no enceguecidos por la noche. Si la oscuridad era la principal fuerza de los Perros Negros, había que eliminarla.

La guardia de Texas se desprendió silenciosamente del grueso de la columna estadounidense a las dos de la mañana del 21 de marzo y se adentró en el desierto. La idea era retirarse lo más posible antes del amanecer para que Taylor no pudiera detener la marcha. Y si se encontraban con los Perros Negros en el trayecto, tanto mejor, así no tendrían que internarse en los páramos. Aprovechando el frío de la madrugada, caminaron a campo traviesa durante varias horas, buscando un sitio donde la arena no fuera tan profunda. Escogerían el lugar del combate; no volverían a perseguir a los Perros Negros: los esperarían.

A las nueve de la mañana, cuando se habían alejado treinta kilómetros del grueso de la columna, llegaron al Arcoíris Negro, área del desierto denominada así por el cinturón negro que se le forma al sol entre las diez de la mañana y las seis de la tarde. Sanders decidió que ahí se quedarían porque había encontrado lo que estaba buscando: la arena apenas tenía unos centímetros de espesor y la firmeza del suelo le permitía suponer que esa superficie no concedería ninguna ventaja a los Perros Negros.

No sabía, sin embargo, que aquel sitio es el más brutal del Santuario, el aro mortal al que no entraban los guerreros de la Legión de la Estrella, conocedores de su fuerza destructiva.

Ubicado hacia el extremo oeste del desierto y con un radio de al menos diez kilómetros, el Arcoíris Negro se ve afectado por una canícula permanente, a lo que se suma una cualidad de muerte: jamás ha recibido una gota de lluvia. A pesar de que desde las diez de la mañana la temperatura alcanza los sesenta grados centígrados, lo más peligroso de la zona, ahora se sabe, es que la atmósfera del Arcoíris Negro tiene una perforación circular por donde se filtran los rayos cósmicos. Ello ha producido prácticamente la desaparición de la vida y la constante mutación de los escasos animales que han logrado perpetuarse a través de los siglos.

Sin sospechar el riesgo de su elección, aquel 21 de marzo de 1847 los texanos montaron sus tiendas y a pesar de que el calor los asfixiaba decidieron seguir sus planes: dormirían, protegidos a medias por las lonas, hasta que empezara a oscurecer. Los impulsaba una razón defensiva: la seguridad de que los Perros Negros los atacarían de noche, y un motivo de gloria: acabarían con la leyenda, degollarían a los legionarios en la oscuridad que tanto amaban. Los harían pedazos entre las sombras.

A las once y media, uno de los cabos de guardia fue hasta Parker Sanders y le pidió que saliera de la tienda.

El capitán vio el cielo: el sol, abrasador, estaba rodeado por un aro negro. Otros soldados salieron.

—No se alarmen —dijo el ingeniero de la guardia texana—, eso suele pasar cuando hay humedad en la atmósfera, seguramente lloverá.

A un mismo tiempo, fascinados por el espectáculo que el sol les ofrecía y temerosos de que se tratara de un mal augurio, los soldados obedecieron la orden de volver a su descanso. Al atardecer, encendieron decenas de antorchas y se atrincheraron en los médanos, listos para defenderse de un posible ataque. Pero los Perros Negros, que los habían visto entrar en la zona del Arcoíris Negro, sabían que si los texanos se quedaban ahí, no sería necesario atacarlos.

Por la mañana, cuando los invasores, intensamente sedientos, se aprestaron a beber su ración asignada de agua, se dieron cuenta de que no encontraban ningún consuelo. El líquido pasaba por sus gargantas, pero no llegaba a sus cuerpos. Era como si el agua hubiera perdido sus cualidades reparadoras. Una rara debilidad había empezado a invadir sus manos, sus brazos, sus piernas. Por necesidad irremediable, y ya no por táctica, los soldados se tiraron en la arena, esperanzados en que los Perros Negros no aparecieran hasta el oscurecer. Una deshidratación anormal exprimía sus cuerpos. Debilitados al extremo y sin que el agua saciara su sed, los soldados volvieron a prepararse para combatir, aunque cada uno sabía por dentro que no tendrían fuerzas ni para levantar las armas. Tampoco esa noche los Perros Negros atacaron. Antes del amanecer algunos texanos empezaron a delirar, mientras otros vomitaban el agua inútil que habían bebido. Nadie quería decirlo, pero todos sentían la acechanza de la muerte.

—Ni siquiera será de sed —dijo un soldado—, nos moriremos de puro sol.

A las ocho de la mañana Parker Sanders pensó en regresar. Sus soldados se estaban muriendo frente a sus ojos, y él mismo sentía la fragilidad de sus fuerzas. Una hora después, cedió al agotamiento y se dejó llevar por el sueño.

A las diez, el Arcoíris Negro se abatió sobre ellos. Toda la carga del incendio solar quemó pieles y entrañas, manos y frentes, afanes de venganza y esperanzas de supervivencia. Los soldados ni siquiera se dieron cuenta de cómo el sol les exprimía las venas y los dejaba como ríos secos, y de cómo el corazón empezaba a extraviar sus latidos y a buscar descanso. Cuando Sanders, pensando que había dormido solo unos minutos, se levantó y quiso dar la orden de ponerse en marcha, descubrió que su sueño había sido de varias horas y que más de la mitad de sus hombres ya no dormían: trescientos veinte soldados habían muerto. Enloquecidos, los sobrevivientes se precipitaban hacia el centro del desierto. Algunos tuvieron ánimo para acercarse a su capitán y pedir órdenes.

—Váyanse —les dijo Sanders—. Yo me quedo. No puedo abandonar a los muertos y no puedo regresar derrotado.

Cerca de doscientos hombres huyeron hasta donde pudieron y muy pocos alcanzaron a salir del círculo mortal del Arcoíris Negro.

Abandonado ya incluso por el instinto de supervivencia, Parker Sanders deambuló entre moribundos y cadáveres y finalmente se recostó en cualquier parte, dispuesto a morir de arcoíris.

Otra vez vencidos, los texanos dejaron sus vidas en el desierto, al que esperaban derrotar de noche y a cambio les había regalado un atardecer de muerte.

La noche del 24 de marzo encontró a Zacarías Taylor afuera de su tienda de mando, departiendo con sus oficiales alrededor de una fogata y maldiciendo todavía la desobediencia de los texanos:

—Se van a morir —afirmó con amargura, como si estuviera viendo los cuerpos sin vida de los renegados, héroes inútiles.

Después de un largo silencio, el general empezó a vociferar sobre los culpables de su torpe avance, los Perros Negros.

—Tienen caballos entrenados para caminar en los médanos —decía el general. Y sus soldados tenían que esforzarse por adivinar si sus palabras estaban barnizadas de ironía o de amargura.

—Lo que pasa es que conocen el terreno —acotó un oficial.

—Tenían dos ventajas y ahora tienen tres —repuso Taylor—. Una, la noche: dos, el silencio; y ahora, el miedo. Porque todos ustedes tienen ahora un miedo de mierda, ¿o no?

—No, general —negaron varias voces en coro.

—¿No? A ver, ¿quién quiere ir a darles las buenas noches? ¿Quién?

Cuando los leños crujen al capricho del fuego producen un sonido sin gracia, apenas notorio y seductor para los enamorados que se aman al calor de una chimenea. Pero nadie repara en ellos, a menos que estén en un campo de batalla y hayan sentido muy cerca el dolor de la derrota.

Los oficiales no respondieron al comentario de su general y todos, sin saber que compartían el mismo presagio, pensaron en la tragedia de los leños ardiendo. Se oye cómo se va muriendo la madera, como el fuego busca sus cavidades y las revienta. Se oye la fuerza de las llamas, su voluptuosidad, su afán de iluminar y de morirse. El fuego se oye.

—¿Nadie? Porque tienen miedo.

El general Taylor se levantó y tuvo que ser auxiliado para mantenerse en pie. Se sacudió las manos que lo ayudaban y miró a sus oficiales.

—El ejército más poderoso del mundo tiene miedo. ¡Miedo! ¡Es una vergüenza! ¿Saben cuál es la solución, saben cómo acabaremos con el miedo y pondremos a los Perros Negros a llorar de rodillas? ¿Lo saben?

El fuego volvió a tener sonidos azules y amarillos. Centelleaban los colores y los sonidos en los rostros de los oficiales, que preferían ver hacia la fogata, viva y vigorosa, y no hacia su general, tambaleante y retador.

—Vamos a cañonear Testamento. Lo bombardearemos hasta que los Perros Negros salgan de su escondite a pedirnos piedad, hasta que no jueguen a la guerra y aprendan a hacerla de verdad, de frente y como soldados. Vamos a sacrificar a quien sea. La culpa será de los Perros Negros. Ya no los vamos a buscar. Ellos vendrán de rodillas hasta nosotros porque no vamos a dejar ni un recuerdo de ese pueblo que pretendió ser la capital del Nuevo Texas.

Una bala de cañón despedazó los vitrales, arrancó a los santos del altar mayor, quebró el recipiente del aceite de unción, derramó la garrafa del vino de consagrar y destruyó toda la pared norte del Convento de las Niñas de Jesús. Los frailes recorrieron las pesadas puertas y las novicias salieron huyendo hacia ninguna parte, entre granadas que llovían del cielo y estallaban a media calle en una pedacería de muerte. Las mujeres confundían los nombres de sus hijos hasta dar con el nombre del hijo que les faltaba. Los negociadores de la Iglesia, que almorzaban los guisos olorosos de la felicidad, salieron en estampida por el callejón del Santo Oficio. Los políticos que habían llegado atraídos por un presentimiento equivocado se refugiaban bajo las faldas de las sirvientas. Los caballos de los últimos carruajes que habían arribado a Testamento corrían desbocados arrastrando sus pasajes vacíos y los carros se iban despedazando contra muros y piedras. Enormes llamaradas se levantaron en el Leprosario de María y en otros edificios públicos. La alcaldía y todo el complejo carcelario empezaron a resentir los estragos de una puntería mortal. Dinamiteros estadounidenses se habían desplazado por la rivera del río Pájaros para tender una red de barrenos que se prolongaba hasta el interior del pueblo. A una señal de Zacarías Taylor, una ensordecedora explosión hizo volar todo el contorno de

Testamento. La detonación fue tan poderosa, que los peces del río saltaron muertos del agua y miles de avecillas cayeron sin vida encima de los tejados. Con el primer vuelo de los peces y con el último vuelo de las aves, volaron también las casas de las monjas, las caballerizas de Nicandro, la panadería, los hornos de los frailes, el panteón, el rastro, los talleres de herrería, la adoquinera y los almacenes de grano. De la cantina solo quedó el letrero: «El Buen Ciudadano». El viento se cargó de ceniza y de cal viva.

Un grupo de veinte soldados, quizá los únicos que ya para entonces permanecían en Testamento, salió del pueblo con una bandera blanca y logró llegar hasta la primera línea de combate de los estadounidenses.

—No hay defensa en Testamento —dijo el teniente Elías Abud—. Venimos a ofrecer y a solicitar la rendición.

—Ustedes protegen a los Perros Negros —le contestó el oficial al mando de la primera línea—. Tenemos órdenes de continuar la destrucción del pueblo hasta que nos los entreguen.

—Detenga esta masacre. En el pueblo solo hay civiles.

—Entréguenos a los Perros Negros. Solo así se suspenderá la destrucción.

—Nosotros no tenemos ni conocemos a los Perros Negros.

—Entonces pararemos cuando se aparezcan, cuando den la cara.

Fracasada la rendición, los veinte soldados regresaron a Testamento. Ocho se fueron, diez pelearon hasta morir y dos sobrevivieron ocultos en el sótano de la parroquia.

No había, en efecto, quién defendiera Testamento. Solo sus tres siglos de vida. Despedazar trescientos años de cantera labrada iba a requerir cuando menos la tercera parte de los pertrechos que el ejército de la Unión llevaba. Los artistas más inspirados del norte de la Nueva España, que habían sido arrojados del centro por falta de sometimiento a los caprichos de la corona, habían dedicado su vida a estructurar docenas de pilares barrocos que soportarían tres siglos más, pero que estaban siendo sometidos a la prueba de la guerra. Los cañones dispararon durante doce horas continuas, derrumbando contrafuertes labrados, tirando cúpulas churriguerescas, haciendo pedazos campanarios españoles, destrozando estatuas y vitrales.

En medio de olores de muerte y de azufre, cientos de civiles huían del pueblo, lejos del alcance de los cañones. Monjas y políticos, curas y comerciantes salían por los siete callejones que desembocaban al sur. Obstinados novotexanos volvieron a convertirse en mexicanos mientras corrían, y ateos de siempre buscaban el consuelo de una confesión.

A las ocho de la noche cesó el fuego, los artilleros apagaron sus mecheros y el general Zacarías Taylor se sentó por primera vez en todo el día. Una cortina de sudor le cubría el rostro y su sonrisa forzada descubría su ánimo de frustración. Había hecho lo que su estrategia militar le había susurrado al oído, pero después de aquel primer día de cañoneo se dio cuenta de que la recompensa no era el sentimiento de victoria sino la presión de un nudo absurdo en la garganta.

A lo largo del día, había recibido varias peticiones de Nicandro para hablar con él. De noche ya, cansado y con la sensación de estar contradiciendo sus convicciones militares más profundas, creyó que podría distraerse un poco con aquella conversación, así es que ordenó que le llevaran a Nicandro.

—¿Para qué quería verme, para que detenga el escarmiento?

Nicandro negó con la cabeza.

—¿Y entonces? ¿Va a decirme por fin el misterio de los Perros Negros?

—Tampoco.

—Quiere clemencia.

—Quiero pedirle una merced. Que me deje morir con honor. Quiero que me libere para encabezar la defensa de Testamento.

—En Testamento no hay defensa. Dicen que no hay más de veinte soldados en el pueblo.

—Tomaré el mando de esos veinte. Quiero morir como me comprometí a hacerlo cuando su gobierno me nombró comisionado: dije que de ser necesario moriría defendiendo la capital del Nuevo Texas. Quiero cumplirlo.

—Testamento no es capital de nada.

—Es mi capital, general. Todo lo que tengo.

A las doce de la noche Nicandro Muñoz de la Riva fue liberado. El general Zacarías Taylor lo vio irse entre la oscuridad, montado en un caballo castaño, rumbo a la muerte.

—No se merecía ese honor —le dijo Raymond Purpel.

—No lo hice por él sino por mí. Mañana, cuando estemos cañoneando el pueblo, tendré el consuelo de que no estoy atacando gente indefensa. Será un consuelo hueco, pero al fin consuelo...

Durante aquel primer día de ataque a Testamento, la Legión de la Estrella permaneció bajo los arenales, en las Cuevas de los Espejos. Los legionarios habían escuchado con aparente calma aquel ruido de muerte, pero en realidad solo estaban poniendo en juego su capacidad de espera, entrenados para soportar todo tipo de adversidades con tal de seguir sus propios pasos y no los del enemigo. Un arranque de ira o un impulso de justicia pudo haberlos conducido a las líneas de artillería para detener la destrucción, pero sabían que para ganar la guerra había que imponer las condiciones, no sujetarse a ellas.

Mientras los legionarios discutían y departían en las seis cuevas, tomaban café y preparaban sus armas, Joaquín Baluarte se reunió con los comandantes de las puntas de la estrella.

—Están haciendo pedazos al pueblo y nosotros tomando café —comentó Elías Arcángel en cuanto llegó, sin esperar a que Joaquín Baluarte iniciara la reunión.

—Hay legionarios que piensan que están rompiendo su juramento —apuntó Gabriel Espadas.

—Lo sé —dijo Joaquín Baluarte—. Pero la compasión no es útil como estrategia de la guerra.

—¿Y entonces?

—Impondremos nuestras condiciones.

—¿A costa de la vida de tanta gente?

El día empezaba a oscurecer, y el bombardeo a menguar. Repentinamente, luego del estrépito de la última descarga, el silencio recuperó su espacio. Pero era un silencio colmado de agonía.

—Mañana evacuaremos el pueblo —dijo Joaquín— y en los próximos días entraremos en combate.

—¿Desde Testamento?

—No. La única manera de causarle bajas importantes al enemigo es traerlo al valle.

—Ellos aún son más de siete mil. Nosotros, menos de cuatrocientos.

Joaquín respiró profundamente. Vio el rostro de cada uno de sus comandantes. A pesar de las circunstancias, en ellos no había confusión ni sentimientos de ira. Luego, mirando hacia el único pedazo de cielo que podía verse desde donde estaban, anunció:

—Llegó la hora de recurrir a la formación de la Estrella.

Los jefes de las puntas de la estrella sabían que en cualquier momento escucharían aquella orden, pero no pudieron evitar un sacudimiento interior, como cuando después de ver durante años un objeto sagrado al fin estuvieran autorizados a tocarlo. Desde las batallas de La Ingrata y de Laredo, la Estrella de Uriel no era utilizada.

—Tenemos que propiciar algunas escaramuzas antes. De eso tenemos que hablar. Después repasaremos los desplazamientos de la formación de la Estrella.

Los comandantes discutieron los planes de los días siguientes hasta pasada la medianoche, afinando los detalles de las acciones previas y repasando al final los movimientos de expansión y cierre de la Estrella, adaptándola al número de efectivos disponibles y al número de posibles soldados enemigos.

Al alba, conocedores del ritmo de la guerra y de sus pausas, los Perros Negros entraron en Testamento aprovechando que los artilleros estadounidenses estaban por recargar sus baterías.

Hasta esa fecha, no había memoria de que la Legión de la Estrella hubiera pisado alguna vez tierra poblada.

A las seis de la mañana, los jinetes vestidos de negro entraron por el callejón del Santo Oficio. Aparecieron entre la neblina, como un sueño, mitad silencio, mitad delirio. Los escasos pobladores de Testamento despertaron de su frágil reposo con las pisadas de los caballos que hacía sonar con una nitidez de madrugada el empedrado. Se asomaron a las ventanas, salieron de sus casas o de sus escondites, hurgaron entre la neblina, abrieron los ojos hasta el espanto, distinguieron las primeras sombras, capas negras y viento negro. Eran los Perros Negros. Hubieran querido meterse entre ellos y vitorearlos como libertadores, pero respetaron el desplazamiento de los legionarios, los vieron pasar, los siguieron. Eran fantasmas de negro, intocables, héroes, leyenda pura.

Joaquín Baluarte y sus hombres avanzaron hasta el centro del pueblo, donde se reunieron los apenas trescientos pobladores que aún quedaban en Testamento. Había ancianos, hombres heridos o minusválidos, mujeres desamparadas, adolescentes tristes, niños fascinados. Todos miraban a los legionarios desde una condición de miedo y esperanza, una alegría de liberación aprisionada.

Los Perros Negros formaron la estrella en el atrio de la iglesia. Al frente estaba Joaquín, a quien algunos reconocieron como el protagonista del enfrentamiento con Nicandro. Sí, era Joaquín Baluarte, impasible sobre su caballo negro.

—¡Joaquín, están destruyendo a nuestro Testamento!

El grito se perdió en el espacio abierto de caseríos sin techo, vencidos por la fuerza de la violencia del día anterior.

—¡Hemos venido a pedirles que se vayan del pueblo! —gritó Micael Ángeles.

—¡No nos iremos!

—¡Estamos cuidando a nuestros muertos!

—¡Ustedes son invencibles! ¡Háganlos polvo!

—¡Se tienen que ir! —insistió Micael.

—¡Queremos pelear!

—Sí, queremos pelear. Denos armas.

—Los que quieran pelear, fórmese frente a la parroquia —dispuso Gabriel Espadas.

Un poco más de un centenar de hombres fueron pasando y formaron una deshilvanada línea frente a Joaquín. Eran ancianos, hombres heridos, maltrechos, y algunos adolescentes indignados. Joaquín vio a aquel desesperado grupo de coraje y furia.

—Se incorporarán al Batallón del Santuario —dijo.

Un hombre se adelantó, ayudado por muletas:

—Queremos ser Perros Negros —suplicó.

—Se incorporarán al Batallón del Santuario —repitió Joaquín.

Sin saber lo que estaba ocurriendo, el general Taylor observaba por los catalejos. Lamentó no haber dispuesto que las baterías quedaran cargadas desde la noche anterior. No podía ordenar el inicio del bombardeo porque sus artilleros apenas estaban preparándose para iniciar las operaciones a las ocho de la mañana. Los Perros Negros estaban allí, y él sin poder atacarlos.

—¡Los demás tendrán que salir de aquí! —gritó Micael—. Doce de nosotros los guiarán hasta lugar seguro.

Mientras los nuevos miembros del Batallón del Santuario se incorporaban a sus filas, formadas atrás de la Legón de la Estrella, Joaquín se desprendió del grupo y avanzó lentamente hasta el Leprosario de María, que continuaba en llamas. Una espesa nube manaba de las ruinas. Joaquín contempló aquel polvo de sus recuerdos.

—¿A quién busca, su señoría?

—No busco a nadie. Solo pensaba.

—Yo serví en la casa del gobernador. Fui una de las damas de compañía de Altares.

El huracanado se volvió a mirarla.

—¿Y qué fue de ella?

—Se la llevaron al otro lado del mar.

—Póngase fuera del alcance de los cañones —le aconsejó Joaquín a la mujer—. De preferencia váyase al sur. Y si algún día, por voluntad de Dios vuelve a ver a Altares Moncada, dígale que el amor no prescribe.

Joaquín Baluarte regresó al centro del pueblo y atravesó la formación de la estrella, pasó por en medio de los voluntarios, y encabezando ahora a un escuadrón de ancianos, lisiados y adolescentes, salió de Testamento con sus dos ejércitos: los letales guerreros de la Legión de la Estrella y los desventurados aspirantes al Batallón del Santuario.

Unos minutos antes de iniciar el segundo día de la destrucción de Testamento, Lewis Lifton se presentó en la cabaña de mando y sin pedir permiso entró precipitadamente. Llevaba casi cargando a un texano, insólito sobreviviente de caballería del primer encuentro con los Perros Negros. Sam Thompson, cabo segundo de la reserva de Texas, había logrado regresar desde el campo de batalla en esa madrugada y había revelado tantas fantasías, que los médicos que lo atendieron afirmaron que estaba delirando. Era tanta su ansiedad por contar sus pesadillas de recién renacido, que se le atragantaba el agua que le daban sin que nadie pudiera detener aquel torrente de palabras ininteligibles. Hacia las siete de la mañana, como seguía con sus relatos fantásticos, un médico llamó a un soldado, el soldado a un cabo, el cabo a un sargento y el sargento al capitán.

Y ahora el capitán lo había llevado hasta Zacarías Taylor para que Sam contara nuevamente su descubrimiento. El general minimizó aquella intempestiva visita y con su actitud le dio a entender al capitán que no volviera a interrumpirlo, menos a unos minutos de ponerse otra vez al frente para supervisar el cañoneo a Testamento. El jefe del ejército de la Unión se acercó al cabo, escuchó sus palabras a medias, volvió a su mesa, garabateó algún apunte, se levantó de nuevo, y estaba por echar al capitán y al embustero cuando reparó en una revelación del cabo: los Perros Negros se escondían bajo la arena.

—¿Bajo la arena?

—Hay cuevas. Entran y salen de ellas. Deben de ser grandes porque caben cientos, con todo y caballos.

—¿Usted los vio, cabo?

—Con estos ojos, general. Y luego hui... hui... me faltaba agua, me moría.

El general Taylor se aseguró cuanto pudo de que Sam estaba en condiciones de ubicar el lugar exacto de las cuevas y luego ordenó que atendieran a aquel cabo de la mejor manera para que pudiera recuperarse y siguiera revelando aquella información de oro.

—Ya no perdamos tiempo en Testamento —dijo el capitán.

—No es tiempo perdido, capitán —repuso Taylor—. El ataque a Testamento debe continuar. Primero, para que Joaquín Baluarte no tenga el más mínimo indicio de que conocemos su secreto y, segundo, porque lo que está sucediendo en este pueblo será un escarmiento para todas las poblaciones por las que tengamos que pasar en nuestro camino a la Ciudad de México. Mientras tanto, hay que planear minuciosamente cómo sacaremos a los Perros Negros de sus madrigueras.

Un día después, seiscientos elementos de los Leones Montados, apoyados por cincuenta cuarterones excavadores, descendieron cautelosamente. Con pequeñas avanzadas se aseguraron de que no había peligro para adentrarse en los médanos. Sam Thompson iba con ellos, no al frente, porque su vida era la más preciada entre aquellas vidas, pero él determinaba la dirección que tomaba la caballería.

Cuando llegaron hasta la entrada de los subterráneos, cerca del mediodía, observaron las huellas de la caballada de los Perros Negros, lo que les indicaba que habían llegado al sitio adecuado.

De acuerdo con el plan de Zacarías Taylor, quinientos ochenta elementos formaron un semicírculo en torno de las entradas, mientras que veinte soldados y el grupo de cuarterones se introdujeron sigilosamente en las cuevas e hicieron explotar en su interior docenas de bombas tóxicas. Algunos estadounidenses no alcanzaron a salir, asfixiados por su propio veneno, en tanto que el resto huyó del aire enfermo apenas a tiempo para no sentir en la garganta el gas de la muerte. El comandante de la expedición vio salir a sus soldados y ordenó el movimiento previo a la primera descarga. Pronto los Perros Negros empezarían a escapar como ratas y estarían a tiro para ser arrasados. Se acabaría la farsa, reventaría la leyenda, la Legión de la Estrella se evaporaría en un instante.

Zacarías Taylor intentaba sin fortuna seguir aquellas maniobras, imposibilitado por la distancia para apreciar los detalles. De pronto un descomunal hongo fluorescente iluminó el día y una formidable descarga sacudió el Santuario. Una inmensa nube oscureció el día. Pedazos de caballo estadounidense confundidos con extremidades y vísceras humanas volaron a varios kilómetros de distancia. Zacarías Taylor quiso adivinar lo que estaba pasando: no sabía que sus seiscientos Leones Montados acababan de ser devorados por un lengüetazo de fuego.

Aquello no fue producto de un accidente. La explosión de los subterráneos había sido planeada durante la noche en que se congregó completa la jefatura de la Legión de la Estrella. Joaquín Baluarte, luego de la reunión, llamó a Nicodemo de la Cruz, Cleofas del Carmen y Heraclio Santa Cruz, miembros de la compañía de Jesús, y les dijo:

—Todos moriremos en los días siguientes, pero necesito pedirles un servicio para la causa: que se apresten a morir mañana.

Nicodemo, Cleofas y Heraclio eran tres españoles que habían vivido en Pamoranes desde la segunda década del siglo. Alumnos de Uriel Baluarte, aprendieron a profundidad los misterios mágicos de los explosivos. A partir de elementos primarios podían fabricar grandes cantidades de dinamita. Por sus manos pasaron tantos materiales inflamables, que se decía que con tan solo aplaudir al mismo tiempo eran capaces de volar la catedral del Nuevo Santander.

Jacinto Sereno, el huracanado de sesenta años a quien Joaquín Baluarte había nombrado comandante del Batallón del Santuario y que había ido hasta los arenales para recibir instrucciones, pidió quedarse con los jesuitas. Veterano de las batallas de La Ingrata y de Laredo, conocía muy bien el poder destructivo de las explosiones tácticas.

—Usted lo que quiere es morirse —dijo Joaquín.

—También —contestó Jacinto—. Ya no puedo ser Perro Negro y no quiero conducir al Batallón del Santuario.

—El Batallón del Santuario es mi secreto.

—Puede ser, pero para mí es el batallón del desecho. Y soy muy orgulloso para aguantarlo.

—Decídalo usted —concluyó Joaquín.

Jacinto Sereno se quedó. La Legión de la Estrella, por su parte, abandonó las Cuevas de los Espejos y se marchó hacia el sur del desierto.

—En cuanto los gringos se asomen —había sido la última orden del huracanado—, enciendan las mechas.

Los tres jesuitas, Jacinto Sereno y cinco ayudantes trabajaron febrilmente tendiendo su mortífera red. Distribuyeron más de veinte toneladas de dinamita bajo la arena y una cantidad menor en los subterráneos. Un diámetro de quinientos metros alrededor de las cuevas quedó convertido en zona de detonación.

Los soldados de Estados Unidos apenas tuvieron tiempo de ver algunas chispas que sobresalían de la arena antes de sentir el enorme estallido.

Enterada del itinerario que seguiría el carruaje de Anastacio de la Mora, Altares pidió que la dejaran en Real del Cobre, ubicado al sur del Santuario y en donde estaban apostados los curiosos, los observadores y los corresponsales de guerra.

Apenas iniciaron la marcha, el jefe del Partido Central intentó saber algo de Joaquín Baluarte, pero las respuestas breves de Altares y su actitud indiferente lo hicieron desistir, así es que dejó de hacer preguntas y se limitó a procurar ser amable. Finalmente les había tomado ventaja a sus adversarios: mientras todos contaban fantasías acerca de una supuesta relación con los Perros Negros, él tendría una historia verídica qué contar, a la que podría, en caso dado, agregar dos o tres pasajes sin que nadie se atreviera a desmentirlo.

Lo que el carruaje encontró en el camino una vez que dejó atrás San Luis Potosí era territorio de pesadumbre. Anastacio de la Mora y sus acompañantes se quedaron pasmados: cientos de muertos yacían a todo lo largo del trayecto; restos de familias completas, a medio devorar por los animales, se abrazaban bajo los cactus; blancas osamentas de peregrinos que fueron sorprendidos por la muerte antes de arribar a los poblados permanecían con las mandíbulas abiertas. Los buitres, que nunca habían disfrutado de un festín así, se daban el lujo de dejar carne adherida a los huesos. Pero si los muertos le daban al paisaje un aire macabro, los vivos le impregnaban su desesperación: miles de caminantes de rostros marcados por el miedo huían y suplicaban, mujeres de pechos secos cargaban niños hambrientos; turbas angustiadas avanzaban hacia el sur intentando sustraerse de la metralla solo para enfrentar otro tipo de muerte, la que causaban la sed, el hambre y el pillaje. El carruaje de Anastacio de la Mora estuvo a punto de ser asaltado varias veces por la chusma famélica, pero su escolta militar logró evitar el despojo. Cientos de manos temblorosas se alargaban hacia las ventanillas, y sombras ansiosas corrían unos metros a la par del vehículo.

A pesar de las contingencias del camino y de los vómitos que seguían importunándola, el aire del altiplano revivió en Altares el deseo de llegar hasta Testamento. Sus padres iban pensativos, sin poder descifrar el sentido de aquel viaje, guiados exclusivamente por el espíritu voluntarioso de Altares, a la que querían más de lo que la entendían. Carolina Durán la observaba en silencio.

El carruaje arribó a Real del Cobre la tarde del 31 de marzo. La población, ubicada dentro de la Sierra Madre, no estaba en la ruta de la invasión y por lo tanto no había sido evacuada. Estaba convertida, como otras villas, en refugio de los que huían de la guerra.

Anastacio de la Mora le dio la mano a Altares para ayudarla a bajar del carruaje.

—Ha sido un placer poder servirle. Por favor, dígale a su señor esposo, a don Joaquín Baluarte, que Anastacio de la Mora ha tenido el honor de traerla.

—Dios lo recompense —dijo Noelia.

—Lo ha hecho ya, señora. Me siento muy honrado.

La familia Moncada Berriosábal y Carolina Durán fueron a la casa de los Güémez, sus amigos de décadas. Alberto Güémez y Rosario Castillo los recibieron con tanta calidez como curiosidad. Estaban enterados del matrimonio de Altares con Nicandro y de la otra historia, la de una boda solitaria con un fantasma que después se levantó como una leyenda junto con la leyenda de los Perros Negros. Había tema para la conversación, sin duda.

Altares dejó que sus padres se hicieran cargo de las palabras de recíproco afecto y que contestaran las preguntas de sus anfitriones como quisieran. No le interesaba aclarar dudas ni alimentar rumores. Solo quería descansar y después saber cómo podría ir a Testamento o al Desierto del Santuario. Agotada por las más de sesenta horas de viaje, se sentó en un sillón amplio y oyó sin escuchar lo difícil que era la vida en estos tiempos, las privaciones a que obligaba la guerra, los Güémez ya no viajaban, con tanto que les gustaba, qué vida, y cómo estaba ella, Altares, habían sabido, claro, que era la primera dama del Nuevo Texas, ojalá, ya ve México cómo está, en cambio Estados Unidos, no es por otra cosa, es que la vida es tan corta, y también supimos el rumor ese, ya saben, lo de la otra boda, cuéntenos... Hacia las diez de la noche la despertaron para conducirla a una habitación, especialmente preparada para ti, hija, y ella se dejó llevar atrapada por un cansancio que la hizo dormir trece horas.

Hacia las once de la mañana, en el comedor, Altares preguntó cómo podría llegar a Testamento.

—Ni lo pienses, hija —contestó Rosario—. Quién sabe qué estará ocurriendo allá, ya ves, con la mala suerte de que está en el camino de la guerra.

—Quiero reunirme con mi marido.

—Dicen que lo tienen los norteamericanos. ¿Qué no era amigo de ellos?

—Quiero reunirme con Joaquín Baluarte.

—¡Ah! —exclamó Rosario. Y no supo qué decir.

—Al único lugar al que se puede llegar es a La Gabia —terció Alberto Güémez—. Entrar a los arenales es muy peligroso.

—¡Cómo estará todo de revuelto —dijo Rosario, recuperada— que hasta dicen que el párroco de Testamento anda en el lío!

—¿Urbano Terán?

—Alba Trujillo, ¿te acuerdas de ella? La del mechón amarillo, ¿te acuerdas? Llegó ayer de La Gabia, y me dijo que allí vio al padre Terán entre un montón de bandidos.

—Quiero ir allá —dijo Altares—. Urbano Terán sabrá dónde está Joaquín.

Noelia Berriosábal quiso disuadir a su hija, buscó que Alberto y Rosario la apoyaran sumando argumentos y relatos de terror y muerte en aquella zona, pero Alberto no tenía nada qué contar y Rosario estaba atrapada en la historia de amor que siempre soñó, así que poco hicieron para respaldar a Noelia. Rafael Moncada, por su parte, parecía estar demasiado cansado para intervenir.

—Estamos agotados, hija.

—Si lo que necesitas es un sacerdote —dijo Rosario—, por aquí ha andado rondando Pedro Pablo Salvatierra, el pelón, ese que llegó a Testamento y jamás abrió la iglesia.

Altares no hizo caso del comentario de Rosario, ella no necesitaba a un sacerdote; necesitaba a Urbano Terán.

—Solo iré yo, mamá. Espérenme unos días aquí. Ya les mandaré noticias mías.

Los Güémez estuvieron encantados de facilitarle un coche y un mozo, y Carolina Durán alegó derechos de antigüedad para acompañarla. Así es que al mediodía, Altares y sus acompañantes emprendieron el camino. La Gabia estaba a treinta kilómetros de Real del Cobre, pero debido a lo escabroso del camino tardaron ocho horas en llegar.

De noche, la confusión que había en La Gabia se acentuaba, de manera que lo que percibió Altares fue la imagen de un pueblo errante. Todos parecían estar yendo a alguna parte sin salir de ninguna, como si estuvieran dando vueltas en círculo para pasear su desconcierto. Había gente armada por las calles y a pesar de la distancia de la guerra La Gabia parecía violenta. Altares prefirió buscar alojamiento y esperar al día siguiente para preguntar por Urbano Terán.

Durmieron en una nave inmensa, llamada la Piedad de Guadalupe, en donde se confundían los ricos fugitivos con los refugiados hambrientos, los políticos de poca monta con los facinerosos en receso, los miserables de siempre con los pobres por las circunstancias. Había más de trescientas personas allí, pero ninguna parecía estar ocupada en actividades criminales, como si la falta de techo las uniera en una cofradía de temor y sueño. Un acordeón arrinconado ejecutaba pedazos de nostalgias.

Antes de que terminara de clarear, Altares Moncada y Carolina Durán salieron de aquella comunidad errante y fueron hasta el carro, donde el mozo había dormido.

Luego de preguntar durante más de dos horas, Altares supo que su esperanza se reducía a ir la Hacienda de la Raya, donde, le dijeron, estaba un extraño ejército de viejos, niños y minusválidos que se hacía llamar el Batallón del Santuario.

Allí encontró a Urbano Terán, ocupado en engrasar armas y afilar bayonetas. Para llegar hasta él, Altares tuvo que recorrer doscientos metros en medio de una soldadesca inofensiva y alegre, que tuvo tiempo para seguirla con los ojos.

No era solamente porque la presencia de una mujer en aquel falso cuartel era inusitada, sino porque además era la mujer más hermosa que hubieran visto. Solo los que procedían de Testamento sabían quién era. Y unos cuantos lo dijeron:

—Es Altares Moncada.

—Es bellísima —suspiró un hombre sin brazos.

—Es el camino al cielo o al infierno —añadió otro.

—¿De veras es tan bella? —preguntó un ciego.

—Nada más por la gloria de mirarla, valdría la pena que pudieras ver —le contestó un hombre contrahecho. Y el anciano más anciano de todo el Batallón quiso decir algo, pero las palabras se le quedaron en la lengua, con la que remojó un cigarrillo mientras veía pasar a Altares.

Urbano Terán sintió que alguien se había detenido a su espalda y volteó.

—Niña... ¿qué hace aquí?

—Lo que Dios ata... —contestó Altares.

—Si buscas a Joaquín, está en el frente, con sus Perros Negros.

—¿Ustedes son también Perros Negros?

—Somos una raza menor. Somos apenas el Batallón del Santuario.

—Necesito ir a donde está Joaquín.

—Imposible. Donde está rondan cañones y muerte. Testamento y el desierto son lo más parecido al infierno.

—Tengo que ir. Puede morir sin saber que llevo un hijo suyo.

—Los norteamericanos están por bajar la cordillera.

—No me importa.

—Joaquín me mataría si te dejo ir. Espera aquí y pídele a Dios por él.

—Entonces, hágale saber que su esposa y su hijo lo estarán esperando en Testamento.

—No pensarás ir.

—Bordearé el arenal por el Presidio de Malpaso. Ya una vez lo hice.

Urbano Terán pensó en detenerla, pero imaginó inútil el esfuerzo.

—Quisiera detenerte, Altares. Pero ni todos los que estamos aquí, formando parte del triste Batallón del Santuario, podríamos con tu energía. Y pensar que Joaquín cree que nosotros, que no somos capaces de detener a una mujer enamorada, vamos a detener al general Taylor.

—Dígale que lo esperaré en el Leprosario de María.

—Todo está destruido.

—Entonces me encontrará entre las ruinas —dijo Altares, y antes de que Urbano Terán articulara un argumento para detenerla, la esposa de Joaquín Baluarte volvió a pasar por en medio de la tropa.

En cuanto Altares se fue, Urbano Terán buscó a Fidencio Arteaga para contarle aquella visita insólita.

—¿Tú no has visto al comandante muy triste últimamente? —preguntó Urbano.

—Muy triste —reafirmó Fidencio.

—Pues vamos a alegrarle la vida. Búscate una pluma.

—¿Otra carta, padre?

—Ya no soy sacerdote.

—Bueno, pero ¿otra carta?

—Otra, pero esta vez no inventaremos nada. Le diremos tal cual lo que me dijo Altares.

Y los dos hombres se retiraron al rincón más apartado de la Hacienda de la Raya y comenzaron a escribir.

«Lo que Dios ata...», empezaba la carta.

Altares Moncada no sabía que más que ir a esperar a Joaquín a Testamento hubiera podido ir a buscarlo a la Región de Sombra, apenas separada quince kilómetros de La Gabia, donde la Legión de la Estrella estaba apostada mientras los comandantes afinaban los detalles del gran encuentro con el grueso de la columna estadounidense.

Sabían que después de la gran explosión, el ejército invasor no jugaría más a los combates parciales y que por fin bajaría de la cordillera para enfrentarlos e intentar cruzar el desierto. Probablemente se estaba acercando el momento de la muerte. Pero antes la Estrella de Uriel volvería a cubrir los arenales y a alumbrar la noche, quizá en la batalla más cruenta del desierto de México.

Después de terminar el repaso de los movimientos letales de la Estrella, Joaquín fue hasta la zona de tumbas, donde se enterraba a los legionarios muertos en combate. Allí estaba Gabriel Santoscoy con los siete buenos ciudadanos. Desde que abandonaron Testamento, habían trasladado la cantina de su costumbre a los arenales. Mezcal, jerez, oporto, tequila, sotol y algunos licores de frutas integraban su arsenal. Ni Perros Negros ni asistentes: se la habían pasado cantando bajito y consumiendo las reservas de sus pertrechos etílicos. Iban a donde fuera Joaquín, pero no se acercaban a la batalla. Aguardaban a una prudente distancia que les había permitido sobrevivir sin gloria y de paso seguir escribiendo tristes romances sin apego. Canciones que aunque eran concebidas en el anonimato, tenían la virtud de divulgarse con extrema facilidad entre las trovas del pueblo.

—Allí viene el jefe —dijo Gabriel. Y los siete buenos ciudadanos se pusieron de pie como pudieron.

—Gabriel —anunció Joaquín—. La batalla final está muy cerca. Tengo para ustedes una misión.

El rostro de los siete buenos ciudadanos se iluminó, y Gabriel sonrió, irónico y satisfecho. Su forma de ver la vida le daba espacio para ponerse a la altura en las circunstancias más graves y sonreír en los momentos de aprieto.

—Se incorporarán al Batallón del Santuario. Y algo más, Gabriel: tú serás el comandante.

—¿Comandante? Apenas puedo comandarme solo.

Los siete buenos ciudadanos asintieron.

—Sí: comandante. Iremos a La Gabia y te presentaré a los miembros del batallón.

—Los he visto. Apenas sobreviven. Nunca vi una retaguardia militar más inútil ni más hermosa.

Antes de que los siete buenos ciudadanos mostraran su acuerdo, Joaquín fue por su caballo y luego pasó por ellos. Los nueve jinetes llegaron a La Gabia en dos horas.

Allí Joaquín dispuso la formación del Batallón del Santuario. El mayor de sus integrantes tenía ochenta y ocho años y el menor, doce. Eran ciento setenta y siete hombres a medias, lisiados, ciegos, mutilados y buenísanos. Los que estaban completos tenían algo de más o de menos: a los ancianos les sobraba edad, a los bebedores les faltaba alcohol, a los lesionados les sobraba rencor, a los adolescentes les faltaban años.

—Guerreros —les dijo—. Está por comenzar la defensa del Santuario. Enfrentamos a un enemigo trece veces más numeroso y veinte veces mejor armado. La Legión de la Estrella necesitará de su ayuda.

—¡Queremos estar al frente! —gritó un hombre al que un cañonazo en Testamento le había dejado la huella de una cirugía insólita: le había arrancado los diez dedos de las manos.

—Lo estarán, pero no ahora. Ya recibirán instrucciones. Ahora he venido a prevenirlos para la guerra y a darles la triste nueva de la muerte de su comandante. El hermano Jacinto Sereno murió al detonar toneladas de dinamita para menguar al enemigo.

Los soldados del Batallón del Santuario levantaron los ojos al cielo, incluso los ciegos. Aquella reacción espontánea revelaba de dónde creían aquellos hombres que había bajado Jacinto Sereno al mundo.

—He venido también a presentarles a su nuevo comandante —Joaquín hizo que Gabriel se adelantara un paso—. Su nombre es Gabriel Santoscoy.

—¡Queremos vestir de negro! —pidió exigió un adolescente retador.

—Se les avisará cuando estén autorizados para hacerlo.

Joaquín y Gabriel pasaron revista al Batallón del Santuario y luego Gabriel dio su primera orden:

—Regresen a lo que estaban haciendo —lo dijo muy serio, aunque con la duda de si no habría otra manera más militar de desbandar aquella formación deficiente.

—Pronto te enviaré instrucciones —le dijo Joaquín a

Gabriel. Y estaba por regresar a la Región de Sombra cuando Urbano Terán y Fidencio Arteaga lo detuvieron.

—Comandante —anunció Fidencio—. Aquí le dejaron esto.

Y le extendió una carta, la carta de Altares Moncada. Joaquín vio a Urbano y a Fidencio y se dio cuenta de que aquel embuste le causaba sentimientos encontrados: lo irritaba que tomaran el nombre de Altares para alentarle la vida, y lo conmovía ese empeño tramposo por mantenerlo vivo.

De todos modos, abrió la carta.

—Así que estará en Testamento.

—Sí —contestó Urbano Terán—. Me dijo que lo esperará en el Leprosario de María.

—¿Le dijo? —preguntó Joaquín.

—Sí, ella trajo la carta.

—Claro —asintió Joaquín, escéptico, sorprendido de hasta dónde podían llegar el expárroco y el exsacristán.

—Y otra cosa —dijo Fidencio, y bajó la voz para hablarle en secreto a Joaquín—: nosotros lo conocimos primero, lo casamos, le salvamos la vida, perdimos todo por su causa; ¿no cree que Urbano Terán debería de ser el comandante del Batallón?

Joaquín miró al sacristán con impaciencia.

—Obsérvelo —continuó Fidencio—: él tuvo el valor de casarlo sin novia; usted puede hacerlo comandante aunque el pobre no sepa disparar un arma.

—Ustedes son hombres de Dios, Fidencio.

—¿Que nunca ha visto a un hombre de Dios cuando se le mete el diablo?

—En esta guerra todos traemos el diablo adentro.

Joaquín dio vuelta a su caballo y emprendió el galope. En el camino estrujó la carta contra su pecho. «Y tú del otro lado del mar», suspiró.

De los nueve mil doscientos efectivos con los que había atravesado la frontera, el general Taylor había perdido a los mil doscientos de la guardia de Texas y a novecientos noventa y cinco de la columna principal, de manera que cuando la madrugada del 4 de abril decidió bajar al valle para internarse en el Santuario, el ejército de la Unión contaba con siete mil.

Para realizar el descenso y avanzar en el desierto, Zacarías Taylor dispuso que mil de sus elementos de caballería marcharan al frente y que los doscientos restantes protegieran los flancos de la columna; en medio iban los Dragones y en la retaguardia la artillería, con sus cuarterones, esclavos y animales de tiro. Para el despliegue, los cañones habían sido montados en los volquetes y se había tomado la precaución de desarmarlos lo menos posible para poder disponer de ellos rápidamente, en caso de un ataque repentino.

A las diez de la mañana, después de haber avanzado quince kilómetros en el desierto, se detuvieron para tomar una ración de alimentos y descansar a los caballos. Una hora después retomaron el paso creyendo que la luz del día era su mejor protección para realizar la marcha sin zozobras, pero pasadas las doce el general Taylor levantó el brazo para ordenar un alto, pues había ocurrido lo inesperado: a unos quinientos metros estaban los Perros Negros.

Los legionarios del arenal formaban una doble línea de frente al ejército intervencionista, a medio kilómetro de la primera línea de avance.

Zacarías Taylor ordenó un alto. De ser un ejército ordinario el que los desafiaba, habría simplemente que instrumentar el ataque. Pero era la Legión de la Estrella, la que tantas bajas le había causado utilizando tácticas sorpresivas. Así es que el general improvisó una reunión de su estado mayor.

—Básicamente, hay dos posibilidades —dijo Taylor, después de escuchar las opiniones de sus oficiales—. Los atacamos y nos enfrentan, o los atacamos y se retiran, buscando atraernos hacia el centro del desierto. Avanzaremos y si nos dan combate allí mismo los acabamos. Si se retiran, frenaremos la persecución. En todo caso, nosotros vamos a seleccionar el escenario del combate.

El ejército reanudó la marcha, pero ya no a paso de camino sino a tranco ligero. Zacarías Taylor, montado en un caballo blanco, se desplazaba al frente de su contingente.

Media hora después, aunque los caballos de la Unión marchaban a trote y los Perros Negros seguían en su sitio, ambos contingentes continuaban a quinientos metros de distancia. Era como si las milicias de la Unión estuvieran caminando en el mismo sitio del arenal. Y no había manera de corroborar si estaban avanzando: no había ni un arbusto para cotejar la distancia, y la lejana Sierra Madre no era útil como punto de referencia. Lo único que había para orientarse eran los Perros Negros y el sol. A la una de la tarde, Zacarías Taylor, perturbado, volvió a ordenar que la columna se detuviera. Auxiliado por los catalejos observó al ejército enemigo, y entonces oyó que uno de sus oficiales decía tímidamente, como quien arriesga una hipótesis ridícula:

—A menos que estén avanzando hacia atrás.

Algunos oficiales disimularon una sonrisa, pero el general tomó aquello con seriedad.

—Eso es —dijo.

El mediodía había convertido el desierto en un mar de cristales. Espejismos de vapor y agua cubrían toda la extensión del valle. Cientos de buitres merodeaban la zona con su infalible presentimiento. Miles de soldados sintieron que sus ojos se inutilizaban en el reflejo de la arena. Entonces, los Perros Negros, que parecían formar parte del gigantesco espejismo, se dieron la vuelta y se colocaron en posición de retirada.

Zacarías Taylor, molesto por haber caído en aquel engaño, ordenó que la infantería se quedara, que la artillería avanzara como pudiera y que la caballería iniciara de inmediato la persecución. Después de haber cabalgado inútilmente sentía una prisa incontrolable por acabar con aquella pesadilla. Había olvidado su primera decisión de no seguir a los Perros Negros.

La columna estadounidense emprendió el galope de asalto, desplazándose con dificultad sobre la arena. Los Leones Montados cabalgaban precipitadamente, intentando acercarse a los Perros Negros para tenerlos a tiro, pero la distancia seguía siendo la misma. Era como si el desierto se estuviera deslizando bajo los cascos de los caballos invasores y la distancia se prolongara indefinidamente. El sol, en el cenit, comenzaba a calcinar la tierra. La arena tomó una coloración blanquecina y se hizo más difícil de trasponer. Ardía la distancia, el polvo, la mirada; caballos y jinetes se quemaban al contacto del aire. Una sed de cien sequías empezó a asolar el páramo. Pero Zacarías Taylor, al frente de la fracción más agresiva de su ejército, dejaba claro con su avance que el galope no debía detenerse: había que cazar a la Legión de la Estrella, aunque pareciera estar colocada en la fatal distancia de quinientos metros.

—¡Apuren el galope! ¡Ya están más cerca! —ordenaba y se engañaba el general.

La persecución se prolongaba. Había pasado más de hora y media desde que los legionarios habían emprendido la retirada. Inmensas nubes de polvo dificultaban la mirada y el avance.

A las tres y media de la tarde, la caballería de la Unión, agobiada por el cansancio, se vio obligada a detenerse. Consumidos por la sed, los caballos se resistían a avanzar. De pronto alguien le señaló al general Taylor hacia el frente: pequeñísimos, allí estaban los Perros Negros, a pie.

—También sus caballos reventaron —dijo el general—. Nos acercaremos lo suficiente para disparar.

Los caballos avanzaban lentamente, pero avanzaban. Esta vez la distancia cedió. A menos de trescientos metros ya, el general ordenó posición de tiro. Y apenas tuvo tiempo de detener la masacre de sus propios soldados cuando distinguió la bandera de la Unión.

—Es nuestra infantería —dijo, absorto—. ¿Dónde estamos?

Entonces se dio cuenta: los Perros Negros los habían hecho seguir un círculo. Habían regresado al punto del que habían partido. Estaban tan cerca de Testamento como lo habían estado en la mañana. A la ira por aquel embuste, en el ánimo del general Taylor se sumaba el temor por lo que vendría después. Habían sido engañados a plena luz. ¿Qué ocurriría cuando oscureciera? ¿Y dónde estaba ahora la Legión de la Estrella? Zacarías Taylor comisionó a un grupo de Leones Montados para que fuera por la infantería, mientras la caballería descansaba. Pero el mal ya estaba hecho. Los caballos se habían agotado y tardarían más de veinticuatro horas en recuperarse. Si la marcha continuaba de inmediato, podría morir la mitad de la caballada. Y eran la cinco de la tarde. Apenas restarían dos horas de luz. El general Taylor sabía que existía la posibilidad de sufrir un ataque nocturno por parte de los Perros Negros. Y no tenía más remedio que pernoctar en el desierto.

El carruaje de los Güémez, en el que viajaban Altares Moncada y Carolina Durán, atravesó los Llanos del Profeta y entró al Presidio de Malpaso.

—¿La señora desea descansar aquí? —preguntó el mozo.

—No descansaremos hasta Testamento.

Recorrieron la calle principal del pueblo, abandonado y frío. Como estaba por caer la noche, Carolina volvió a preguntar si no sería prudente dormir allí, algún lugar habría. Pero la mirada de Altares le hizo comprender que el único destino posible era Testamento, de manera que siguieron avanzando en medio de aquel caserío fantasma, en el que las sombras parecían moverse silenciosas, ya sin miedo, ya sin vida, ya sin temores de ninguna calaña. La guerra había destruido al pueblo sin tocarlo.

Cuando salieron del Presidio de Malpaso, bordearon el arenal para llegar a Testamento. La noche tenía ojos de lobo. Impávidas, las fieras los veían pasar, los seguían a trote, como esperando el momento de atacar. Altares tomó un rifle y se preparó. No dispararía a menos que algún lobo intentara atacar a los caballos o irrumpir en el carruaje. Lo hizo en cuatro ocasiones, serena, fría, como cuando su padre le prestaba la carabina para espantar a los cuervos. A veces los perdía de vista, pero el brillo de sus ojos los delataba en medio de la noche. Allí seguían, fieles a su hambre, pacientes cazadores de la oscuridad.

La primera luz alejó a los lobos, que se habían quedado en el contorno de los arenales, habituados a noches de hambre y a noches de hartazgo. Presencias de alucinación, para ellos el carruaje había pasado como sombra.

A las seis de la mañana, el carro descendió por la Hondonada del Santo Niño del Carbón y tomó rumbo a Testamento. Desde la distancia, se podían apreciar las ruinas, humeantes y solitarias.

Entraron por el Callejón de los Perseguidos y luego tomaron el de la Novia Nueva para dirigirse al leprosario.

Las ruedas se atoraban entre la pedacería y las columnas que yacían rotas a media calle. Muros completos se habían venido abajo. En el leprosario, el cascarón se había derrumbado totalmente. Una de las campanas de la iglesia había volado desde la cúpula de la nave mayor y estaba entre los despojos. Las mujeres se dieron cuenta de que era imposible quedarse en el leprosario, como habían pensando hacerlo, y pasaron de largo hasta el centro del pueblo. La devastación era brutal. Los callejones estaban cubiertos de desechos, de paredes calcinadas, de vitrales rotos y pedazos de cantera labrada. Y de cadáveres: solo en su recorrido, Carolina Durán había contado catorce muertos. En la fuente de agua de la plazoleta flotaban otros siete. Aunque muy dañada, la iglesia seguía en pie. Un viento helado las hizo estremecerse cuando entraron en ella. Entonces oyeron el lamento del aire, un rumor de hielo que lloraba aquella destrucción inútil.

Altares y Carolina avanzaron sigilosamente por la nave, como si temieran ofender al viento que se colaba por todas partes imponiendo su luto.

—¡Miren que suerte! —gritó alguien. Y la voz se multiplicó en el vacío de la iglesia.

Las mujeres vieron a un hombre sentado en el altar. Quisieron ir hacia la puerta, pero había otros tres hombres en la iglesia. Se acercaron a ellas lentamente, casi con la misma actitud que los lobos del arenal.

—¡Es la gobernadora! —se sorprendió uno.

—¿La esposa de Joaquín Baluarte? —preguntó el segundo.

El tercero estaba absorto, contemplando a Altares. Si alguna maldad había imaginado, ahora no era más que un siervo de lo que brilla.

—¡Es la esposa de Joaquín Baluarte! —gritó uno de sus compañeros, pero él seguía hechizado, ajeno a la perversidad y al miedo.

Los otros tres hombres tuvieron que llevárselo por la fuerza, mientras hacían caravanas de salvación y huida. La iglesia volvió a quedar en silencio. Pero Altares y Carolina ya no se sintieron seguras allí. Decidieron, entonces, ir al Palacio de Gobierno, donde antes estaba la alcaldía de Testamento y donde después se habían habilitado, con gran pompa, las oficinas del gobernador del Nuevo Texas. Era, en efecto, el edificio que parecía tener menos daños, a pesar de que más de la mitad estaba derruido.

Necesitaban dónde descansar, dónde sentir un techo protector, dónde pensar qué seguía en aquel viaje incierto. Ya en el interior del Palacio, el sonido de una silla que era arrastrada estuvo a punto de hacerlas huir, pero prefirieron averiguar de qué se trataba. Evidentemente, alguien que quisiera esconderse se cuidaría de no hacer ruido. Los intermitentes sonidos las guiaron hasta la oficina del gobernador.

Altares creyó estar imaginándolo todo cuando vio a Nicandro escribiendo sobre el escritorio. Nicandro levantó la mirada.

—Señora —dijo—. Ha vuelto. Estaba escribiendo la orden para su regreso.

Altares se acercó, mientras Carolina permanecía en la puerta.

—Perdone que no me levante —dijo Nicandro—. Esta guerra me ha producido ciertos dolores en el pecho.

Su corbatín y su camisa de gala estaban manchados de sangre.

—Señora, le ruego que se siente —continuó Nicandro—. En un par de días se firmará la independencia del Nuevo Texas y usted será, como se lo prometí, la primera dama de la República.

Altares permanecía en silencio. Nicandro hablaba lentamente, pero no había pausa en sus palabras.

—No sé si usted autorizará, señora. Le pido que lo haga. Tal vez su amable acompañante, su estimada nana, nos pueda ayudar limpiando la mesa del salón de acuerdos y confeccionando la bandera del Nuevo Texas. He convocado al general Antonio López de Santa Anna y al general Zacarías Taylor para que de una vez arreglemos las diferencias. Llegarán de un momento a otro. Y luego, ya ve usted, el pueblo está hecho un desastre. He ordenado su inmediata reconstrucción para que los señores generales vean que somos gente de bien.

Nicandro se detuvo, vio a Altares largamente. Y luego volteó hacia la puerta. Se quedó mirando con atención, como quien presiente que en unos instantes entrará alguien a quien hay que recibir con deferencia. De pronto se levantó.

—¡General! —exclamó, dio unos pasos para rodear el escritorio, y se derrumbó estrepitosamente muy cerca de Altares.

Ella se sobresaltó, pero de inmediato se inclinó y le tocó el rostro. En él latía aún una fiebre ardiente, pero en un instante un sudor helado cubrió aquella muerte sin nacionalidad ni bandera. Los labios tenían una palabra a medio hacer. Los ojos parecían ver la patria a la que renunció y la patria que no logró erigir.

Auxiliadas por el mozo que las acompañaba, Altares y Carolina llevaron el cuerpo de Nicandro al patio del Palacio y aprovechando las zanjas abiertas por el cañoneo lo sepultaron. Nicandro Muñoz de la Riva quedó, así, en el centro de su república, intestado en Testamento.

Zacarías Taylor dedicó las dos horas de luz a escoger el sitio en el que pasarían la noche, a distribuir a su ejército y a preparar una secuencia de guardias que redujera el riesgo de una sorpresa. A sugerencia del teniente del agrupamiento Jefferson, dispuso que esta fuera la única parte de la columna que pernoctara separada: lo haría a trescientos metros, de la manera más discreta, sin fogatas, sin ruido, por si era necesario contar con una fuerza que entrara sorpresivamente en combate ante la eventualidad de un ataque de los Perros Negros.

Los estadounidenses estaban seguros de que la Legión de la Estrella los enfrentaría en cuanto cayera la noche, así que ni los soldados que estaban autorizados a dormir lo hicieron, atentos hasta al ruido del viento.

—Yo creía que conocía la oscuridad —decía Taylor a un grupo de oficiales—. Pero ahora la conozco. No hay oscuridad más total ni más bárbara que la del desierto.

Tenía razón: a cinco metros apenas podía distinguirse un movimiento y a diez era imposible. La noche, saturada de oscuridad, era una pesada carga en los hombros y en los ojos. Más pesada era en el silencio porque exigía la mayor alerta de los sentidos, tensaba los oídos y secaba la boca.

Los Perros Negros no llegaron con la oscuridad. Pasaron tres horas. Hubo un cambio de guardia, y los de la segunda tomaron sus puestos sin haber dormido. Hacia las diez de la noche, los soldados empezaron a dormitar, esperanzados en que quizá aquella noche no habría combate.

A las once la tierra empezó a temblar ligeramente y se oyó el galope de cientos de caballos. La guardia despertó a los oficiales y los oficiales a la tropa. Los Perros Negros, calcularon los estadounidenses, estarían a unos doscientos metros y pronto llegarían. Pero los legionarios no se acercaron. Pasaron galopando más allá del alcance de cualquier mirada, bordeando el flanco derecho del ejército. Después, otra vez el silencio. Media hora más tarde, los caballos de los Perros Negros volvieron a pasar, ahora por el lado norte de la columna invasora. Los soldados volvieron a vivir una alerta estéril porque otra vez regresó el silencio. Cuarenta minutos después, de nuevo el sonido del galope pasó cerca del ejército, ahora por el flanco izquierdo. Era el sitio en el que se había ubicado el agrupamiento Jefferson. Festejando la oportunidad, Arnold Turk preparó a sus tiradores porque, aunque era imposible ver, no había duda de que los Perros Negros avanzaban hacia ellos. El teniente esperó a tenerlos más cerca para aumentar la eficacia de sus descargas, pero a cincuenta metros los legionarios se desviaron y pasaron a un lado del agrupamiento. Aunque no había acordado con el general Taylor qué hacer ante esa eventualidad, Turk decidió perseguirlos. Los doscientos jinetes comisionados obedecieron literalmente a ciegas y siguieron el ruido de los caballos de los legionarios. No podían ver, pero el sonido les decía que cada vez estaban más cerca de ellos. En un instante, Turk se dio cuenta de que no podía tenerlos más a tiro que en ese momento y ordenó a sus hombres que se prepararan para realizar una descarga y a partir de la segunda el fuego sería a discreción. Tal vez no los acabaría, pero pensaba causar grandes bajas y luego suspender la persecución para no caer en las trampas de la Legión de la Estrella. Los Leones Montados, expertos en el disparo sobre la marcha, estaban por iniciar la descarga cuando sintieron que algo le estaba pasando a la tierra. No lo sabían, pero habían entrado con toda la fuerza de su ira en las Arenas Movedizas de Juan Bautista. Los caballos patinaron en la arena hambrienta y docenas de jinetes cayeron, mientras los caballos de otros les pasaban por encima. Las arenas movedizas, sensibles a cualquier peso, engulleron caballos y jinetes, de modo que muy pronto les fue imposible moverse. Los gritos eran inútiles para el auxilio porque nadie estaba en condiciones de ayudar a otros. Cada cual luchaba por sobrevivir. Primero paralizados hasta la cintura y luego hasta el cuello, los doscientos miembros del agrupamiento Jefferson sintieron el terror de una muerte ciega. Polvo de desierto les cerró la garganta. Apenas unas docenas de soldados alcanzaron a salir de aquella inmensa boca que lo devoraba todo.

El grueso del ejército había oído el paso de los Perros Negros por el oriente y supuso que escucharían los disparos del agrupamiento Jefferson, pero el silencio les hizo pensar que simplemente los legionarios y los soldados estadounidenses no se habían enfrentado. El agrupamiento seguiría allí, atento para cuando se diera la embestida.

Hacia las tres de la mañana, la estampida de los caballos de los Perros Negros volvió a escucharse, ahora por el lado sur. Pero no se acercaban. Era como si solo les estuvieran recetando dosis de insomnio.

La táctica resultaba intolerable para el ejército de la Unión. A las tres y media, los Perros Negros repitieron el recorrido por los cuatro costados. El general Taylor dispuso cargas secuenciales orientadas por el sonido de los caballos. Disparar a ciegas era mejor que quedarse con los ojos abiertos a la nada, oyendo, sintiendo el temblor de la tierra y maldiciendo sin saber qué estaba pasando.

Joaquín, por su parte, ordenó que se ejecutara lo que llamaba la Llovizna de Dios, para la que los Perros Negros utilizaban el Rex, un arma que los cinco comandantes y algunos elementos más llevaban siempre en la silla de su caballo. Inofensivo en distancias de menos de doscientos metros, el Rex era un rifle de calibre desconocido cuyo cañón ligeramente arqueado y cuyos proyectiles con el mismo grado de curvatura, tenía dos funciones: atacar contingentes pertrechados en barricadas, trincheras y fortificaciones de cualquier altura, y atacar blancos ubicados entre trescientos metros y kilómetro y medio de la zona de tiro. Los disparos curvos del Rex, a diferencia de los disparos rectos de las armas convencionales, jamás perdían su carácter letal, ya que durante la torsión que realizaban, su velocidad no menguaba. Podía realizar tiros curvados de hasta kilómetro y medio que trazaban una inflexión de doscientos metros hacia arriba, para descender después y dar en el objetivo con la misma velocidad con la que fueron detonados. El enemigo se desmoralizaba por completo ante su ataque, debido a la sensación de que estaba siendo atacado desde el cielo. El Rex fue utilizado en la batalla de La Ingrata para aniquilar al último reducto francés amurallado en el fuerte de La Teodorita. La madrugada del 5 de abril, cuando los estadounidenses sintieron la lluvia de proyectiles, no encontraron la manera de cubrirse. Era como si un ejército los estuviera embistiendo desde las nubes. Se protegían como podían, y aun sabiendo que eran los Perros Negros quienes los atacaban, no había a quien combatir. Realizaron varias descargas hacia arriba con la esperanza de que sus balas encontraran destinatario, pero sabían que estaban disparando a la nada. Veinte legionarios, ubicados a un kilómetro de distancia, les dispararon así durante dos horas.

La luz del día encontró a los soldados de la Unión sin haber dormido, con los ojos doloridos de tanta oscuridad inescrutable y con los músculos ateridos de zozobra y de frío.

Hacia las ocho de la mañana, el general Taylor recibió el parte de aquella noche de pesadilla: ciento treinta y ocho integrantes del agrupamiento Jefferson se habían hundido en las Arenas Movedizas de Juan Bautista con todo y caballos, y ciento cuarenta y seis soldados habían sido víctimas del extraño ataque que cayó del cielo.

El general Taylor no solamente se veía entero, sin los estragos del insomnio, sino que lucía más sereno y firme que nunca. Estaba seguro, y así se lo dijo a su estado mayor, que en un lapso máximo de treinta y seis horas aquella batalla terminaría con éxito para su ejército.

—Estamos por comenzar —dijo— la verdadera batalla del Santuario.

VI

EL VELO DE LA NIEBLA

Apenas supo Miguel Hidalgo que la conjura planeada con Ignacio Allende había sido descubierta, decidió adelantar las acciones como único recurso para evitar que todo terminara antes de comenzar.

A las cuatro de la mañana del 16 de septiembre de 1810 el repique de las campanas de la parroquia de Dolores acompañó la proclama independentista. En lugar del Pendón de los Doce Campanarios, símbolo de la rebelión que estallaría en marzo de 1811, Hidalgo habría de tomar más tarde la imagen de la Virgen de Guadalupe como estandarte y con ella unificar a los insurgentes. La plaza de Dolores reflejaba con nitidez el desorden de la improvisación. Cientos de hombres hacían eco a la proclama del cura y agitaban lo que tuvieran a la mano sin más armamento que sus instrumentos de trabajo. El sudor brillaba en los rostros, felices por la rutina rota, inconscientes de la magnitud de la aventura, asombrados de que pudieran gritar una libertad que no tenían.

En cuanto pudo, el virrey envió desde la capital de la Nueva España un ejército de cinco mil realistas a sofocar la insurrección. La prensa y la Real y Pontificia Universidad desacreditaron el movimiento, y el Santo Oficio le puso precio a las cabezas de los caudillos: Miguel Hidalgo, Ignacio Allende, Juan Aldama y Mariano Abasolo debían cuidarse no solo de las balas enemigas sino de aquellas que tenían como única motivación la recompensa.

El aprecio que la gente tenía por Hidalgo, el estandarte de la Virgen de Guadalupe y la feliz locura de participar de una idea grande, hicieron que en solo dos días las huestes de la rebelión sumaran más de diez mil integrantes. Pero si el número era el de un ejército, el armamento parecía el de una chusma. Un viejo cañón era toda su artillería y unas cuantas centenas de mosquetes y pistolas, sus pertrechos. La mayor parte de la columna iba armada con lanzas, picos, azadones, espátulas, instrumentos de labranza, garrotes y piedras. Quizá más importante que la carencia de armas resultaba su falta de sentido militar, lo que sustituían con una energía inusitada que superaba el hambre, las larguísimas caminatas y la incertidumbre de pelear contra fuerzas superiores en armamento y disciplina.

Después de tomar las ciudades de Celaya y Salamanca, donde no encontró resistencia, el 25 de septiembre la tropa insurgente atacó Guanajuato y derrotó a la pequeña guarnición española que se había atrincherado en la Alhóndiga de Granaditas. Sin reparar en las órdenes de Hidalgo, los rebeldes festejaron el triunfo asaltando establecimientos comerciales y asolando toda la ciudad. Aquel hecho lamentable habría de pesar más tarde en la dirigencia militar del movimiento y quizá alteró el curso de la historia, pues cuando Hidalgo pudo entrar en la capital de la Nueva España no lo hizo por temor a que se repitieran los actos vandálicos.

En efecto, luego de tomar Valladolid, los insurgentes se enfrentaron al ejército realista en el Monte de las Cruces en la primera gran batalla por la independencia. La victoria de los rebeldes solo puede explicarse por su notoria superioridad numérica, pues para entonces rebasaban el número de cincuenta mil. Los realistas retrocedieron y pidieron refuerzos al virrey. Fue en ese momento crucial cuando sorprendentemente Hidalgo, en lugar de marchar sobre la capital de la Nueva España, prefirió avanzar hacia otras plazas.

Esa decisión habría de representar un alto costo para el movimiento, que se prolongó durante diez años. A Hidalgo le costó la vida. Luego de ser derrotado en el Puente de Calderón, el cura de Dolores y sus lugartenientes se refugiaron en la provincia de la Nueva Vizcaya para intentar reagruparse, pero finalmente fueron aprehendidos en Acatita de Baján y condenados a muerte.

Presos durante unos días en el Palacio de la Notaría de Chihuahua, todos fueron fusilados. El último en morir fue Hidalgo, quien antes de ir al paredón escribió en el muro de la celda sus últimos pensamientos, que aún se conservan. El tiempo ha respetado aquellos trazos con excepción de uno, críptico para todos menos para los conocedores de esta historia. Hidalgo escribió: «Uriel Baluarte, mi viejo amigo, tú sabrás qué hacer. Que Dios te ilumine».

Creyendo que se trataba de una orden de insurrección, los estrategas del ejército realista tallaron esa frase hasta hacerla desaparecer y buscaron durante los meses siguientes a Uriel Baluarte, pero como su búsqueda se limitó a Guanajuato, no lo hallaron. Jamás imaginaron que el destinatario del mensaje de Hidalgo estaba en Pamoranes, muy al norte de la provincia de la Nueva España.

Uriel, por supuesto, no necesitaba ese mensaje póstumo para hacerse responsable del encargo que Hidalgo le había hecho un año atrás. Había recibido a Martina de los Reyes y la instaló en la Casa de las Mujeres, que él mismo había fundado, y había visto por ella. No tuvo, sin embargo, mayor contacto con el hijo de Martina hasta que esta murió en 1816, cuando la guerra de independencia parecía no tener fin pero, a la vez, parecía ya haber adquirido el rango de irreversible aun cuando fuera imposible prever su desenlace.

Joaquín, que a los cinco años no sabía de la muerte, la conoció en el rostro de su madre, dormida para siempre sobre un tálamo de flores que le hicieron los frailes mientras cantaban lúgubres salmos de despedida. El llanto se petrificó en los ojos del niño. Una lágrima congelada por el aliento de enero fue el homenaje póstumo que le rindió a su madre.

Esa misma tarde, Uriel Baluarte hizo que le llevaran al niño y le preguntó su nombre.

—Joaquín —contestó el infante.

—¿Nada más?

El niño levantó los hombros.

—Te bautizaremos de nuevo —le dijo Uriel—. A partir de hoy tu nombre completo será Joaquín Baluarte de los Reyes —y lo envió a vivir al Hogar de los niños.

Joaquín Baluarte creció en silencio, sin grandes alegrías más que la que le proporcionaba escuchar los cantos gregorianos entonados por los novicios del otro lado de la pared. Uriel se aprestó a cumplir el último deseo de Martina: iniciar al niño en los misterios de la Compañía de Jesús. Así, a los seis años Joaquín vistió el hábito anaranjado de los que se preparan para consagrarse al solemne juramento de los votos. Para templar su carácter y su espíritu se le recluyó en una celda durante varios meses. Los sábados Uriel lo sacaba de su retiro para llevarlo con él y caminar juntos e impartirle el catecismo. Le llamaba la atención la introvertida personalidad de Joaquín, su sentimental hermetismo, que velaba su aguda inteligencia. «Algo debe de haber heredado del padre Miguel», pensaba Uriel, pero no podía saber qué: tal vez su afición por la tristeza, tal vez su hoguera libertaria, tal vez su trágico destino.

Un día Uriel lo llevó hasta su laboratorio de estudio. El jesuita, apasionado de la historia, empezó a contarle relatos de guerras antiguas. Fue así que Joaquín pasaba todas las tardes en el laboratorio, mientras Uriel le narraba cómo Alejandro destrozó a las inmensas fuerzas de Darío en las llanuras de Persia, le revelaba cómo el mar Rojo fue abierto para que los soldados del faraón saciaran la sed de las aguas, cómo Rómulo y Remo bebieron leche de loba para que varios siglos después el ejército de los Césares fuera destrozado por los bárbaros, cómo las descomunales milicias persas se sintieron acobardadas por trescientos espartanos en el paso de las Termópilas. Aunque el niño seguía vistiendo los hábitos, el asunto de su vida eclesiástica se posponía cada vez más, como si Uriel hubiera descubierto que la verdadera vocación de Joaquín nada tenía qué ver con la eucaristía.

Alguna vez el jesuita dejó solo en el laboratorio a Joaquín y este empezó a hurgar entre los objetos que el religioso guardaba. Abrió los cajones de los estantes y descubrió extravagantes armas e invenciones. Allí había dagas de siglos atrás, pistolas primitivas de diversos calibres, ballestas del milenio anterior, cascos y escudos de guerra. Encontró también mapas de todo el mundo, instrumentos de mar y tierra, dibujos de uniformes y formaciones militares. Dentro de un estuche de fieltro negro con forma de estrella, había una enorme cantidad de planos y adiestramientos que tenían la misma forma.

Uriel encontró a Joaquín embelesado con aquel descubrimiento. Sin preámbulo, el jesuita empezó a explicarle al niño algunos de los planos:

—Algún día existirá la Legión de la Estrella, que tomará su nombre de su forma de combatir. Sigue en estos planos lo que te explico: los legionarios siempre combaten de noche, formados en cinco ángulos agudos cuyo número de jinetes varía de acuerdo con la dimensión de los contingentes que enfrentan; van armados con largos lanzones, orden que prevalece mientras penetran los batallones enemigos. Una vez que los escuadrones son desordenados y el adversario es disgregado en pequeños grupos, los cinco ángulos agudos se reacomodan y forman la estrella dentro del ejército enemigo; esta se dilata a gran velocidad y el enemigo es menguado con los lanzones. La Estrella se expande y se contrae todas las veces que es necesario durante el combate. Cuando el enemigo intenta rehacerse, la estrella empieza a girar como un rehilete, efecto que es particularmente destructivo. Hacia la mitad de la batalla, los legionarios se deshacen de los lanzones y sacan las espadas. Este es uno de los momentos más letales del ataque, que además realizan en un absoluto silencio, lo que los hace imperceptibles. El enemigo, desconcertado, no sabe en qué dirección atacar. En lo más encarnizado del combate, sin prescindir de las espadas, toman las armas de fuego. Si el enemigo logra deshacer la estrella y penetra en ella, esta se divide en dos: en una que se contrae y en otra que se expande; la que se contrae acaba con el enemigo que está dentro de la estrella y la que se expande se encarga de sostener el combate; esa formación prevalece hasta que lo dictamina el comandante y las dos estrellas se vuelven a fusionar en una sola. Hacia finales de la batalla la estrella se deshace, desorientando por completo al enemigo. Ningún ejército sobrevivirá a la formación de la estrella por una causa muy simple: destruye al enemigo desde adentro, y no desde afuera como los ejércitos convencionales.

Desde entonces, Uriel Baluarte adiestró personalmente a Joaquín. Le enseñó a utilizar el látigo, la espada, el puñal, la daga, la pistola y el fusil. Le explicó desde colocar una bayoneta en el rifle y cargar una pistola, hasta cómo golpear a un adversario y cómo dirigir un ejército.

Lo entrenó también en las extrañas armas que había fabricado. En el Rex, la escopeta comba; en la pistola cuata, que equipada con dos cañones, dos cargadores y veinticuatro proyectiles, disparaba dos tiros en cada percusión; en el puñal cargado, que de cualquier forma que se le lanzara siempre caía de punta; en el látigo triple, y en la espada circular, especial para cercenar.

Cuando Joaquín cumplió quince años, Uriel le regaló una espada plateada con empuñadura azul.

—Es la Espada Quinta —le dijo—, la fabriqué especialmente para ti. La hice mediante la aleación de cinco metales. Su manejo es ligero, tan ligero como el de una pluma, pero su caída es capaz de cortar varios cuerpos humanos de un solo tajo.

A los dieciséis, el hijo de Miguel Hidalgo y Martina de los Reyes se había olvidado del Padre Nuestro y del Ave María, pero sabía inmovilizar a un rival, ver de noche como si fuera de día, encontrar soluciones y ganar batallas perdidas. Uriel enseñaba y Joaquín aprendía.

El jesuita no se había equivocado: aquel niño tenía corazón para la guerra.

Uriel Baluarte llegó a la Nueva España a la edad de treinta años procedente de Alejandría, donde había iniciado su ministerio. En aquella ciudad se especializó en arquitectura y, sin guía ni títulos, en las artes de la guerra. Apasionado de la estrategia militar por lo preciso de su planeación y la incertidumbre de su ejecución, estudió paciente, ávidamente, las grandes batallas de Alejandro, y las hazañas bélicas de Gengis Kan; supo de los secretos militares de Atila y del poder escondido de las falanges macedónicas; leyó sobre los persas, los vikingos, los germanos, los etruscos, los godos y los normandos, y profundizó en el conocimiento de la habilidad guerrera de los espartanos. Entendió el devastador poder de los centuriones romanos y comprendió la influencia y las ventajas de cada campo de batalla. A los veintiocho años sabía cómo fabricar pólvora y proyectiles, fundir cañones y todo tipo de armas de fuego; cómo armar un batallón, cómo entrenar y hacer que un caballo eluda los disparos, galope hacia atrás, resista días y noches sin comer ni beber. Y descubrió algo más inaprensible: al comparar las estructuras militares de la Antigüedad con las contemporáneas se dio cuenta de que la guerra había entrado en decadencia.

Según su conclusión, los ejércitos de la Antigüedad eran más letales que los modernos, porque las armas de fuego hicieron a los soldados más perezosos. Uriel Baluarte estaba convencido de que el cuerpo humano es una invencible máquina de muerte sin importar el arma que se tenga a la mano.

Se sabe que Uriel fabricó en Pamoranes las primeras armas de repetición de la historia. A pesar de que ocupaba mucho tiempo en la manufactura de nuevos inventos para la guerra, le tenía más confianza a las armas convencionales. Uriel sabía, por ejemplo, que un caballo de raza entrenado para combatir se convierte en un monstruo imposible de someter, por lo tanto, aseguraba, un contingente de caballos entrenados y alineados en una estructura sólida y flexible se constituye automáticamente en una legión indestructible. La Estrella de Uriel, de hecho, fue pensada depositando en los caballos ochenta por ciento de su poder destructor. Los legionarios solo tendrían que pelear. A una orden, el caballo se encargaría del resto: cerrar, abrir, hacer girar a la estrella o deshacerla.

Generalmente Joaquín escuchaba las enseñanzas de su tutor sin interrumpirlo y hacía solo unas cuantas preguntas. Una de ellas fue por qué la estrella debía ser de cinco puntas.

—He estudiado desde muchas perspectivas qué tipo de estructura se requiere para formar un ejército inmune. Y he aplicado en ello los principios de la arquitectura —le respondió Uriel, y luego le explicó que las rectangulares estructuras de Napoleón Bonaparte eran frágiles al fuego frontal, que las falanges macedónicas eran vulnerables a las armas de largo alcance, que los centuriones romanos eran incapaces de resistir formaciones imprevistas como las de Aníbal, que las huestes del faraón sucumbían al ser atacadas por los flancos, que Atila no logró someter a Roma porque no supo someter a sus desordenadas contingentes, que los espartanos fueron vencidos porque el metal de sus escudos no contaba con la aleación adecuada, que Alejandría pudo haber prevalecido como capital del mundo durante muchas décadas y que no lo fue por la desmedida ambición que imperaba en la corte de Alejandro.

—La estrella de cinco puntas es la única que asegura que puedan ser rotas las líneas enemigas y también la única que inhibe las posibilidades de un contraataque —afirmó Uriel.

—Pero, ¿por qué de cinco puntas? —insistió Joaquín.

—La estrella de cuatro puntas tiene ángulos demasiado obtusos para ser letal y la de seis posee puntas muy cortas para ser contundente.

El resto de la respuesta la leyó después Joaquín en los apuntes de Uriel: «Las virtudes bélicas de la estrella de la guerra están sustentadas no en un principio militar sino en una ley de arquitectura. La estrella letal es capaz de resistir cualquier asalto por las mismas causas que las columnas dóricas han logrado sobrevivir al agravio de la intemperie. Así como el huracán más violento es cortado en varias partes por las aristas de la superficie de las columnas y reducido a viento inofensivo, todo ejército que avance en formación lineal queda prácticamente inerme al enfrentar la estructura aristada de la estrella».

En 1805, Uriel Baluarte conoció a Miguel Hidalgo y compartió con él las inquietudes por el sometimiento a la corona española, pero los dividía su visión de la guerra: mientras Hidalgo creía en la fuerza de la población y en su capacidad de resistencia para obtener la victoria, Uriel pensaba que esta solo sería posible si antes se realizaba un clandestino y efectivo entrenamiento de tropas seleccionadas que fueran capaces de dominar la aplicación de una estrategia superior y la ejecución de tácticas finas de combate. Hidalgo aceptaba esa posibilidad como la mejor, pero no como la posible, y sostenía que la realización de un sueño empieza en la realidad, no en otro sueño. Uriel le ponía como ejemplo Pamoranes, villa que él fundó y que podría llegar a ser un lugar de entrenamiento suficientemente alejado del centro de la Nueva España y de Estados Unidos; Pamoranes era, en opinión de Uriel, el mejor sitio para iniciar la eventual lucha independentista. Hidalgo no quiso incluir a Uriel en el Plan de los Doce Campanarios y no tuvo tiempo de sumarlo a la rebelión de 1810. Unidos por los objetivos, separados por los medios; unidos por el afecto, separados por la distancia, Hidalgo y Baluarte eran almas similares y divergentes que encontraron en Joaquín el vértice de sus ideales.

Uriel Baluarte murió en 1832, después de haber dado de alta a Joaquín en el ejército de México con la idea de ocultarlo de los enemigos que Hidalgo tenía dentro de la Iglesia y después de haberle transmitido, como única herencia, todos los misterios de la estrella militar.

El general Taylor había decidido regresar a los principios básicos de la guerra. Si la Ciudad de México era su objetivo, avanzarían hacia ella y eliminarían a quien se les opusiera. Se propuso atravesar el desierto del Santuario en dos días, a una velocidad de cuatro kilómetros por hora. Sabía que eso significaba que la oscuridad los encontrara apenas más allá de la mitad del arenal y que en todo caso eso implicaría el riesgo de una noche más de sobresalto o de guerra, pero en su análisis no cabía la opción del regreso. Era previsible que aquella sería la noche de la última batalla del desierto, pues seguramente los Perros Negros habían tomado en cuenta que el ejército estadounidense solo pasaría una noche más en el Santuario.

Por ello, Taylor no exigiría una gran velocidad a su columna. Le interesaba más el paso constante y evitar el cansancio extremo aun cuando sabía que la sola noche de insomnio que acababan de vivir había minado las fuerza y el ánimo de sus soldados.

Los invasores avanzaron sin más obstáculo que el intenso calor y la profundidad del suelo. Hacia la una de la tarde descansaron un poco más de una hora y luego reanudaron la marcha. Los caballos alcanzaron a recuperarse parcialmente dado que la velocidad de la columna era determinada por la infantería, cuyos integrantes resintieron en las piernas el pesado esfuerzo de caminar en la arena.

Cuando dieron las siete de la tarde, el general Taylor decidió detener la marcha. Envió patrullas de reconocimiento y escogió el sitio para pasar la noche. Dispuso que se formaran tres círculos concéntricos, el mayor con un diámetro de quinientos metros. En el círculo exterior estaba la artillería, con sus cincuenta carros y sus cien animales de tiro, con sus esclavos y cuarterones, y con más de cien ráfagas emplazadas apuntando hacia fuera; en el de en medio estaba la caballería y en el interior la infantería, que era el contingente más frágil ante la eventualidad de un ataque nocturno.

Mientras la oscuridad iba apropiándose del desierto, la tensión de los soldados aumentaba. Los Perros Negros podrían repetir la dosis de insomnio con sus malditos galopes tangenciales o quizá cambiarían la táctica y los sorprenderían en cuanto anocheciera. La noche era suya y no había manera de predecir la forma ni la hora en que atacarían.

A las nueve de la noche, un silencio nervioso recorría el campamento. Aunque se había dispuesto que la mitad del ejército durmiera hasta las dos de la madrugada y que luego lo haría la otra mitad, nadie dormía.

Pero los Perros Negros no tenían prisa. A dos kilómetros de allí, descansaban plácidamente desde las ocho de la noche, cuando sus expertos perseguidores les avisaron que la columna invasora había acampado en el Velo de la Niebla, zona en la que la arena era más fina y más blanca.

A las nueve de la noche, Joaquín reunió a la Legión:

—Hermanos: ha llegado el momento del Santuario. Empezaremos el ataque a las cuatro de la mañana. Esta noche brillará la Estrella de Uriel en el desierto. Preparen su espíritu y su cuerpo para el combate. No nos mueve el odio, no nos intimida la compasión, no nos impulsa la muerte. Porque nos llama la libertad debemos luchar, porque amamos la vida tenemos que morir.

Joaquín se desplazó por todo el frente de la formación. Un cielo triste atestiguaba sus palabras.

—La noche es nuestra aliada más poderosa, sabe trabajar sola. Ella combatirá por nosotros en las siguientes horas, minará al enemigo, lo avasallará. Nosotros atacaremos cuando por fin el enemigo haya logrado conciliar el sueño. En ningún otro momento el sueño es más pesado que a las cuatro de la mañana. Para entonces, ellos tendrán dos noches de insomnio y algunos preferirán dormir a pelar, otros no podrán salir de su sopor y los que peleen lo harán sin saber con claridad qué están haciendo. El combate empezará a las cuatro.

Luego, mientras los legionarios se disponían a dormir al amparo de una guardia menor, Joaquín emprendió el camino hacia La Gabia. Por la mañana había ordenado que se les suministraran caballos a los ciento setenta y siete integrantes del Batallón del Santuario. En cuanto llegó, hizo que se formaran en círculo y les habló desde el centro.

—Hermanos, ha llegado la hora del Batallón del Santuario. Se les ha provisto de caballos y mañana por la tarde se les entregarán armas y uniformes de Perros Negros. Quiero que mañana a la medianoche avancen quince kilómetros hacia el Velo de la Niebla y en ese punto se formen de tres en fondo. Desde donde se encuentren verán las luces del campamento enemigo. Ustedes no se muevan. Sus instrucciones son permanecer en su sitio desde las cuatro de la mañana hasta que yo dé una nueva orden o, en su caso, hasta que hayan pasado doce horas. Que Dios los ampare.

Joaquín bajó del caballo y saludó uno a uno a los integrantes del Batallón del Santuario.

—Hermano Joaquín —le dijo Fidencio Arteaga—. La verdadera razón de que no nos haya llevado a la Legión de la Estrella es que todos los Perros Negros morirán esta noche. Y a nosotros nos ha dado el regalo de una vida que ya no tendrá propósito.

—Están en el Batallón porque es su sitio, Fidencio, el sitio de los vencedores.

—Joaquín —dijo Urbano Terán—. Todos estamos al borde de la muerte. Solo quiero saber qué has hecho del Pendón de los Doce Campanarios que te envió tu padre.

—Aquí lo traigo, Urbano. Y quiero pedirte que seas tú el abanderado. En la madrugada, cuando estén en formación, mantenlo firmemente para que pueda ondear al viento. No tengo duda de que es el Pendón de la Libertad.

Lentamente, Joaquín besó el Pendón de los Doce Campanarios y luego se lo entregó a Urbano Terán.

—Adiós, hermanos. Mi corazón siempre estará agradecido con ustedes. Me dieron a la mejor esposa y me mantuvieron vivo con su recuerdo. Vivan para relatarle al desierto el dolor de todo lo que ocurrió.

—Adiós, Joaquín.

—Adiós, hermano Joaquín.

Luego, Joaquín se despidió de Gabriel Santoscoy.

—Tienes un formidable ejército.

—De lisiados, ancianos y niños.

—Bastará para alcanzar la victoria.

—Obedezco sin entender. De aquí al Velo de la Niebla hay veinte kilómetros; quieres que avancemos quince. ¿De qué te servirá un batallón a cinco kilómetros del campo de batalla?

—De mucho, Gabriel. Encárgate de que allí estén y de que no se muevan vean lo que vean.

—Así se hará, Joaquín.

—Hasta pronto, hermano Gabriel.

—Hasta la muerte, hermano Joaquín.

A las dos de la mañana, sonó la orden de cambio de guardia en el campamento estadounidense. Los soldados a los que correspondía dormir en el primer turno se levantaron sin haber cerrado los ojos, y los que concluyeron su guardia se acostaron, pero tampoco tenían intenciones de dormir. El viento del desierto era el único sonido en medio de tanta soledad. Una espesa niebla había llegado a turbar aún más la oscuridad y a acentuar la zozobra del ejército de la Unión.

Los extranjeros estaban agotados, pero su agitación, y la cercanía de una guerra que no llegaba, les impedía abandonarse al sueño. Tenían las pupilas llenas de cristales de arena. Los médanos centelleaban su blancura en los escasos momentos en que la luna lograba destrabarse de las nubes. Para las tres de la madrugada, la vigilia, forzada a permanecer en los ojos de los invasores, se les había convertido en una especie de desmayo consciente. Era el efecto alborada que había anticipado Joaquín. Hacia las cuatro, los soldados cayeron en un sueño profundo, producto más que de haber conquistado cierta tranquilidad, de una sensación de abandono en el que ya la muerte no importaba. A esa hora, la Legión de la Estrella abrió los ojos y silenciosamente avanzó hacia la columna estadounidense, los lanzones en las manos.

Medio kilómetro antes de arribar al campamento de la Unión, Joaquín ordenó la formación de los cinco ángulos agudos. Los Perros Negros avanzaron otros trescientos metros sigilosamente y luego se lanzaron a pleno galope, manteniendo la formación hasta el campo enemigo.

Aunque los trompetistas lograron tocar los sonidos de la alarma, el efecto alborada retardó la reacción de los soldados. Los trescientos cincuenta y nueve legionarios pasaron fácilmente la línea de artillería, rompieron con violencia la de caballería y volaron sobre los Dragones con sus caballos de asalto para llegar al centro del pertrecho y formar la estrella. A la mayoría aquella alarma y aquellos jinetes de negro les parecían una parte del sueño. Flotaban los caballos, flotaban los legionarios, el mismo desierto flotaba frente a ojos azorados. El propio general Taylor tardó en aceptar que los Perros Negros ya estaban dentro de los círculos. Aunque no podía ver la formación estelar, las líneas anguladas de los asaltantes le indicaban que esta vez sí se enfrentaba a la Legión de la Estrella, tan famosa y tan desconocida. Los destellos de las espadas le daban al ataque una apariencia sobrenatural.

Antes de que Taylor pudiera dar una orden, Joaquín Baluarte, Micael Ángeles, Gabriel Espadas, Elías Arcángel y Jesús Coronado comandaron la expansión de la estrella a relampagueante velocidad. La infantería de la Unión, al centro del pertrecho circular, fue la primera víctima del asalto. La Legión alargó sus enormes lanzones y más de doscientos Dragones cayeron fulminados. La infantería abrió fuego en tanto que los artilleros empezaron a trasladar las ráfagas hacia el círculo central, pero no se atrevieron a disparar: sus proyectiles arrasarían a combatientes de ambas partes. El general Taylor, rodeado por su escolta personal, intentaba descubrir el ángulo más débil de la Estrella. Pero cualquier esfuerzo de esa naturaleza resultaba imposible por la movilidad de la Legión, que después de expandirse hasta la zona de la caballería volvió a contraerse con furia. Entonces Zacarías Taylor intentó animar a sus soldados, como si la entrada de la Estrella entre sus filas fuera una estrategia de él:

—¡Ya están dentro, ya cayeron!

Los cinco mil cuatrocientos sesenta y cinco elementos de la infantería de la Unión se reagruparon y se arrojaron sobre la Estrella intentando deshacerla. Los legionarios resintieron el ataque masivo y sufrieron varias bajas. Entonces ocurrió algo asombroso. A una orden de Joaquín, los caballos giraron hacia el flanco derecho, luego galoparon rápidamente y la Estrella comenzó a girar, como rehilete mortal. Los lanzones de los Perros Negros iban ensartando docenas de cuerpos. Los infantes de la Unión caían traspasados por una gigantesca hoz de cinco puntas. Zacarías Taylor advirtió el movimiento de la Estrella y supo que muchos de sus soldados serían masacrados.

—¡Retrocedan! —ordenó.

Orden innecesaria, porque los Dragones no tenían más remedio que huir. Cientos de ellos habían caído en solo unos minutos. La Estrella entonces recuperó su posición normal y volvió a expandirse. Uriel Baluarte había tenido razón: las formaciones lineales son incapaces de enfrentar una formación angulada.

A las cinco de la mañana, la estrella letal continuaba abierta y al parecer intacta dentro del revuelto y aturdido ejército invasor. Por la proximidad del alba, las oscuras siluetas empezaban a ser visibles. Joaquín Baluarte comandaba la Estrella empuñando su Espada Quinta entre bayonetas enemigas. Gabriel Espadas, a setenta metros de él, contenía el contraataque estadounidense. Aunque la bruma no dejaba ver con claridad, los Perros Negros, entrenados para pelear en la niebla, abrían enormes surcos humanos entre la tropa. La infantería de la Unión, notoriamente diezmada, rescató energías de su disciplina y volvió a cargar en contra de los legionarios. La artillería continuaba paralizada. La caballería había entrado por fin a la revuelta, pero lo hacía sin orden frente a una legión que conservaba su formación a pesar de lo cerrado del combate. Zacarías Taylor tuvo que salir del epicentro de la batalla.

—¡Acábenlos! —gritaba.

La embestida de los Dragones y la arremetida de la caballería hicieron que la Estrella se fracturara y que una importante porción de soldados penetrara la formación legionaria. Entonces la Estrella se dividió en dos. La más pequeña se contrajo con ciento cincuenta lanzones apuntando hacia adentro y volvió a causar decenas de bajas. Zacarías Taylor, aturdido por aquel amanecer de muerte, contempló la mayor pesadilla de su carrera como general de la Unión. Después de aquel rapidísimo movimiento, la estrella interna desapareció y se reintegró a la estrella principal.

El general Taylor llegó hasta el jefe de artilleros y lo increpó porque no había disparado.

—No hay forma, general —dijo Jack Marcel—. Podríamos herir a los nuestros.

—Una descarga, capitán, una descarga para que estos malditos aprendan a respetarnos.

La descarga de ráfagas mató por igual a soldados que a legionarios, pero provocó que la estrella se fragmentara, esta vez en varios puntos. Joaquín sabía que los estadounidenses podrían cañonear hacia el centro del círculo, pero creía que la posibilidad era remota. Las ráfagas sorprendieron a los legionarios y por varios minutos la recuperación de la Estrella pareció imposible. Pero entonces Joaquín ordenó la operación del remolino, que aunque era parecida al rehilete, no tenía funciones de ataque sino de reagrupamiento y defensa. Las puntas que conservaban sus formaciones giraron para rescatar a su paso a los legionarios aislados.

Zacarías Taylor volvió a ordenar una descarga de ráfagas hacia dentro y nuevamente las bajas en la Legión fueron grandes, aunque esta vez no perdieron la formación. El jefe del ejército intervencionista se dio cuenta entonces de que la única manera de ganar esa batalla era aniquilando a todos los legionarios, aunque al hacerlo matara a igual número de sus soldados, porque la Estrella se reagrupaba tan pronto como se fracturaba y volvía a recuperar su poder destructor.

Después de la tercera descarga, la artillería rompió la Estrella. La caballería cargó contra los Perros Negros, y los Dragones formaron un círculo de fusiles alrededor de la Legión. Más de ochocientas armas de fuego cortaron cartucho para aniquilar a los legionarios, que por fin parecían vulnerables. Entonces, frente a los ojos de soldados y oficiales, volvió a ocurrir lo impredecible: la Estrella se disolvió.

La disolución de la Estrella era uno de los recursos más sorpresivos y devastadores, pues ocurría cuando el enemigo se había hecho a la idea de combatir esa formación y hasta había encontrado una forma de atacarla. De manera que cuando se disolvía, los ejércitos rivales perdían por completo la orientación del ataque y de la defensa. Los Perros Negros tiraron los lanzones, tomaron las espadas y arremetieron en contra de los sorprendidos estadounidenses. Las espadas cercenaban cabezas de un solo tajo y en la penumbra de la mañana brillaban como centellas de muerte. La batalla era un intercambio de vidas en el que el trueque no tenía equidad: por cada legionario muerto caían diez soldados de la Unión.

Hacia las siete de la mañana, de la nada, la Estrella volvió a formarse. Tan letal de día como de noche, la formación se expandió un poco y luego se cerró violentamente para aislar lo que quedaba del agrupamiento Jefferson. Sin prescindir de las espadas, los Perros Negros sacaron las armas de fuego y con insólita precisión acabaron en unos minutos con el agrupamiento. Por la dimensión de la última Estrella que había formado, Joaquín Baluarte supo que ya no contaba con más de cien legionarios. Entonces ordenó la última disolución de la Estrella de Uriel: esta desapareció y los Perros Negros se confundieron dentro de las filas enemigas. La batalla había entrado en su etapa final.

Ya nadie dirigía el combate. Ya no había Estrella, ya no había caballería ni infantería ni artillería. Solo había hombres en busca de su supervivencia.

Los caballos colisionaban de manera enloquecida, las espadas chocaban, pechos y rostros se abrían a la muerte, los moribundos se dejaban llevar por la agonía, ansiosos del último suspiro; los heridos se arrastraban hacia la orilla de la batalla.

La lucha se prolongó hasta las ocho de la mañana. Los estadounidenses, sucios de arena y sangre, no lograban adivinar quién era adversario y quién compañero, ya no por la oscuridad de la noche sino por el agotamiento extremo, de manera que atacaban a quien estuviera más cerca. Lentamente, pesadamente, sombríamente, la tranquilidad fue regresando al Velo de la Niebla. La columna estadounidense, desarticulada, vagaba entre los médanos, extraviada en la bruma. Fragmentos de caballería sin jefatura naufragaban entre la mortandad. Un número incalculable de cadáveres yacía en mil metros a la redonda.

A pesar de la confusión, a pesar de que nadie podría contar las bajas de los dos ejércitos, era evidente que los intervencionistas habían resultado vencedores.

A un alto costo, con miles de muertos, pero habían logrado aniquilar a la Legión de la Estrella.

Elías Arcángel, el comandante de la punta inferior derecha, murió al primer impacto de la artillería. Había logrado mantener a su punta unida y con ella causó más de cuatrocientas bajas a la infantería enemiga. Hijo de un herrero de Pamoranes, había sido incorporado por Joaquín Baluarte a la Legión de la Estrella desde que era adolescente, y encontró la muerte a los veinticinco años de edad. Era el jefe de punta más joven de la Estrella, el más soñador, el único que creía que ese no sería el último combate de la Legión porque estaba seguro de poder vencer al ejército invasor. Cuando Joaquín Baluarte se refería a aquella batalla como la última del Santuario, él guardaba para sí la confianza de que por primera vez su comandante se equivocaba. Hacía cuentas una y otra vez y pensaba que si cada legionario aniquilaba a veinte soldados podría alcanzarse la victoria. Aunque sabía que aquella proporción no tenía precedente en la historia de la Legión, lo creía posible porque conocía perfectamente el funcionamiento de la Estrella y había entrenado a los integrantes de la punta que le correspondía con extremado esmero. A los quince años, había participado como legionario en las batallas de La Ingrata y de Laredo, cuando la superioridad numérica del enemigo no fue suficiente para derrotar a la Legión de la Estrella. «El número no importa», se decía, se dijo, mientras se preparaba para la que era, según él, la siguiente y no la última batalla. Cuando el general Taylor ordenó a su artillería disparar al centro de la refriega, Elías combatía dentro de las filas enemigas y fue allí donde lo sorprendieron las esquirlas de la explosión. Más de treinta pedazos de metal se le incrustaron en el cuerpo y lo derribaron del caballo. Ya en la arena, tuvo tiempo de ver la batalla desde la orilla de la muerte, que tardó más de una hora en arrebatarle el último aliento.

Micael Ángeles, comandante de la punta superior izquierda, era un sacerdote jesuita que llegó a Pamoranes atraído por los rumores de la villa que había fundado Uriel Baluarte. Había oído que allí se encontraba la convergencia inaudita de la serenidad espiritual y la disciplina guerrera, y que se hacían tantas oraciones como armas. Pacífico hasta el extremo, se había incorporado a la Legión de la Estrella cinco años antes de la intervención estadounidense, al impulso de su pasión por el orden, la estrategia, el pensamiento fino y la magia. De niño había creado su propio método para la hipnosis y había logrado suspenderse en el aire y mover objetos desde la distancia. Pero su mayor fuerza de telequinesis era la que desarrolló no con los objetos sino con los animales. Era capaz de reorientar el rumbo de un carruaje con un parpadeo y de guiar a una jauría de lobos con solo mirar a los ojos del jefe de la manada. Aquellas habilidades contribuyeron a aumentar la disciplina de los caballos de la Estrella, en especial en el movimiento del rehilete, en el que estaba tan empeñado Joaquín Baluarte y que no pudo dominar del todo hasta la llegada de Micael Ángeles. Aunque la primera vez que se presentó ante Joaquín lo había hecho con cierta dosis de curiosidad, se convenció de que la Legión era su sitio cuando el comandante le hizo ver que una condición insalvable para pertenecer a ella implicaba combatir sin odio. Imposibilitado naturalmente para odiar, aquella hermandad le permitía ser lo que era y vivir con serenidad aun en los instantes más cruentos. Guerrero invencible, fue víctima de un ataque múltiple, cuando quedó rodeado de enemigos, concentrado en guiar el rehilete de caballos que tantas bajas causó en el ejército estadounidense. Indefenso, los ojos cerrados y conduciendo aquella geometría mortal, recibió más de doce disparos. Se las arregló, sin embargo, para levitar por encima de sus enemigos a fin de morir fuera de la arena de combate. Su cadáver fue el único que se encontró doscientos metros más allá del círculo de la batalla. La visión de Micael pasando por encima de la lucha aterrorizó a quienes lo vieron, muchos de los cuales murieron sin saber lo que estaba pasando por haberse quedado embelesados, contemplando el vuelo del jesuita. Los sobrevivientes de aquel combate habrían de dar testimonio más tarde de que los Perros Negros volaban, lo que en México no escandalizó a nadie, pero en Estados Unidos hizo creer a los jerarcas militares que solo era una mentira de los soldados para justificar su incapacidad de acabar fácilmente con aquella pequeña legión.

Jesús Coronado, el jefe de la punta inferior izquierda, se había incorporado a la Legión de la Estrella desde la edad de dieciocho años. Su empeño por ser Perro Negro, su terquedad invencible, fue la que dio origen a la creación del Batallón del Santuario, pues Joaquín Baluarte se dio cuenta de que habría muchos como Jesús, que aun careciendo de un miembro desearan pelear al lado de los Perros Negros. Fue a Jesús a quien Joaquín encomendó la formación de aquel batallón, el que dirigió durante varios años, hasta que el comandante de la Legión de la Estrella tuvo que aceptar que, a pesar de que le faltara un brazo, Jesús Coronado tenía que formar parte de los Perros Negros. Era tal su espíritu combativo, tal su extraordinaria puntería, tal su habilidad para manejar la espada, que de ser el comandante del Batallón pasó directamente a ser el jefe de una de las puntas de la Estrella. Aquel legionario impredecible, venido de algún lugar sin nombre, a quien no se le conoció familiar alguno, murió también durante la operación del rehilete, pero en condiciones muy diferentes de las que causaron la muerte de Micael. De acuerdo con lo planeado, durante la ejecución del rehilete los jefes de las puntas debían reunirse con Joaquín en el centro de la Estrella, cita a la que no acudió Micael, porque aunque herido de muerte, continuaba guiando a los caballos. Con un lenguaje cifrado, los jefes acordaron el siguiente movimiento de la Legión y cada uno regresó a su posición, menos Jesús Coronado, que por razones inexplicables permaneció al lado de Joaquín. El comandante de los Perros Negros lo apuró a que se retirara a su punta, pero Jesús volvió a desobedecerlo. Joaquín estaba recriminándole aquella cercanía, cuando vio cómo Jesús se derrumbó por un impacto en la espalda. Era la bala que Ánimas Huitrón había disparado en contra de Joaquín para cumplir el acuerdo al que había llegado con Nicandro y con el arzobispo.

Gabriel Espadas, el jefe de la punta superior derecha, era el más experimentado de sus homólogos. Incorporado al ejército mexicano desde los dieciocho años, había desertado dos años después con la idea de hacerse religioso, lo que lo llevó a Pamoranes. No se convirtió, sin embargo, en sacerdote de Dios sino en guerrero de la justicia. Veterano de las batallas de La Ingrata y de Laredo, durante años se negó a ser jefe de una de las puntas con el argumento de que él era un legionario y que encontraba más gloria en obedecer que en mandar. Pero justamente por eso Joaquín lo necesitaba como jefe de punta. Desaliñado y distraído en su vida diaria, tenía más de poeta que de guerrero. Para él las noches no eran el tiempo que Dios había cedido a los espíritus malignos sino el espacio de la vida que el Creador había dejado para los que supieran apreciar la grandeza del cielo oscurecido. Durante sus noches de infancia, Gabriel se dedicaba a contar las estrellas hasta que terminó por llamarlas hermanas. Conocía los nombres, ubicaciones y brillos de todas las constelaciones, lo que muy a su pesar fue utilizado por Joaquín para mantener la posición de la Estrella. Gabriel se resistió en principio a que su conocimiento del cielo fuera utilizado para otros fines que no fueran el de la contemplación, pero cedió cuando se percató de que lo que le transmitía a Joaquín era convertido por este en poesía plástica en la tierra. Durante los largos entrenamientos de la Estrella, ver las formaciones replicando la hermosura celeste fue motivo para que Gabriel se convenciera de que el huracanado no quería aquellos conocimientos para el combate sino para la libertad. Fue así que el comandante de la Legión depositó en Gabriel la responsabilidad de guiar a los Perros Negros en la noche, lo mismo mientras avanzaban que mientras peleaban. Joaquín dirigía la estrategia, en tanto que Gabriel mantenía la ubicación correcta de todo el contingente en armonía con los movimientos celestes.

Gabriel Espadas murió casi al final del combate, cuando se luchaba cuerpo a cuerpo y cuando había desaparecido del cielo la última estrella. Rodeado por ocho soldados de caballería, Gabriel eliminó a cinco y estaba tratando de extraer su espada de la última de sus víctimas cuando un oficial estadounidense le dio un tajo en el cuello. El cielo todo se le oscureció de pronto, pero antes de morir contempló sus constelaciones, las suyas, las de la noche, las de su vida.

Joaquín Baluarte sabía que en aquel combate tendría que poner en juego prácticamente todos los recursos de la Legión de la Estrella. La superioridad numérica del enemigo era tal que sus opciones se reducían a realizar un ataque más procurando causar a los estadounidenses el mayor número de bajas para que siguieran su avance diezmados, o bien llevar la lucha hasta el último legionario. Había decidido que se batirían hasta la muerte. Lo sabían todos los jefes de punta y cada uno de los Perros Negros.

Los movimientos de la Estrella funcionaron muy cerca de la perfección, de manera que las tres grandes agrupaciones del ejército intervencionista sufrieron notorias bajas en cada expansión y cierre de la formación legionaria. Casi al inicio de la batalla, Joaquín recibió un disparo en el brazo izquierdo; una hora después una bala le rozó el rostro, y una tercera, hacia las siete de la mañana, lo hirió muy cerca de la cadera derecha, al tiempo que un golpe de espada lo hizo sangrar en la espalda. La bala que no recibió Joaquín fue la única que estaba destinada precisamente para él: la que le disparó Ánimas Huitrón, proyectil que acabó con la vida de Jesús Coronado. En cuanto Jesús Coronado cayó, Joaquín tuvo a la vista al falso sacerdote que le había dado de comer y de beber en la sacristía de Testamento. Pero antes de siquiera poder reconocerlo, Joaquín le disparó en un movimiento de su instinto. Ánimas Huitrón se derrumbó, y en medio de la batalla Joaquín bajó de su caballo para ir hacia el herido. No era un soldado estadounidense ni un Perro Negro. Entonces lo reconoció.

—¿Qué hace aquí, padre?

—Vine a matarte, Joaquín.

—¿Por qué?

—Se lo ofrecí a Nicandro Muñoz. Me contrató. Pero también tenía que matarte por órdenes del arzobispo.

—Está bien. Siento haberle disparado.

—No, no, así tenía que ser. Durante años jugué el juego de matar o morir. Cuando uno gana, mata una y otra vez; cuando uno pierde, muere solo una. Es la ventaja de este negocio.

—Nicandro tenía motivos. ¿Qué motivos tenía el arzobispo?

—Por ser hijo de quien eres.

—Soy hijo del desierto.

—Y de Miguel Hidalgo.

—¿Y qué querían de mí?

—Joaquín, lo único que quiero pedirte es que me perdones por haber matado a tu compañero. Eso no lo hago nunca. Solo mato al que debo matar para cumplir mi contrato. No soy un asesino.

—Matarme a mí hubiera sido menos grave que matar a Jesús Coronado.

—¿Jesús Coronado? ¿Y de qué está coronado Jesús? De pura sangre, Joaquín, de pura sangre.

Joaquín Baluarte cerró los ojos de Ánimas Huitrón y volvió a subir a su caballo y se sumó al rehilete para dirigir la siguiente conversión de la Estrella.

El huracanado se entregó a la guerra, como cada uno de sus Perros Negros. Los conocía bien a todos, los había entrenado, les había enseñado la estrategia del silencio y de la noche, los desplazamientos de la Estrella, los secretos de los caballos, la paz de la vida sin odio, los misterios del desierto, la capacidad de ver en la oscuridad, la manera de dormir y despertar cuando uno lo decidiera, la forma de herir de muerte, la magia de la espada, la precisión de las armas de fuego, la contundencia de los lanzones, el engaño de las sombras, el truco para resistir sin agua, los recursos de la supervivencia, la serenidad ante la muerte. Los conocía a todos. Y todos se le estaban muriendo en unas horas, peleando sin dudas, matando sin rencor, moviendo a la Estrella desde su nacimiento hasta su última explosión, a semejanza de las estrellas del cielo.

Peleó Joaquín sin un instante de reposo. La espada rápida y mortal, los disparos oportunos y precisos... y el pensamiento en Altares Moncada, la única alegría de su vida. Mientras combatía veía el rostro de Altares y la imaginaba pálida y luminosa del otro lado del mar, quizá sin recordarlo, quizá enviándole su amor desde los nublados puertos de la distancia. Había pasado infinidad de noches en el desierto y el desierto siempre le había dado paz y abrigo. Con todo y su viento de polvo y frío, con toda su vastedad indiferente, con toda su sequía y tristeza, el desierto lo había amparado siempre. Pero solo una vez había brillado: cuando respiró a Altares y ambos redujeron el espacio a la nada, fusionándose en el vértigo de su único encuentro. Nada quedaría de aquel amor porque los dos se estaban evaporando, ella en el mar, él en la arena, el mismo sol quemándolos de ausencia. Él estaba a punto de morir. ¿Se disuelve el amor con el último suspiro? ¿A dónde va el amor cuando la muerte te toma de la mano? ¿Se puede amar después? Joaquín sentía que la amaría siempre, más allá de la herida mortal que lo aguardaba.

En el momento en que ya la Estrella estaba disuelta, Joaquín y algunos de los legionarios, asignados desde la noche anterior, ejecutaron de manera aislada los movimientos de expansión y contracción para desconcertar al enemigo y causar bajas incluso en los soldados más lejanos, pero sobre todo para impedir que se cerrara un círculo sobre los Perros Negros. En un desplazamiento de expansión, Joaquín llegó muy cerca de donde estaba el general Taylor, que rodeado de una treintena de sus hombres trataba de dirigir el combate. Zacarías Taylor lo vio.

—Es Joaquín Baluarte —dijo sin saberlo, impulsado por su intuición militar. Pero no ordenó dispararle.

Joaquín se detuvo a unos veinte metros de la guardia del general. Parecía retar a Taylor para que se deshiciera de su protección y lo enfrentara. Los soldados apuntaron sin orden de por medio. El general levantó el brazo derecho pero no lo bajó. En ese instante, cinco elementos de caballería rodearon a Joaquín y este los combatió solo con la espada. Cuando tres cayeron y los otros dos huyeron, Joaquín buscó al general y a su guardia, pero ya no estaban. Entonces regresó el centro del combate. Fue el momento en el que más cerca estuvieron los comandantes de los ejércitos de la batalla del Velo de la Niebla.

Los legionarios que quedaban estaban aislados y cada uno luchaba a solas. Pronto Joaquín estuvo rodeado de enemigos y se batió con ellos con su Espada Quinta. Sus fuerzas por fin estaban cediendo a las heridas. Repentinamente los elementos de caballería que lo atacaban se abrieron y se escuchó una descarga cerrada de fusiles. El pecho y el rostro de Joaquín se llenaron de sangre, pero siguió en el caballo. Una nueva descarga volvió a producirle múltiples heridas. Se había cumplido su destino: para morir, debía ser fusilado dos veces.

El rostro de Altares se acercó a Joaquín para besarlo.

Durante dos horas después de terminada la batalla, los soldados estadounidenses estuvieron buscando sobrevivientes de los Perros Negros, para apresarlos y arrancarles sus secretos de guerra, y localizando también soldados de los suyos para auxiliarlos. Solo encontraron con vida a elementos de su ejército. Todos los legionarios habían muerto. Obsesionado por la legendaria capacidad de los Perros Negros para sobrevivir, Zacarías Taylor ordenó a sus hombres buscar subterráneos en los alrededores para impedir que la Legión de la Estrella se rehiciera. Su ejército estaba exhausto, pero el general creía que no era momento para el descanso. Tenía que asegurarse de que la victoria había sido absoluta.

Hacia el mediodía, los soldados parecían sonámbulos errantes bajo el sol del desierto. Entonces el general dispuso que se reagruparan y descansaran, luego de haber recibido el parte de las diferentes compañías: no había quedado un solo Perro Negro.

La Legión de la Estrella no brillaría más: sus silenciosas espadas y sus caballos mauritanos se habían convertido en el último sueño de los poetas.

Cuando los estadounidenses, autorizados por su general, se derrumbaron en la arena, lo hicieron lejos del lugar del combate para no percibir el terrible y sofocante olor a muerte. A las cuatro de la tarde, los pocos que permanecieron con los ojos abiertos vieron cómo centenares de civiles se acercaban al Velo de la Niebla. Avisado, Zacarías Taylor envió a Raymond Purpel al mando de cincuenta hombres con la misión de que impidieran que la chusma retirara un solo cadáver y que le extrajeran, por la fuerza si fuera necesario, cuál de todos aquellos muertos era Joaquín Baluarte y quiénes sus oficiales. Pero los civiles dijeron no saber quiénes eran aquellos que buscaban los invasores y que solo querían sepultar cristianamente a los legionarios.

—Solo los nuestros recibirán sepultura —les contestó Raymond Purpel—, los Perros Negros se pudrirán con el sol.

Era tal la insistencia de los soldados por asegurarse de que no había supervivientes, que a Santiago Medellín, el boticario de Testamento, solo por aumentar la tensión de los gringos, se le ocurrió decir que sí, que varios Perros Negros se habían levantado de entre los muertos y se habían internado en el desierto mientras los estadounidenses descansaban. Más de alguno de los civiles le reprochó a Santiago aquella delación, creyendo que era cierta. Los intervencionistas dudaron porque ellos habían revisado cadáver por cadáver y estaban seguros que no había ni un vivo entre aquellos racimos de muertos.

—Vivo vivo, no, pero cadáveres vivos sí —dijo Santiago.

Aquella afirmación hizo que el responsable de la misión ordenara que veinte de sus jinetes avanzaran dos o tres kilómetros para alcanzar a los supuestos supervivientes. Pero no encontraron a ninguno.

El teniente exigió a la chusma que le dijera quién era Joaquín Baluarte. Nadie lo sabía.

—Vestidos de negro, todos los muertos son iguales —dijo alguien.

Por si acaso, el oficial estadounidense ordenó una nueva revisión de cadáveres. Y confirmó que no había vivos. Les dijo entonces a los civiles que ayudaran a los cuarterones a enterrar muertos. Pero la chusma le volvió a decir que solo estaban ahí para enterrar a los Perros Negros.

—¡Lárguense —les gritó—, ya les dije que solo los cadáveres norteamericanos serán enterrados!

El 4 de abril, Altares había salido de Testamento con Carolina Durán y con la esperanza remota de reunirse con Joaquín. El mozo de los Güémez, cuando supo de las intenciones que tenían las dos mujeres de internarse en el desierto, dijo que él solo tenía la encomienda de llevarlas a Testamento, las introdujo un corto tramo en el arenal y las dejó solas.

—Que Dios las guíe —dijo a manera de despedida.

Entonces Altares y Carolina, pequeñísimas en la vastedad del Santuario, empezaron a caminar sin saber a dónde, creyendo ciegamente que los Perros Negros las encontrarían y las llevarían hasta Joaquín. Altares le pidió a Carolina que se fuera con el mozo y le explicó que no tenía por qué compartir su destino. Pero Carolina ni siquiera había contestado, le había dicho adiós al mozo y le había ofrecido su brazo a la mujer que había cuidado desde niña, cuando ambas tenían habitaciones perfumadas y tiempo para ignorar las horas.

Llevaban agua, comida y pistolas cargadas, pero sabían que no había agua que alcanzara para saciar la sed del desierto ni armas para enfrentar la desolación del Santuario. Aquella inmensidad cubierta de fuego parecía devorarlo todo. Tenía la apariencia de un gigantesco olvido de Dios. Por todas partes surgían destellos blancos, inalcanzables. Eran los destellos de la arena convertidos en agua entre los ojos. El sol besaba las dunas y del beso ardiente emergían las arenas blancas, tan blancas como las sábanas blancas, las que Altares levantaba para cobijar su hermosura en las noches de su paz sin que un amor le robara el sueño ni un insomnio le recordara el último desprecio.

Pero todo se había ido. Ahora nada más había soledad en los pies, en las manos, en el pecho. Había tanta soledad que la compañía que se daban las dos mujeres era paz y consuelo, abrigo y luz.

—¿Qué haría sin ti, nana?

—Sin mí harías lo mismo, Altares, tú no necesitas a nadie para hacer lo que haces.

Las palabras ardían al contacto del viento, sopor de asfixia.

—En cambio yo, sin ti, niña, estaría zurciendo medias o limpiando jaulas.

—Esa es la felicidad, nana, pero yo prefiero el amor.

El Santuario se derretía una vez más, como en tantos siglos de no ver más que el cielo impávido y limpio.

—¿Entonces la felicidad no está en el amor?

—No es cierto, nana. O eres feliz o amas. No se puede todo.

A las dos o a las tres o a las cinco, qué importa la hora en el desierto, Altares y Carolina oyeron el primer estruendo. Eran los escarceos de las escopetas combas. Guiadas por aquellos sonidos de guerra avanzaron como pudieron, pero era tanta la noche que llevaban en las espaldas que cayeron en cualquier parte y sin poder contener el sueño, con las pistolas en las manos, se dejaron llevar por las alas que arrebatan la conciencia y brindan el descanso. Un vientecillo las cubrió de arena y ellas no protestaron porque estaban perdidas en el sueño, más allá de cualquier desierto. El agotamiento las hizo inmunes al polvo. Fue una noche sin lobos, sin sobresaltos. Al amanecer, la misma arena las despertó. Habían descansado y volvían a ser sensibles a las exigencias del Santuario. Se rescataron a sí mismas de aquella envoltura mortuoria mientras reían de su apariencia. Comieron y bebieron con desesperación, y reanudaron la marcha. Dudaban de cada paso. ¿Avanzaban o regresaban? ¿Dónde estaban los Perros Negros que no iban por ellas? ¿Y si se encontraban primero con el ejército estadounidense? Lo único que sabían era que tenían que caminar. La única opción cancelada era la de no moverse porque el desierto mata todo lo quieto.

Hacia las once de la mañana descubrieron en el horizonte pequeñas sombras que parecían construcciones. Se encaminaron hacia allá solo porque esas figuras eran algo y algo era mejor que la nada del desierto. Dos horas después empezaron a caminar sobre esqueletos. Eran osamentas estadounidenses, vestidas con uniformes azules. Los cuerpos todavía tenían carne, la carne estaba reventada por llagas negras. Gotas de sangre negra les escurrían de las fosas nasales y de las comisuras de los ojos. No había aves de rapiña. ¿En qué lugar del Santuario se encontraban? Carolina ya sabía donde estaban, pero no se lo dijo a Altares para no perturbarla. Cuando llegaron a las construcciones se dieron cuenta de que no lo eran. Se trataba de ocho tiendas de campaña, abandonadas seguramente por el ejército invasor. Se protegieron en las tiendas durante las horas más difíciles del calor. Carolina Durán, intentando olvidarse del aro mortal al que habían entrado, se durmió en cuanto sintió el frágil abrigo. Altares buscó un lugar para pensar, para saberse viva y sentir la vida que llevaba en el vientre. Pero también terminó por dormirse. Había pasado el sol más agresivo cuando despertaron.

—No sabemos a dónde ir.

—Sí, vamos a donde está Joaquín.

La nana vio a Altares y le pareció que las huellas del desierto no le quitaban su hermosura, que afloraba más en su decisión que en sus rasgos.

—¿Y dónde está Joaquín?

—En donde debe estar.

La arena era interminable a los ojos, dar un paso era adentrarse en la inmensidad.

—Eso no resuelve mucho, niña.

—Nada está resuelto, nana.

Volvieron entonces a caminar, pero una hora después Carolina Durán, además de la extraña debilidad que la atacaba, sintió un agudo dolor en un tobillo. Había pisado mal los caprichos de la arena y había sentido un rayo doloroso ascender desde el pie hasta la cintura. Aquello iba a pesar sobre su voluntad. Quería seguir, pero lo resultaba imposible. El tobillo se le había inflamado y carecía de fuerzas para ignorarlo. Le pidió a Altares que la dejara, que ella siguiera sola, que ya no había nada qué hacer.

—Regresaré como pueda hasta las casas de campaña. Allí me encontrarán los hombres de Joaquín —dijo Carolina con indiferencia, como si en aquello no hubiera más que un trivial incidente, aunque estaba pensando que nunca había imaginado que moriría en el desierto.

—Entonces allí nos encontrarán —respondió Altares, y le ayudó a levantarse para emprender el regreso.

La lona de las cabañas, aunque rasgada y vulnerable a los vientos del desierto, era mejor que la intemperie. Tardaron más de una hora en llegar. Bebieron dos cantimploras y reservaron otras dos. Las últimas. Estaban agotadas. La noche empezaba a cubrirlo todo.

—No hay más que dormir, nana, ya veremos qué hacemos mañana.

—Equivocamos el camino, mi niña, caminamos hacia el sudoeste sin darnos cuenta —le dijo Carolina, y agregó—: estamos en el Arcoíris Negro, haz el intento por salir de aquí.

A medianoche Altares despertó y se asomó. La oscuridad cercana era densa, pero a la distancia se aclaraba. Dedujo que la claridad del cielo era un reflejo y que en alguna parte debía de haber luz, luz humana, gente con agua y alimento. Tal vez los Perros Negros, tal vez los estadounidenses.

—Voy a caminar de noche, nana. Voy a ir hacia la luz.

—Apúrate, el Arcoíris Negro mata por igual de día que de noche.

—Tengo el presentimiento de que esta es noche de guerra. Voy a decirle a Joaquín que tendremos un hijo. Mandaré por ti. Tú descansa y espera. No te dejaré sola.

Carolina quiso hablar, pero no tenía ni una palabra que venciera la debilidad que la atacaba. Sintió que su niña le besaba la frente y luego adivinó su silueta saliendo de la casa de campaña. Estrellas fugaces surcaban la noche, un gigantesco aro plateado rodeaba la luna. Altares se dejó guiar por la luz del cielo que ella había atribuido a un reflejo de una luz de la tierra. La única fuerza de la que podía disponer era la decisión con la que había emprendido esa aventura incierta. Estaba segura de que encontraría a Joaquín, que tendría tiempo de abrazarlo y hacerle sentir la vida que llevaba en el vientre. Caminó tres horas y se derrumbó, abandonada de sí misma. La despertó violentamente el sonido del ataque de los Perros Negros, que a las cuatro de la mañana habían iniciado la última batalla del Santuario.

Altares vio los destellos de la guerra y se precipitó hacia ellos. No tenía idea de la distancia que había entre ella y el combate. Caminó, apuró el paso, corrió, pero las luces, que parecían estar tan cerca, estaban tan lejos, tan lejos...

La esposa del único comandante que tuvo jamás la Legión de la Estrella, la esposa del único gobernante que tuvo la nonata república del Nuevo Texas, la más admirada y censurada mujer de Testamento, caminó durante horas, desoyendo al cansancio y a la prudencia, desafiando las leyes naturales y al Arcoíris Negro. Corrió voló mientras la estrella se expandía y se contraía, mientras giraba el rehilete, mientras uno a uno caían los legionarios, mientras morían los jefes de las puntas de la estrategia de Uriel. Y lejos todavía del campo de batalla, justo cuando Joaquín Baluarte recibía las heridas de su sentencia, cayó de rodillas y ya no pudo moverse. A la distancia, la Legión de la Estrella vivió sus últimos instantes. Después sintió que el silencio de la victoria y de la derrota caía sobre sus hombros y bajo su peso se desvaneció. Había quedado inconsciente a solo trescientos metros de salir del aro mortal. El Arcoíris Negro de aquel 6 de abril se matizó de una extraña luz ambarina.

Los que ahora se atreven a incursionar en esa zona del Santuario afirman que cuando la tarde está por dejar paso a la noche, una canción de cuna recorre el arenal y que una mujer bellísima, descalza y con un vestido blanco rasgado, vaga perdida entre las dunas...

Sus ojos están iluminados de ausencia.

A lo lejos, Gabriel Santoscoy advirtió la figura de alguien que se acercaba a la Región de Sombra. Lo reconoció a pesar de la distancia. Era el trovador que recogía minuciosamente los cantos de los siete buenos ciudadanos y se marchaba luego con su guitarra llena de nuevos acordes. Venía el trovador del rumbo del Velo de la Niebla. Impaciente, Gabriel salió a recibirlo. Urbano Terán y Fidencio Arteaga lo siguieron.

—Murieron todos —anunció el informante.

—Entonces vamos perdiendo —concluyó precipitadamente Fidencio.

—Ya perdimos —dijo el hombre—. Pero a cambio de los trescientos Perros Negros, ellos perdieron miles. Nos ganaron, no por el número de muertos, sino por el número de vivos. Ellos siguen allí y los Perros Negros ya no están por ninguna parte.

—Estamos aquí —aseguró el exsacristán

—¿Ustedes?

—Somos el Batallón del Santuario.

—Terminarán muertos.

—No podemos morir, por juramento tenemos que sepultar a nuestros hermanos —aclaró Urbano Terán.

El informante se retiró. Gabriel Santoscoy quiso saber si podrían hacer algo por los legionarios. Urbano le respondió que sí, que una vez pasado el tiempo que Joaquín les ordenó permanecer en la Región de Sombra, y si sobrevivían, irían a recoger los cuerpos de los Perros Negros y los trasladarían a Testamento. Que los legionarios serían sepultados a lo largo del callejón del Santo Oficio; que Gabriel Espadas, Micael Ángeles, Elías Arcángel y Jesús Coronado serían enterrados donde estuvo ubicado el Arco de los Jazmines; y que a Joaquín se le haría una cripta en la Plazoleta de los Parsimonios y allí se levantaría un monolito para recordar a la Legión del pueblo en cuyos muros se grabaría el romance del comandante.

—Testamento se convertirá en el mausoleo de los Perros Negros —agregó Urbano Terán.

Hacia el atardecer del 6 de abril, los siete buenos ciudadanos entregaron a cada hombre del Batallón del Santuario un arma y una vestimenta negra. Pero a los nuevos legionarios les interesó más la ropa que el armamento.

—Esta ropa nos queda grande —se quejó un manco mientras se colocaba la capa de los Perros Negros.

—A él, no —dijo un paralítico, y señaló al viejo Tobías que, ancho y redondo, no hallaba cómo cerrar la camisola negra.

—A él también —reviró el manco—, nos queda grande porque no tenemos la menor idea de lo que es una batalla.

Hablaban en voz baja para no alterar la solemne tensión con la que estaba realizándose aquella iniciación en las artes de la guerra al amparo de la leyenda de la Legión de la Estrella.

Gabriel Santoscoy recorrió el Batallón. Les dijo que los combates siempre son entre iguales, humanos todos, y que ni la victoria ni la derrota eran la última estación en la vida de los hombres. Algunos quisieron saber cuáles eran las instrucciones. Gabriel respondió que las únicas que les había dado Joaquín Baluarte. Se formarían en líneas de tres en fondo y esperarían el ataque del ejército invasor.

—Nos van a matar como a juguetes de feria —dijo un paralítico.

—Me gustaría decirles que ni uno solo de ustedes morirá

—respondió Gabriel—, pero solo puedo asegurarles que ni una muerte será en vano.

A las diez de la noche, Urbano Terán ofició una misa y destinó el tiempo del evangelio para recordar a Joaquín.

—Era un hombre de temple. Ni siquiera ahora, cuando dormita solo entre la arena, puedo creer que esté muerto. No tuvo tiempo de enseñarnos a pelear. Pero sí lo tuvo para enseñarnos la inutilidad del miedo. Lo casé con mi autoridad de sacerdote, lo sepultaré con mis lágrimas de mortal. Dios nos dé un poco del valor que le dio a Joaquín.

Los hombres que pudieron hacerlo se arrodillaron al final de la misa. Y Urbano Terán los ordenó Perros Negros sin votos perpetuos. Cada quien podría irse a donde quisiera después de la batalla. No había juramento de por medio. Solo la aceptación de seguir las instrucciones de Joaquín. Se formarían a las dos de la mañana y, pasara lo que pasara, hacia las dos de la tarde estarían libres de las obligaciones propias de un Perro Negro.

—Yo nunca he visto la luz —empezó el ciego Noé Melquisidor— y me voy a morir sin verla. ¿Alguien me puede decir cómo es?

Los ciento setenta y seis hombres restantes no supieron qué contestar. Habían vivido en la luz toda la vida y no sabían explicársela a quien no la conocía.

—Yo tengo doce años y no sé qué es la vida —siguió Ambrosio Miranda—, ¿alguien me puede decir algo de la vida antes de que me maten?

—Yo tengo sesenta años y no he conocido el amor —acotó Librado Mártir—, ¿alguien me puede decir qué es?

—Yo voy a morir mañana y todavía no sé por qué —intervino el jorobado Lucas—, ¿alguien me puede decir para qué son las guerras?

—Yo tenía dos hijos pequeños —concluyó Cristóbal del Mundo— y el jueves una granada me los deshizo. ¿Alguien puede decirme por qué?

Ante la ausencia de respuestas, Urbano Terán volteó a ver a Gabriel Santoscoy. Gabriel negó con la cabeza. Prefería no ensayar una respuesta. Aquellas preguntas resultaban más grandes así, sin que nadie las profanara. Fidencio Arteaga se adelantó para contestar, pero Urbano le murmuró:

—Que responda Dios, Fidencio. Esas no son preguntas sino oraciones.

Pasaron varios minutos más de silencio. Gabriel Santoscoy se colocó al frente y gritó:

—Legionarios del Batallón del Santuario: el destino nos ha honrado al hacernos herederos de la Legión de la Estrella. Ahora solo nos queda pelear y morir. Que Dios y la Estrella nos iluminen.

Como faltaban tres horas para la medianoche, los nuevos legionarios buscaron un lugar para descansar. Se acomodaron sobre las dunas y miraron al cielo. Había estrellas por millares. Y los ojos podían contenerlas a todas. La mirada, pequeña en medio de la inmensidad, era capaz de atraparla.

—Yo te voy a decir qué es la luz —le dijo Ambrosio Miranda al ciego Noé Melquisidor—, es una rendija para ver el cielo.

Noé Melquisidor sonrió con su sonrisa ciega.

—Yo te voy a decir lo que es la vida, niño: es la víspera de la liberación.

A la una de la mañana, los siete buenos ciudadanos despertaron a los nuevos legionarios para que se reunieran en el lugar escogido por Joaquín.

Uno a uno fueron colocándose en su sitio. Hacía un frío de hielo que alteraba la respiración. Un vaho melancólico brotaba de los rostros de los legionarios. Montados en sus caballos negros y entre la bruma, fueron adquiriendo el porte legendario de los Perros Negros.

A las dos de la mañana la formación estaba completa. Había tres líneas de jinetes y al frente estaba Gabriel Santoscoy, flanqueado por Urbano Terán y Fidencio Arteaga. Los siete buenos ciudadanos cantaban, allá al fondo, el romance del comandante de la Legión de la Estrella...

El general Zacarías Taylor dispuso que el ejército descansara todo el 6 de abril. Los médicos fueron los únicos que trabajaron arduamente bajo las lonas de las tiendas-hospital, que de todos modos no daban abasto. Hacinados en el reducido espacio pero siempre mejor que bajo el sol, muchos de los heridos, que solo querían un consuelo antes de morir, se contaban las circunstancias en las que habían sido atacados por espadas relampagueantes o lanzones terribles. En la noche, los relatos cedieron, se fueron callando las voces, hasta que el campamento se convirtió en silencio.

Aunque habían vencido finalmente a los Perros Negros, los estadounidenses padecían el síndrome de Pirro. Una honda tristeza y una sensación de sobrevivencia le daban a la victoria un sentimiento de derrota. Los soldados de todo el mundo suelen reaccionar de dos maneras después de alcanzar el triunfo en un combate difícil: o creen que ya nadie puede derrotarlos, o están seguros de que en la siguiente batalla terminarán en brazos de la muerte. Los del ejército de la Unión, después del encuentro con los legionarios de la Estrella, fueron tocados por la sombra de la incertidumbre. Ganaron la batalla, pero habían perdido la confianza. Les faltaban más de setecientos kilómetros para llegar a la Ciudad de México. Sin confianza, aquella distancia medida en kilómetros parecía infinita, camino de sufrimiento y muerte.

Al anochecer, Zacarías Taylor reunió a sus oficiales para evaluar la situación. Estaba contrariado por el número de bajas, por la moral de sus soldados y por no haber identificado, entre los cadáveres, a ninguno de los jefes de la Legión de la Estrella. Lamentaba especialmente no haber visto el cuerpo de Joaquín Baluarte. Nada hay como decir: «Aquí está el enemigo, lo hemos derrotado: está muerto». A cambio de eso, solo había contado trescientos cincuenta y nueve Perros Negros. Pero un comandante vivo será siempre una amenaza. Más aún un comandante capaz de organizar a un grupo de hombres de manera tan precisa, tan impredecible, tan llena de sorpresas.

Lo que no estaba a discusión era informarle al presidente Polk que habían ganado la batalla. Pero qué más decirle. ¿Podían informarle que habían acabado con la Legión de la Estrella? ¿Podrían asegurarle que Joaquín Baluarte estaba muerto? ¿Podrían decirle que la toma de la Ciudad de México estaba asegurada por tierra o recomendarle que Winfield Scott, que ocupaba ya Veracruz, incursionara continente adentro? Las opiniones de sus oficiales estaban tan divididas, que la discusión no despejó sus dudas. Al final, decidió redactar el parte de guerra de manera que su victoria fuera lo suficientemente reconocida, pero que el informe no pareciera demasiado triunfalista. Él y sus soldados sabían que aquel combate había sido muy difícil y que el mérito de haber derrotado a los Perros Negros era lo más sobresaliente que habían logrado desde que atravesaron la frontera, pero también sabían que cuando informara que para acabar con aquel contingente de menos de cuatrocientos hombres, él había perdido a más de cuatro mil, sería increpado por el presidente y sus asesores militares. Nadie creería que en aquello hubiera mérito alguno. Por el contrario, más de un ministro se preguntaría por qué informaba de una victoria cuando en realidad era una derrota. Alguien le sugirió que hablara de un ejército enemigo de cinco mil elementos, y hasta argumentó que era verdad, que quién sabe por qué truco habían quedado en el campo solo poco más de trescientos cadáveres enemigos. Pero el general Taylor optó por enfrentar la crítica y no por alterar las cifras. La batalla desigual en número podría afectar su prestigio militar, de lo que se enterarían todos, pero cualquier modificación a los números iba en contra de su honor guerrero, lo que solo él sabría, pero que le pesaría por el resto de su vida. Informó, entonces, del número real y trató de describir las dificultades del combate, si no buscando una justificación, sí aspirando a explicar claramente el porqué de tantas bajas en su ejército. El reporte terminaba con la seguridad de que él podría llegar hasta la Ciudad de México y agregaba que, de todas formas, era necesaria la incursión de Winfield Scott desde Veracruz «para mostrar todo el poderío de la Unión».

Insatisfecho por el reporte, el general Taylor, después de escuchar las opiniones de sus oficiales, dispuso que el ejército saldría a las tres de la mañana del día siguiente, pidió una evaluación de los heridos para saber cuántos podrían continuar y ordenó que los que se quedaran, junto con una guarnición de cien soldados, formaran una base militar en Testamento.

A las dos de la mañana, el clarín resonó en el Velo de la Niebla. Era la llamada para que los hombres de la victoria consumaran su hazaña avanzando implacables sobre la Ciudad de México. Pero los soldados se incorporaron a sus filas con lentitud.

—Aún están cansados —dijo Jack Marcel.

—Más grave que eso, capitán: tienen fracturado el ánimo —respondió el general Taylor.

El jefe del ejército de la Unión recorrió sus tres grandes cuerpos de batalla: los Dragones, los Leones Montados y los artilleros. También miró a los esclavos sobrevivientes, a los cuarterones que todavía quedaban. Para arengar a sus soldados no tenía más palabras que las de la disciplina militar y la gloria de haber derrotado al más devastador obstáculo que habría de encontrar en todo su historial guerrero. Tenía, también, las frases formales de su misión, que debe ser, para cualquier soldado, su motivación más profunda.

Y su misión estaba clara: llegar a la Ciudad de México. Era la primera intervención militar de Estados Unidos, el país llamado a ser, dijo, el guardián del mundo, el defensor de la libertad, el único capaz de establecer con claridad la línea del bien y del mal.

A las tres treinta, la columna estadounidense, conformada por poco más de cuatro mil elementos, se puso en marcha. A la distancia, más que un ejército victorioso, parecía un inmenso contingente de refugiados. Habían pasado menos de veinticuatro horas del combate fantasma, en el que los enemigos aparecían y desaparecían, volaban, giraban, cercenaban cuellos, destrozaban rostros, despedazaban vientres, mientras cientos de caballos negros se movían como sombras despiadadas con increíble precisión. El recuerdo de aquella batalla en la oscuridad les hacía revivir el terror. Más que por el asfixiante sol del desierto, el general Taylor había dispuesto la salida en la madrugada justamente por eso: quería que sus soldados comprobaran que la oscuridad no es siempre mortal y que, avanzando en medio de ella, se curaran para siempre de la pesadilla.

Apenas habían recorrido una distancia de cinco kilómetros, cuando el general Taylor vio que Raymond Purpel se desprendía de la avanzada y cabalgaba hacia él. El hombre le pidió que observara al frente. Zacarías Taylor tomó los catalejos y vio las sombras del Batallón del Santuario. Estaban vestidos de negro y, como Joaquín lo había ordenado, mantenían una formación de combate. Fue tal la expresión del general, que sus oficiales del estado mayor se apresuraron a observar también.

—Allí están otra vez —dijo Taylor.

Entre la oscuridad de la noche y la bruma de la madrugada, las sombras apenas eran perceptibles, pero no había duda, allí estaban los Perros Negros, la Legión de la Estrella, dispuesta a esgrimir sus blancas espadas y a sostener la leyenda.

Gabriel Santoscoy estaba al frente, sereno, consciente de la cercana e inevitable muerte de su Batallón. Urbano Terán escuchaba maravillado los badajos de bronce que durante treinta y siete años habían hecho sonar las campanas de Testamento. Fidencio Arteaga sentía en los labios el sabor del vino de consagrar en las largas tardes de la sacristía. El pendón de los Doce Campanarios ondeaba entre la niebla. Ancianos, adolescentes, mutilados, ciegos, paralíticos, esperaban la única de sus batallas. Orgullosos de portar la vestimenta de los Perros Negros, parecían no darse cuenta de que estaban frente al ejército más poderoso del mundo.

Los oficiales de los tres cuerpos del ejército estadounidense rodearon al general Taylor.

—Será que nunca los acabaremos —dijo Jack Marcel.

—O que son tan inconscientes que no saben morirse —murmuró Raymond Purpel.

Rápidamente corrió la voz entre los soldados, que detuvieron la marcha sin orden de por medio.

El general Taylor mantuvo los catalejos en sus ojos durante varios minutos, luego los bajó lentamente y los puso con suavidad sobre su pecho.

—El general Winfield Scott está por salir de Veracruz hacia la Ciudad de México —dijo—. Él completará nuestra misión. Nosotros hasta aquí llegamos.

Y ordenó la retirada.

El Batallón del Santuario estuvo hasta las dos de la tarde en su posición, como lo había ordenado Joaquín Baluarte. Y luego, sin saber que habían ganado la verdadera última batalla del desierto, sus integrantes se dirigieron a darle sepultura a los Perros Negros. Dos días después disolvieron el Batallón para siempre...

A su regreso a Estados Unidos, el general Taylor declaró, ante las Cortes de la Unión, que decidió dar marcha atrás para no exponer a su ejército al rigor del desierto de México. En septiembre de 1847, la incursión comandada por Winfield Scott tomó la Ciudad de México. Fue la primera gran invasión de Estados Unidos a otra nación.

ÍNDICE

I
VEINTIOCHO CALLEJONES Y UNA LUNA

II
LOS PERROS DE LA NOCHE

III
EL NUEVO TEXAS

IV
EL DESIERTO DEL SANTUARIO

V
LAS CAMPANAS DE TESTAMENTO

VI
EL VELO DE LA NIEBLA